AF399653

James Goodwin fühlt sich an der Küste von Brighton genauso wohl wie in den Hügeln von Surrey. Wenn er seine Nase nicht gerade in einen klassischen Whodunit vergräbt, schmökert er in Buchläden und Antiquariaten nach alten Krimis. Er liebt es bei einer Tasse Earl Grey und einem Teller Kekse über das England der 50er Jahre zu recherchieren. Meistens endet es damit, dass er sich mörderische Geschichten über das beschauliche Dorf Little Barkham ausdenkt. Vermutlich ist es deshalb auch wenig verwunderlich, dass James für die Serien Father Brown und Agatha Christies Marple schwärmt.
James Goodwin ist das Pseudonym eines deutschen Autors.

JAMES GOODWIN

MORD IN LITTLE BARKHAM

Ein historischer Cosy Crime in
einem englischen Dorf

1

Es war lange nach Mitternacht und die Chester Road sträubte sich wie ein widerborstiges Fell durch Little Barkham.

Mrs Irene Prudence konnte das kaum beeindrucken. Auch wenn die Greisin nicht die Augen einer Katze besaß, wusste sie noch Baum von Strauch zu unterscheiden. Wäre jemand auf die Idee gekommen, sie erschrecken zu wollen, so hätte er mit der Dunkelheit verschmelzen müssen. Ganz wie ein Geist oder der Unsichtbare höchstpersönlich. Doch für solcherart Schrecken hatte Mrs Prudence allenfalls ein Kopfschütteln übrig.

Während sie unbeirrt der Straße folgte, schweifte ihr Blick über die Gärten und Häuser. Sämtliche Fenster waren finster, denn in Little Barkham pflegten die Menschen zeitig ins Bett zu gehen. Zumindest unter der Woche. Die Dorfbewohner mussten früh zur Arbeit aufbrechen, schlimmstenfalls bis ins vierzig Meilen entfernte London fahren. Glücklicherweise blieb Mrs Prudence von dieser Mühsal verschont.

Würde ihr Gatte zu Hause noch das Zepter schwingen, sähen ihre Vormittage wohl anders aus. Archibald Prudence hatte nämlich gern ausgiebig gefrühstückt.

Eier, Speck und Toast. Statt Breakfast Tea einen Kaffee mit Sahnehäubchen, dazu die angewärmte Zeitung auf der Sessellehne. Mr Prudence war ein Mann mit höchsten Ansprüchen gewesen, ein Haustyrann, der seine Frau beinahe in den Wahnsinn getrieben hatte. Seit knapp fünf Jahren lag der liebe Archibald in der Familiengruft. Dass er dort die Gebeine seiner Ahnen umherscheuchte, schloss Mrs Prudence jedoch aus.

Eine Windböe fegte über das bucklige Pflaster, worauf Mrs Prudence ihre vielen Umhänge zusammenraffte. So standhaft sie den Glauben an Geister und Spukgestalten verlachte, so sehr plagte die Witterung ihren Körper. In der dunklen Jahreszeit trug sie daher zwei Paar Strümpfe, einen knöchellangen Rock und mehrere Tweed-Umhänge. Mit Hilfe eines Wolltuchs hoffte sie, ihren Kopf warmzuhalten. Oft genug hatte ihre Mutter gepredigt, eine unterkühlte Kopfhaut verursache Schüttelfrost oder noch weitaus schlimmer: Dummheit. Und wozu dümmliche Menschen fähig waren, konnte Mrs Prudence jede Nacht aufs Neue sehen.

Missmutig spähte die Greisin an der Fassade der ehemaligen Feuerwache empor. Der Wind brachte das Schild über der Eingangstür zum Klappern. Trotz der Dunkelheit vermochte sie den Schriftzug und die Abbildung auf dem Schild zu erkennen. *Buckley's Feuerwache* war dort in verschnörkelten Buchstaben zu lesen, dahinter ein Krug Bier vor einem Kaminfeuer. Für Mrs Prudence veranschaulichte das Schild auf treffende Weise die Dummheit ihrer Nachbarn.

Vor weniger als fünfzehn Jahren hatte der Blitz halb London in Schutt und Asche gelegt. Der Geruch der Feuerstürme war über Felder und Landstraßen bis nach Little Barkham geweht. Leider schienen ihre Nachbarn aus der Katastrophe nichts gelernt zu haben. Ansonsten hätten sie die Feuerwache wohl kaum in einen Pub verwandelt. Durstlöscher statt Feuerlöscher, dachte Mrs Prudence verächtlich. Mit einem Kopfschütteln raffte sie ihre Umhänge zusammen und setzte ihren Weg fort.

Nach einem Leben voller Entbehrungen kam für sie das Grauen nicht als Geist oder Gespenst daher. Nein, das echte Grauen war ihr der Mensch an sich. Ihr einziges Kind hatte sie im letzten Krieg verloren, während ihr Mann aus zwei Weltkriegen heimgekehrt war. Henry hatte der Tod in einer Spitfire über dem Ärmelkanal ereilt, Archibald hingegen in seinem geliebten Sessel – die Zeitung auf dem Schoß und ein Streifen Speck zwischen den Zähnen. Diese Ungerechtigkeit und nicht zuletzt die Torheiten ihrer Nachbarn hatten Mrs Prudence jedes Vertrauen in die Menschheit geraubt. Deshalb verließ sie ihr Anwesen lediglich, wenn die Bewohner von Little Barkham tief und fest schliefen.

Müden Schrittes passierte sie die Bibliothek, lief an Smolinskis Krämerladen vorbei und näherte sich langsam, aber sicher dem Dorfausgang. Nach dem Cottage vom alten Pinkerton zeichnete die Chester Road eine Linkskurve, hinter der sich die Einfahrt zu ihrem Anwesen befand.

Barkham Manor war Ende des letzten Jahrhundert von Archibalds Vater erworben worden. Die Familie ihres Gatten hatte eines der größten Pressehäuser in der Fleetstreet besessen. Mrs Prudence erinnerte sich allzu gern an die illustren Empfänge und ausschweifenden

Feste auf Barkham Manor. 1947 hatte eine Kapitalgesellschaft den Londoner Verlag aufgekauft, womit Prunk und Luxus ein jähes Ende nahmen. Heute bot ihr das Anwesen nicht mehr als eine Zuflucht vor der verdummten Zeit.

Am letzten Cottage legte Mrs Prudence ein Päuschen ein. In ihrer Erinnerung war der Besitzer ständig nur der alte Pinkerton genannt worden. Ohne Vornamen, ohne Mr oder gar Sir als Anrede. Beim Anblick des Hauses fragte sie sich, ob der Mann überhaupt noch unter den Lebenden weilte.

Das Cottage war bis zum Dach hinauf mit Efeu bedeckt, selbst in den Fenstern wucherte das Gestrüpp. Der Zaun, der den Vorgarten begrenzte, drohte, beim nächsten Sturm umzukippen. Unwillkürlich schaute Mrs Prudence zum Nachthimmel empor. Der alte Pinkerton durfte sich glücklich schätzen. Die Wolken verhießen keinen Sturm, dafür aber baldigen Regen. Ich sollte lieber spurten, ermahnte sich die Greisin, sonst werde ich nass bis auf die Knochen.

Da glaubte Mrs Prudence ein Geräusch zu hören, ein Surren, ähnlich dem Gesumme aufgescheuchter Bienen. Voller Neugier spähte sie die Straße hinunter. Zunächst mochte sie ihren Augen nicht trauen. Über die Chester Road rollte ein einsamer Radfahrer.

Der letzte Mensch, den Mrs Prudence auf einem ihrer Ausflüge gesehen hatte, war Mr Buckley gewesen. Er war mit dem Auto zum Schwesternheim nach Guildford gerast, um eine der Hebammen abzuholen. Damals hatte sich Mrs Prudence für den Wirt gefreut und ihm gleichfalls gewünscht, sein Kind habe nicht dessen Dummheit vererbt bekommen.

Während sich das Fahrrad langsam näherte, hüpfte das Licht der Lenkerlampe die Straße voraus. Über dem Geflacker erspähte die Greisin einen strohblonden Haarschopf. Daraufhin meinte sie, eine Uniform zu erkennen. Das war nicht die Montur eines Postbeamten oder Polizisten, sondern eindeutig eine Uniform, wie man sie in der British Air Force trug. Das ist nicht möglich, dachte Mrs Prudence. Nein, das kann nicht sein! Verunsichert suchte sie Halt an Pinkertons Gartenzaun.

Sobald das Fahrrad und sie auf einer Höhe waren, erkannte sie auch das Gesicht des Mannes. Ohne jeden Zweifel, es war *sein* Gesicht. Obgleich Mrs Prudence normalerweise die Phantome der Nacht verlachte, befiel sie eine große Angst. Henry! wollte sie dem Mann hinterherrufen. Henry, so warte doch! Aber ihrer Kehle entwich nur ein kläglicher Ton.

Das Fahrrad war schon fast außer Sichtweite, als sich ihr Sohn umwandte und ihr zuwinkte. Wie in der guten alten Zeit, dachte Mrs Prudence, ehe ein heftiger Schmerz in ihrer Brust explodierte.

2

Er wusste, dass die Stille, in der die Bibliothek dem Mausoleum von Westminster Abbey glich, endgültig vorbei war. Die Hände im Rücken gefaltet, stand Arthur Tingwell am Fenster und schaute gedankenverloren zur Chester Road hinaus.

Heute früh hatte der Postbote über seiner Uniform ein Regencape getragen. Später war Mrs Bell, eine Freundin historischer Romanzen, mit einer Dose Kürbiskekse in der Bücherei aufgetaucht. Lucy Melrose würde ihr Fahrrad nun täglich vor dem Haus parken und Mr Smolinski genauso oft über das nasse Laub an seinen Schuhen fluchen. Es war Mitte Oktober und die Witterung trieb die Bewohner von Little Barkham wieder in die Bibliothek.

„Mr Tingwell?"

Ehe sich Arthur umwandte, rückte er seine Krawatte zurecht. „Ah, Lucy! Womit kann ich dir helfen?"

„Haben Sie Bücher über Monsterkraken?"

„Ich kann dir ein Buch über Weichtiere anbieten."

Die Zehnjährige blätterte sichtlich irritiert in dem Klassiker *Zwanzigtausend Meilen unter dem Meer.* Dann tippte sie auf eine Illustration, die ihren Monsterkraken vor dem Bullauge der Nautilus zeigte. Seit Lucy die Verfilmung im Kino gesehen hatte, brannte sie für die Welten Jules Vernes.

Arthur war es ein Leichtes, ihre Begeisterung nachzuvollziehen. Er selbst hatte seine Eltern unter dem Eindruck von *Die Reise zum Mittelpunkt der Erde* zur Weißglut gebracht. Ausgestattet mit Hacke und Spaten hatte er in einem Londoner Hinterhof tiefe Löcher gegraben, doch anstelle einer Pforte ins Erdinnere bloß ein paar Knochen entdeckt. Dank seiner Fantasie war aus einer Handvoll Hühnerknochen das Skelett eines Archaeopteryx geworden, aus dem Unterkiefer eines Hausschweins das Maul eines Plesiosaurus.

„Nein, danke, Mr Tingwell. Weichtiere interessieren mich nicht." Lucy schniefte mehrfach, als wolle sie so ihre Gleichgültigkeit gegenüber Weichtieren verdeutlichen. Mit dem Ärmel ihrer Schuluniform wischte sie sich den Schnodder von der Nase.

Arthur zupfte aus seinem Jackett ein Taschentuch und reichte es ihr. Das Mädchen ließ ein lautstarkes Schnauben hören. Empört über den Lärm hoben einige Besucher die Köpfe. In der Bibliothek war lautstarkes Schnauben ebenso tabu wie lautstarkes Husten, lautstarkes Schwatzen oder lautstarke Selbstgespräche. Die wenigen Geräusche, die nicht mit bösen Blicken honoriert wurden, waren das Rascheln der Buchseiten und das Knacken der Heizung.

„Das Ungetüm aus Jules Vernes Roman ist kein Krake", flüsterte Arthur, während er Lucy in einen Nebenraum führte. „Das Tier ist in Wirklichkeit ein Riesenkalmar."

In dem Raum reihten sich Regale voller Sachbücher bis unter die Decke. Das hieß: viel Historie, dazu Naturwissenschaft und Technik und etliche Ratgeber für den Gartenfreund. Die Bewohner von Little Barkham schenkten ihren Vorgärten, insbesondere dem des Nachbarn, sehr viel Aufmerksamkeit. Wer die Pflege seiner Pflanzen vernachlässigte, nahm das Risiko in Kauf, zum Dorfgespräch zu werden. In der Regel besorgte das Mr Humperdinck mit seiner Redseligkeit. Der Liebhaber galanter Mantel- und Degenabenteuer personifizierte den fleischgewordenen *Daily Mirror* der Gemeinde.

Nachdem Arthur die Leiter vor das Regal gestellt hatte, pustete er sich in die Hände, als stünde er vor dem Aufstieg eines Achttausenders. Sein Blick schweifte über den Reisebericht des Forschers Ernest Shackleton und weiter zu den Biografien von Madame Curie und Miss Nightingale. Ganz oben auf dem Regal thronte, was Arthur gesucht hatte: eine zwölfbändige Enzyklopädie der Tier- und Pflanzenwelt.

Bevor er Lucy das betreffende Buch hinunterreichte, blies er die Staubflusen vom Einband. Er klärte sie darüber auf, dass Kalmare zum Stamm der Mollusken gehören. „Sie haben keine Knochen. Kraken übrigens auch nicht."

„Und wie sollen sie dann Schiffe angreifen?"

„Das tun Kalmare nur in Gruselgeschichten."

„Wollen Sie damit sagen, dass Jules Verne gelogen hat?"

„Nein, auf keinen Fall. Ich möchte dir einfach raten, in das Buch zu schauen. Es lohnt sich."

„Das sieht irgendwie langweilig aus."

„Das täuscht, Lucy. Das Buch ist sogar illustriert."

„Gibt's denn Fotos, die Angriffe von Monsterkraken zeigen?"

„Sicherlich nicht. Dafür findest du eine Menge interessanter Fakten. Pass auf, ein Beispiel! Kannst du mir einen Unterschied zwischen einem Kraken und einem Kalmar nennen?“

Lucy schüttelte den Kopf.

„Ein Krake hat acht Arme, ein Kalmar dagegen zehn.“

„Mit zehn Armen kann man auch besser Schiffe angreifen.“

„Das klingt logisch“, sagte Arthur und versuchte eine neue Strategie, um ihr das Buch schmackhaft zu machen. „Was du nicht vergessen darfst, ist die Allzweckwaffe der Kalmare. Der Papageienschnabel. Damit lassen sich die Holzplanken leichter knacken als Walnüsse.“

„Was soll das für ein Schnabel sein?“

Arthur verrückte seine Hornbrille, wie er es immer tat, wenn er seinen Worten Nachdruck verleihen wollte. „Glaub mir, Lucy. Diese Frage kann dir das Buch beantworten.“

„Wissen Sie was, Mr Tingwell?“

„Ich bin ganz Ohr.“

„Sie sind ein richtiger Besserwisser.“

„Ja, das ist wohl wahr.“

„Schämen Sie sich deswegen nicht?“

„Manchmal schon. Leider ist meine Besserwisserei eine echte Berufskrankheit.“

„Eine Krankheit“, spottete Lucy. „Wer’s glaubt.“

„Willst du im Medizinbuch nachschlagen? Ihr Name lautet Bibliothekaris arrogantus.“

„Mr Tingwell, das wird meiner Mama nicht gefallen.“

„Dass ich an einer Krankheit leide?“

„Nein, dass Sie ein Besserwisser sind.“

Lucy lebte mit ihrer Mutter in einem Cottage am Dorfrand. Ihr Vater war Pilot in der Royal Air Force gewesen und bei einem Einsatz über dem Ärmelkanal vom Radar verschwunden. Offiziell galt der Mann als verschollen. Cedric Humperdinck hatte Arthur berichtet, dass es Mrs Melrose nicht übers Herz brachte, ihren Gatten für tot erklären zu lassen. Angeblich hoffte sie beständig auf seine Rückkehr.

Seit Arthur das Mädchen kannte, versuchte es unermüdlich, ihn auf eine Tasse Tee einzuladen. Er und ihre Mutter sollten sich wohl kennenlernen. Das Angebot anzunehmen, wäre Arthur allerdings seltsam vorgekommen. Bisher waren er und ihre Mutter einander nie begegnet, weder auf der Straße noch im Überlandbus. Eines der wenigen Lebenszeichen, das er von Mrs Melrose besaß, war das schriftliche Einverständnis, dass sich ihre Tochter in der Bibliothek anmelden dürfe. Bisweilen fragte sich Arthur, ob eine Mrs Melrose überhaupt existierte.

„Deine Mutter mag also keine Besserwisser?"

„Niemand mag Besserwisser."

„Und woher weißt du das?"

„Weil das so ist, Mr Tingwell. Genau deswegen!"

Arthur schob die Leiter an die Wand und das Mädchen verkrümelte sich samt Buch in den hinteren Winkel der Bibliothek. Dort boten zwei Korbstühle den Senioren die Möglichkeit, sich auszuruhen oder gar ein Nickerchen zu halten.

An seinem Schreibtisch empfingen ihn Mr Buckley und sein Junge. Vater und Sohn hatten ihr Haar mit Hilfe von Pomade seitlich gescheitelt. Über ihren groben Jacken saßen zwei mondrunde Gesichter – das des

Jüngeren trug noch die Pausbacken eines Zehnjährigen, das des Älteren war aufgedunsen vom Alkohol.

„Beglücken Sie uns nachher im Pub?", fragte Buckley.

„Eigentlich wollte ich's mir heute gemütlich machen."

„Was ist denn gemütlicher, als den Tag bei 'nem Bier ausklingen zu lassen?"

Während Buckleys Sohn ein Abenteuer der *Fünf Freunde* ausleihen wollte, hatte sich sein Vater für einen James-Bond-Roman entschieden. Zum fünften Mal wohlgemerkt. Auf einigen Seiten verrieten Buckleys Fingerabdrücke, welche Abschnitte ihm am meisten Vergnügen bereiteten. Entweder befand sich der Agent darin in den Fängen eines Schurken oder in den Armen einer Frau. Hätte Arthur ihn darauf angesprochen, wäre der Wirt garantiert bis zum Scheitel errötet. Aber der Mann brauchte sich nicht vor Arthurs Zunge zu fürchten. Neben der Bücherliebe war der Wille zur Diskretion unabdingbar für die Arbeit eines Bibliothekars. Bücher verrieten nicht nur eine Menge über ihre Urheber, sondern auch manches über ihre Leser.

„Und, Mr Tingwell?", hakte Buckley nach.

„Tut mir leid, ich habe ein Rendezvous mit meinem Sessel."

„Können Sie Ihren Sessel nicht auf ein andermal vertrösten?"

„Die gute Mrs Bell hat mir eine Dose Kekse mitgebracht. Dazu werde ich mir ein Tässchen Tee und einen Krimi gönnen."

Buckley wandte sich seinem Sohn zu. „Tja, einem echten East Ender ist unser Pub einfach zu dröge. Schade."

Arthur lebte seit drei Jahren in Little Barkham. Er konnte den Großteil seiner Nachbarn nicht nur mit Namen anreden, obendrein waren ihm ihre geheimsten Lesegelüste vertraut. Ungeachtet dessen pflegten einige Arthur unermüdlich nach seiner Herkunft zu bezeichnen. Seitenhiebe wie dieser drängten ihn immer wieder in die Defensive. So fühlte er sich nun dazu genötigt, einen Abstecher in Buckleys Pub anzukündigen.

„Sehr gut, Mr Tingwell." Buckley zwinkerte ihm komplizenhaft zu. „Und vergessen Sie nicht die Kekse!"

Lachend verschwanden Vater und Sohn durch die Tür.

Arthur schnappte sich den Handwagen und begab sich in die Romanabteilung. Rückgaben mussten ein- und Vorbestellungen aussortiert werden. Da vernahm er zwischen den Regalen das Getuschel von Mrs Keene und Mr Humperdinck. Beide waren Ende Fünfzig und wohnten in der Church Lane unweit der Kirche zum Heiligen Nikolaus. Obwohl sie sich draußen ungehemmt austauschen konnten, zogen sie es vor, hier zu tratschen. In Gedenken an die Reaktion auf Lucys Schnauben hätte Arthur das Paar um Ruhe bitten müssen. Aber Eleanor Keene genoss in diesen Räumen gewisse Privilegien. Als Gattin des Ortsvorstehers hatte sie durch einen Spendenaufruf den Kauf einer Heizlüfters ermöglicht. Außerdem stammten von ihr die Korbstühle, die Dahlien am Fenster und das gerahmte Wandbild Ihrer Majestät.

„Und wie hat er die Frau umgebracht?", flüsterte Mrs Keene.

„Erschlagen", sagte Mr Humperdinck. „Kaltblütig erschlagen."

„Ich will gar nicht wissen, wo das Unglück geschehen ist.“

„Recht so, meine Teuerste. Das sollte dich nicht kümmern.“

„Jetzt kitzelst du aber meine Neugier.“

„Eleanor, nein. Das würde dir den Schlaf rauben.“

„Im Krieg habe ich mich von Brotsuppe ernährt. Von Brotsuppe, mein Lieber! Also, bitte!“

Mr Humperdinck räusperte sich, bevor er im Tonfall eines Verschwörers erwiderte: „Mrs Prudence ist in ihrem Sessel ermordet worden. Genaugenommen in ihrem Lesesessel.“

Arthur hörte Mrs Keene aufgeregt nach Luft schnappen. In einer Bücherei vom Tod im Lesesessel zu erfahren, war genauso bitter, wie in einem Fischladen von einem Ertrunkenen erzählt zu bekommen. Nein, korrigierte sich Arthur. Das Meer war nicht unser Zuhause. Das Meer war ein Ort voller Untiefen, in denen Riesenkraken und Riesenkalmare ihrer Beute nachjagten. Aber der Sessel im trauten Heim? Darin verstarb man höchstens vor Langeweile wegen eines drögen Romans.

Auch wenn sich Arthur und Mrs Prudence nicht persönlich gekannt hatten, war er mit ihrem Lesegeschmack bestens vertraut gewesen. In ihrem Auftrag hatte der junge Hawkings regelmäßig Bücher ausgeliehen und sie mit dem Fahrrad nach Barkham Manor gebracht. Nicht ein einziges Mal hatte sich Mrs Prudence über Arthurs Auswahl beschwert. Vielleicht hatte er deshalb Sympathien für die Dame entwickelt.

„Woher hast du von ihrem Tod erfahren?“, fragte Mrs Keene.

„John Ratcliffe hat's mir erzählt", sagte Mr Humperdinck.

„Etwa John Ratcliffe, der Gärtner?"

„Jawohl, der Gärtner und Aufschneider. Als er heute Morgen seinen Dienst antreten wollte, war die Polizei bereits auf Barkham Manor."

Arthur sah, wie sich Mrs Keenes Finger um eines der Regale krampften, ganz so, als drohe der Schock, sie niederzustrecken. Rasch langte er ein x-beliebiges Buch und markierte den Beschäftigten.

„Und Peter Hawkings?", fragte Mrs Keene. „Was war mit dem?"

Als Arthur den Namen des jungen Mannes aufschnappte, begann sein Herz zu rasen. Fast hätte er genauso wie Mrs Keene zuvor am Bücherregal Halt gesucht.

„Hawkings soll im Polizeiauto gesessen haben", sagte Mr Humperdinck. „Auf der Rückbank und in Handschellen."

„Also hat man ihn festgenommen?"

„Ja, in dieser Hinsicht war Ratcliffe unzweideutig."

„Leider habe ich Mrs Prudence nie persönlich kennengelernt. Ich würde aber behaupten, keiner verdient so ein Schicksal. Keiner in Little Barkham."

„Meine Rede, Eleanor. Meine Rede."

„Weiß man, weshalb er Mrs Prudence umgebracht hat?"

„Dazu hat Ratcliffe nichts gesagt."

„Und die Polizei?"

„Die auch nicht."

„Irgendwer muss doch was wissen."

„Meine Teuerste, in die Köpfe solcher Unmenschen kann man nicht reingucken", hörte Arthur Mr Humperdinck sagen. „Da hilft kein Arzt und kein Sanatorium. Da hilft nur der Strick!"

3

Kurz nach sieben schloss Arthur die Eingangstür zur Leihbücherei ab. Offiziell hatte die Bibliothek von zwölf bis sechs Uhr abends geöffnet. Wenn er nicht noch die Rückgaben einsortiert und die Räume ausgefegt hätte, säße er längst bei einer Tasse Tee vor dem Kamin. Arthur hinterließ seinen Arbeitsplatz gern sauber und ordentlich. Darüber hinaus genoss er die Stunde am Feierabend, in der er die Bibliothek ganz für sich allein hatte.

Er schnallte seine Arzttasche, ein Fundstück aus dem Trödelladen in Old Grayswood, auf das Fahrrad, knöpfte sich den Mantel zu und kontrollierte die Fenster. Dass in Little Barkham Einbrüche verübt wurden, war Arthur bisher nicht zu Ohren gekommen. Ungeachtet seiner Bücherliebe hielt er es für ausgeschlossen, jemand würde wegen des Hobbits oder Jules Vernes Ballonfahrten eine Straftat riskieren. Vielmehr befürchtete er, eine der Fledermäuse, die im Dachstuhl hausten, könnte sich ins Erdgeschoss verirren. Seine Sorge entsprang keineswegs einer blühenden Fantasie. Erst voriges Jahr hatte Arthur eine an der Decke hängende Fledermaus vorgefunden, eine Zwergfledermaus, wie er aus dem *Nature Dictionary* erfahren hatte. Seine Begeisterung über den ungebetenen Gast war rasch verflogen, als er den Mäusekot zwischen den

Regalen entdeckt hatte. Arthur war zwar ein Tierfreund, doch wurde diese Beziehung von seiner Bücherliebe übertroffen. Mit Hilfe eines Besens hatte er die Fledermaus zum Fenster hinausgescheucht.

In der Abendluft konnte Arthur die Nachttiere umherflattern sehen. Im Oktober waren die Fledermäuse besonders aktiv, denn sie mussten sich Fettreserven für den Winter anfressen. Mrs Bell, die vor kurzem Bram Stokers *Dracula* gelesen hatte, wäre bei diesem Anblick garantiert erschaudert. Arthur hingegen brachten solche Gruselgeschichten kaum zum Frösteln. Ihm setzte eher das irdische Grauen zu, besonders nachts, wenn ihn die Erinnerung an den Luftkrieg und seine verstorbenen Eltern den Schlaf raubte.

Er schwang sich auf sein Fahrrad, trat in die Pedale und rollte die Chester Road abwärts. Als er vor drei Jahren gehört hatte, dass die Verwaltung der Grafschaft Surrey eine Leihbücherei eröffnen wolle, hatte er sich bereit erklärt, London zu verlassen. Nach dem Krieg hatte die Regierung ein Programm ins Leben gerufen, das den leidgeprüften Engländern das Vergessen erleichtern sollte. Investitionen für das Gemeinwohl, lautete der offizielle Titel. So war in Old Grayswood anstelle einer Bibliothek eine Kegelbahn und in Chiddingfold – zum Neid aller umliegenden Dörfer – ein Kino eröffnet worden.

Von all den Menschen, die Arthur kannte, war Peter Hawkings der eifrigste Kinogänger. Der junge Mann konnte jeden Film so bildhaft wiedergeben, dass Arthur allein vom Zuhören der Atem stockte. Wilde Verfolgungsjagden und knifflige Mörderrätsel erwachten in seinen Erzählungen erneut zum Leben. Der Gedanke an Peter machte Arthur traurig. Er wollte noch immer nicht glauben, dass der junge Mann in Wandsworth auf sein Urteil wartete. Wie hatte Cedric Humperdinck gemeint: Da hilft nur der Strick! Bei diesen Worten lief es Arthur eiskalt den Rücken hinunter.

Während ihm der Fahrtwind das Haar zerzauste, fragte er sich, ob Peters Verhaftung bei seinen Nachbarn das gleiche Entsetzen auslöste. Um diese Uhrzeit verströmten die meisten Fenster ein behagliches Licht. Die Leute nahmen ihr Abendbrot ein, lasen Zeitung oder lauschten dem *Light Programm* der BBC. Genau diese Normalität – oder strenggenommen Arthurs Sehnsucht nach dieser Normalität – hatte dazu geführt, dass er das quirlige London verlassen hatte. Kein Verkehrslärm mehr, kein Nachtleben in Soho, keine Leuchtreklame am Piccadilly Circus. Seit seinem Umzug war ein Besuch in *Buckley's Feuerwache*, das Weihnachtssingen im Gemeindehaus und der Spendenbasar zum Liberation Day der größte Trubel, dem er sich aussetzte. Das geschah zwar nicht immer freiwillig, bescherte ihm aber am Ende stets ein Hochgefühl. Arthur hatte seine Nachbarn schätzen gelernt und das trotz oder gerade wegen ihrer Schrullen, ihrem Getratsche, ihrer ansteckenden Begeisterung für die Belanglosigkeiten des Alltags. Mittlerweile waren ihm einige sogar zu echten Gefährten geworden. Und ausgerechnet einer dieser Gefährten sollte das Leben eines anderen Menschen ausgelöscht haben. Arthur merkte, dass der Gedanke seine Fantasie schlichtweg überforderte.

Als er *Buckley's Feuerwache* erreichte, bremste er spontan ab. Die Gedanken hatten ihn dermaßen aufgewühlt, dass er sich nicht vorstellen konnte, den Abend allein zu verbringen. Welche Art Lektüre sollte ihm Ablenkung verschaffen? Welcher Agatha-Christie-Krimi würde ihn nicht an Mord und Totschlag denken lassen? Es hatte keinen Zweck, gestand er sich ein. Selbst Mrs Bells Kekse würden ihn nicht vor trüben Grübeleien bewahren. Vielleicht war es angebracht, Buckleys Rat zu folgen und den Tee gegen ein Guinness einzutauschen.

Also lehnte er sein Fahrrad unter das Fenster, streckte sich auf die Zehenspitzen und spähte in den Pub. Zu seiner Überraschung musste er feststellen, dass die Wirtsstube alles sein mochte, nur nicht leer. Das nasskalte Wetter schürte offenbar nicht allein den Durst nach Büchern.

4

„Oh, Mr Tingwell", begrüßte Bryan Buckley ihn mit einem Lächeln. Der Wirt trug eine speckige Weste und ein Hemd, dessen Manschettenknöpfe dumpf glänzten. Angesichts der vollen Schänke entbehrte es jeder Anstrengung, den Grund für seine gute Laune zu erfahren.

„Good Evening, Mr Buckley."

Ohne auf Arthurs Bestellung zu warten, servierte der Wirt ihm ein Pint Guinness. Hinter dem Tresen ragte eine Vitrine auf, in der eine Reihe silberner Pokale Buckleys glorreiche Vergangenheit bezeugte. Vor dem Erwerb der Feuerwache hatten er und seine Frau Dachshunde gezüchtet und mit ihnen sogar diverse Wettbewerbe gewonnen. Ihre treudoof dreinschauenden Hunde waren über so manchen Catwalk gedackelt. Nach dem Krieg hatte die Beliebtheit deutscher Rassen abgenommen, worauf Mr und Mrs Buckley umgesattelt hatten. Aus den eifrigen Hundezüchtern waren ebenso eifrige Wirtsleute geworden. Einmal hatte Brenda Buckley Arthur anvertraut: Wer mit einem Rudel Kläffer umgehen könne, wisse auch eine Horde betrunkener Kerle zu bändigen.

„Mr Tingwell, soll ich's anschreiben?"

Allein Buckleys Tonlage verriet Arthur, dass er keine ersthafte Antwort erwartete. Der Wirt zupfte aus der Westentasche einen winzigen Zettel und einen noch

24

winzigeren Bleistift. Mit einem Nicken signalisierte Arthur ihm sein Einverständnis und Buckley zog einen Strich. Dann nahm er sein Glas, erspähte auf der Fensterseite seine Freunde und tauchte ins Getümmel.

Ein Grüppchen Frauen und Männer belagerte den Tresen. Von einigen wurde Arthur mit Namen begrüßt, andere nickten ihm lediglich zu oder klopften ihm im Vorbeigehen auf die Schulter. Jemand stellte die Frage, was es Neues aus der Welt der Schmöker gäbe, worauf er meinte: „Alles beim Alten! Sechsundzwanzig Buchstaben versuchen ihr Bestes!"

Über eine Stufe gelangte Arthur in den unteren Bereich. Den Raum, in dem früher ein Spritzenwagen gestanden hatte, erwärmte nun ein offener Kamin. Das Ausfahrtstor war dauerhaft verriegelt und von Innen mit Gemälden verziert worden. Die Bilder zeigten Motive aus dem südenglischen Landleben: Mann mit Pflug, Frau mit Schürze und Korb. Dazu Pferde, Hasen und wilde Jagdszenen. Zweifellos Bilder, wie sie der Trödler in Old Grayswood zuhauf verscherbelte.

Unterwegs zu seinen Freunden klopfte Arthur zur Begrüßung auf die anderen Tische. Er rückte neben Kenneth Williams, der in Old Grayswood lebte und kein Problem damit hatte, nachts heimradeln zu müssen.

„Oh, welch Ehre", rief Kenneth ihm zu. „Der Bibliothekar beehrt das gemeine Volk."

„Ja", erwiderte Arthur. „Manchmal suche ich Bodenhaftung."

Kenneth reckte das Kinn stets ein wenig hoch, sodass man unfreiwillig Einblick in seine Nasenlöcher bekam. Sein Seitenscheitel war präzise gefaltet, was ihm in Kombination mit seiner Kopfhaltung einen arroganten

Zug verlieh. „Und, mein Freund, wie steht's um die beschauliche Welt der Bücher?"

„Beschauliche Welt?", wiederholte Arthur ungläubig. „Zurzeit sind Schießereien und Morde der Renner."

„Verdammt, wo ist sie nur hin, die heile Welt?"

Arthur lachte. „Ich weiß nicht, auf welcher Insel du lebst. Nicht mal die Welt der *Fünf Freunde* kommt ohne Mord aus."

„Vom alten Shakespeare bis Enyd Blyton", sagte Kenneth. „Mord und Totschlag haben kein Verfallsdatum."

„Du sagst es! Besonders Shakespeares Königsmörder lassen James Bond wie einen Schuljungen aussehen."

„Oh, diese Worte sind Klingen in mein Herz", zitierte Kenneth den Barden von Avon.

Arthurs Freund spielte Theater in einer Laienspielgruppe, die sich aus Bewohnern der umliegenden Dörfer zusammensetzte. Über den ersten Sekretär einer Londoner Versicherung kursierten einige Gerüchte, weshalb ihn viele Einheimische mit Argwohn betrachteten. So glaubte ein Teil, dass seine Familie ihn aus unerfindlichen Gründen enterbt und verstoßen hatte. Manche behaupteten wiederum, Kenneth sei von aristokratischer Abstammung und habe seinen Adelstitel verkauft.

„Mrs Prudences Tod bringt das Dorf ziemlich auf." Hazel Osbourne neigte sich zu Arthur, wobei sie eine Wolke Qualm ausstieß. An den kirschroten Lippen der Platinblondine klebte eine *Player's Weights*. „Was wohl mit Barkham Manor geschieht?"

„Na, was schon?", rief Herbert Osbourne. „Das wird ihren Kindern zugesprochen."

Hazel und Herbert Osbourne bewohnten das imposante Tudor-Haus an der Chester Road, direkt im Dorfkern. So zentral ihr Haus lag, so sehr blühte das Ehepaar inmitten anderer Menschen auf. Hazel war treue Besucherin der Bibliothek, während Herbert häufig nach Chiddingfold fuhr, um dort für sechs Penny ins Kino zu gehen. Laut Cedric Humperdinck übertönte Herbert mit seinem Gelächter jede Tonspur, nicht einmal tieftraurige Melodramen seien davor sicher. Wer bereits in den Genuss von Herberts dröhnender Heiterkeit gekommen war, zog das Gerücht nicht in Zweifel. Arthur behagte die Gegenwart des Ehepaars. Ihre schrille Art hatte ihm schon des Öfteren Trübsinn und Schwermut ausgetrieben.

„Kinder?", fragte Hazel mit gespielter Empörung. „Mrs Prudence hatte keine Kinder."

„Und ob", protestierte Herbert. „Einen Jungen."

„Henry ist im Krieg gefallen."

„Den meine ich nicht. Ich rede von Stuart Medford."

„Stuart Medford? Der ist ihr Neffe, du Blitzleuchte." Hazel griff nach einem Hosenträger ihres Mannes, straffte ihn vor seiner Brust und ließ ihn zurückschnippen. Ein kräftiger Knall vermittelte eine Ahnung davon, wie sich das auf Herberts Brust anfühlen mochte. Arthur konnte sich entsinnen, dass Herbert früher mit einem affektierten Aua oder Bist du verrückt? reagiert hatte. Mittlerweile beließ es der Inhaber einer Schlosserei bei einem Grunzen.

„Mrs Prudence hatte Geschwister?", fragte Herbert erstaunt.

„Vielleicht solltest du weniger Zeit im Kino verplempern", sagte Hazel. „Dann würdest du auch mehr von deinen Nachbarn erfahren."

„Mrs Prudences Schwester ist längst unter der Erde", preschte Kenneth dazwischen. „Deshalb wird ihr Neffe den goldenen Apfel ernten."

„Das heißt ganz Barkham Manor", präzisierte Hazel. „Das Haus samt Inventar und die Liegenschaften."

„Weshalb soll sich ihr Neffe ein Grundstück aufhalsen?", meinte Herbert. „Denkt mal an die Steuern! Und oben drauf noch die Kosten für Pflege und Instandhaltung. Stuart Medford führt in London das bequeme Leben eines Junggesellen."

„Bestimmt will er das Anwesen teuer verkaufen."

„Ich dachte, seine Tante sei dagegen gewesen."

„Was die Alte wollte, interessiert allenfalls die Würmer."

„Hazel, also bitte", rief Herbert und Arthur hätte nicht sagen können, ob dessen Empörung gespielt oder authentisch war.

„Hat dir das alles Cedric geflüstert?" Kenneth blähte seine Nasenlöcher. „Oder woher hast du das?"

Hazel schob die Ellbogen auf den Tisch und präsentierte ihnen die Miene einer Verschwörerin. Arthur wäre kaum verwundert gewesen, wenn sie ihnen von einem Schatz auf einem geheimnisvollen Eiland erzählt hätte. Doch statt den Namen einer Insel offenbarte Hazel schließlich: „Ich hab's von Eleanor Keene."

„Und die hat's von Humperdinck?", fragte Herbert.

„Nein, Eleanor hatte einen direkten Draht zu Mrs Prudence."

„Niemand im Dorf hatte Kontakt mit der Lady."

„Eleanor schon.“

„Du willst uns verschaukeln?“

„Niemals“, beteuerte Hazel.

Arthur sah, wie sich sein Erstaunen in den Gesichtern der anderen widerspiegelte. Dass Mrs Prudence den Kontakt zu den Einheimischen mit Ausnahme eines Mannes vermieden hatte, war allen im Dorf bekannt.

„Wer hat denn eurer Meinung nach für Mrs Prudence die Einkäufe erledigt?“, fragte Hazel. „Wer hat den Müll entsorgt oder ihr die Wäsche gewaschen? Etwa John Ratcliffe?“

Alle bis auf Hazel schielten in Richtung Tresen. Der vordere Bereich wurde unverändert von der Gruppe belagert, die Arthur zuerst begrüßt hatte. Unter ihnen befand sich John Ratcliffe, der sich seit Jahren um Mrs Prudences Garten und ihre Stallungen kümmerte. Er galt als der einzige Angestellte, den sich Mrs Prudence während ihrer letzten Jahre geleistet hatte. Und selbst Ratcliffe hatte nach eigenem Bekunden die Villa nicht betreten dürfen.

„Weshalb sollte Mrs Keene ihre Arbeit denn verheimlichen?“, flüsterte Kenneth.

„Sie ist die Frau des Ortsvorstehers“, erwiderte Hazel. „Garantiert war’s ihr unangenehm.“

„Woher weißt du das mit ihrer Arbeit?“, wollte Kenneth wissen und brachte gleichermaßen Arthurs Gedanken auf den Punkt.

Die gelernte Näherin ließ sich Zeit mit einer Antwort, indem sie genüsslich an ihrer Zigarette sog. „Ich war auf Barkham Manor“, berichtete sie dann. „Erst letzten Monat.“

„Was hast du dort zu suchen gehabt?“, schnaubte Herbert, doch diesmal brauchte Arthur dessen Empörung nicht zu bezweifeln.

„Bisher hast du dich nicht über meinen Blaubeerkuchen beschwert“, sagte Hazel, worauf Herbert sie verdutzt anschaute. „Die Beeren stammen von Barkham Manor.“

„Hast du sie Mrs Prudence etwa abgekauft?“

„Ob du’s glaubst oder nicht: Ich habe sie eigenhändig gepflückt.“

„Du meinst, du hast sie eigenhändig gestohlen?“

„Hätte ich sie nicht gepflückt, wären sie vergammelt.“

„Und wenn dich der Hund erwischt hätte?“

Einige Dorfbewohner nannten John Ratcliffe den Hund. Arthur mutmaßte, dass der Kosename von seiner Bissigkeit und Angriffslust herrührte. Gewiss war er sich dessen aber nicht.

Hazel quittierte die Bedenken ihres Mannes mit einem lapidaren Schulterzucken. Dann erzählte sie, wie sie sich eines Morgens in die Blaubeeren begeben hatte. Ihrer Erfahrung nach sprossen die üppigsten Sträucher entlang der Grundstücksmauer. „Jedenfalls sehe ich Eleanor auf dem Rad durchs Haupttor kommen. Wir schauen uns an und ich hoffe, dass sie weiterfährt. Doch zu meinem Pech steigt sie ab.“

„Und hast du dich versteckt?“, wollte Herbert wissen.

„Sollte ich mich etwa auf die Erde werfen? Wie die Bräute in deinen Gangsterfilmen?“

„Besser, als sich erwischen zu lassen.“

Hazel zog spöttisch eine Augenbraue hoch. „Eleanor hat mir erzählt, dass sie etwas abholen müsste. Angeblich hatte ihr Mann ein paar wichtige Papiere vergessen. Er sei wegen irgendwelcher Spendengelder im Manor House gewesen. Ihr wisst ja, Edward Keene markiert nicht nur gern den obersten Lordrichter, er und Eleanor setzen sich auch für unser Dorf ein.“

Arthur nickte, während er sich in Dankbarkeit daran erinnerte, wie Mrs Keene ihm feierlich die Heizung überreicht hatte.

„Als sie mir das erzählt hat, sind mir die beiden Körbe aufgefallen“, sagte Hazel. „Ein Korb am Lenkrad und einer auf dem Gepäckträger.“

„Bestimmt voller Blaubeeren“, ergänzte Herbert grinsend.

„Unsinn, die Körbe waren prallgefüllt mit Einkäufen. Wurst und Käse, Milch und Tee.“

„Vielleicht hatte Eleanor die Einkäufe für ihre Mutter erledigt“, bemerkte Arthur.

„Ihre Mutter wohnt in Chiddingfold“, erwiderte Herbert. „Da wird sie keine Extrarunde durch Barkham Manor drehen.“

„Du sagst es“, stimmte Hazel ihm zu. „Die Einkäufe waren für Mrs Prudence.“

Arthur beugte sich über den Tisch, sodass ihre Köpfe dicht beieinander waren. Mit hochrotem Gesicht (wie er zumindest vermutete) gestand er ihnen, Mrs Keene und Mr Humperdinck belauscht zu haben. Er beteuerte, es sei nicht seine Art, dieses Mithören fremder Gespräche, nur manchmal schnappe er eben das ein oder andere auf. Seine Freunde erteilten ihm mit einem ungeduldigem Abwinken die Absolution. „Mr Humperdinck hat Mrs Keene von dem Mord berichtet“, sagte er leise. „Ich habe mich fürchterlich erschrocken und musste die ganze Zeit an Peter Hawkings denken.“

„Ist das der junge Mann von der Farm?“, hakte Kenneth nach.

„Ja, Peter lebt dort mit seiner Familie.“

„Ich erinnere mich. Wir sind auf einem unserer Ausflüge an der Farm vorbeigefahren.“

„Genau“, sagte Arthur. „Das Seltsame an dem Gespräch war, dass Mrs Keene so tat, als kenne sie Mrs Prudence gar nicht persönlich.“

„Eleanor und Cedric sind Busenfreunde“, erklärte Hazel. „Die erzählen sich eigentlich alles.“

„So wie du mir von deiner Diebestour erzählt hast?“ Herbert schaute Hazel herausfordernd an, worauf sie nach seinem Hosenträger langte. Ein Knall folgte, doch kein Wort des Schmerzes.

5

Es war George VI, dessen Penetranz Arthur unsanft und all zu früh dem Reich der Träume entriss. Missmutig warf er das Kopfkissen ans Fußende, wischte sich den Schlaf aus den Augen und blickte zum Fenster. Mit erhobenen Schwanz streifte Ihre Hoheit über den Sims.

„Auch wenn du nach einem König benannt bist", raunte Arthur, „deine Bettelei ist alles andere als majestätisch."

Er hievte die Beine aus dem Bett, schlüpfte in seine Pantoffeln und warf sich den Morgenmantel über. Mit einem Gähnen öffnete er das Fenster, worauf King George bar jeder Anmut in die Stube sprang. Es war kurz nach sieben und im Grau der Dämmerung zeichneten sich die sanften Hügel von Surrey ab. Die Morgenluft, die Arthur bis unter den Pyjama kroch, rüttelte seine Lebensgeister endgültig wach.

Noch vor dem Gang ins Badezimmer entfachte er ein Feuer im Küchenofen. Einige Haushalte in Little Barkham hatten das Glück, ihren Kaffee auf einem Gasherd brühen zu können. Im Vergleich mit seiner Ausstattung war das Science-Fiction, doch hatte Arthur seine antiquierte Küche schätzen gelernt. Hier ging eben alles langsamer vonstatten und das gefiel ihm. Ohne jede Eile füllte er den Teekessel mit Wasser und stellte ihn auf den Ofen, während King George um seine Waden strich.

„Möge es Seiner Majestät munden", sagte Arthur und löffelte Katzenfutter in ein Schälchen.

Wäre er weniger genügsam gewesen, dann hätte er George längst des Hauses verwiesen. Seine Nachbarin hatte ihn vor dem Kater gewarnt. Wenn er dem Herumtreiber erst einmal Einlass gewährte, würde er ihn nicht mehr loswerden. Mit leicht diabolischem Grinsen hatte Mrs Chamberlain angefügt, als wahrer Tierfreund könne er dem Kater aber auch etwas Gutes tun. In diesem Fall meinte das Gute ein Frühstück. Und weil King George ein Gewohnheitstier war, forderte er nun Tag für Tag eine Mahlzeit ein. Vielleicht bin ich gar nicht genügsam, sinnierte Arthur, sondern bloß ein Opfer königlicher Herrschaft.

Er schlurfte ins Badezimmer und vollzog seine Morgenroutine. Zunächst rasierte er sich, dann glättete er mit Pomade sein Haar, als erwartete er neben dem Besuch der Katze auch den einer Dame. Zum Beispiel von Mrs Chamberlain. Sie könnte an die Tür klopfen, um eine Führung durch seine Privatbibliothek zu ergattern. Oder Lucys Mutter, die wohl dank ihrer Tochter annahm, er spekuliere auf ein Teekränzchen in trauter Zweisamkeit. Im Grunde hielt Arthur beides für ausgeschlossen, dennoch wollte er für den Fall der Fälle vorbereitet sein. So wie er Betulichkeit jeder Hektik vorzog, las er lieber von Überraschungen, als sie selbst erleben zu müssen. Arthur war eben auch ein Gewohnheitstier.

Nachdem er die Gläser gereinigt hatte, schob er sich seine Brille auf die Nase. Das bernsteinfarbene Gestell verlieh ihm den Sexappeal eines Schalterbeamten. Er streifte sich Hemd und Hose über, band sich eine Krawatte um und kehrte in die Küche zurück.

George VI lag zusammengerollt vor dem Ofen und allein das Brodeln des Kessels übertönte sein Schnurren.

Eine Viertelstunde später nahm Arthur mit einer Schüssel Porridge und einem Kännchen Tee am Tisch Platz. In der Mitte lag ein Bogen Papier, was nichts Ungewöhnliches bedeuten mochte. Normalerweise erledigte Arthur seine Korrespondenz unter der Küchenlampe. Nur leider konnte er sich nicht entsinnen, gestern einen Brief aufgesetzt zu haben. Wann sollte das geschehen sein? Und wem schuldete er so dringend eine Antwort, dass er mitten in der Nacht zum Stift gegriffen hatte?

Eine Liste an Buchtiteln für den kommenden Monat hatte er bereits an die Verwaltung in Reigate gesandt. Und seine Kontaktanzeige im *Lonely Hearts Club* hatte er nach dem letzten, höchst betrüblichen Briefwechsel storniert. Mit gerunzelter Stirn faltete Arthur den Bogen auseinander und las:

Dear Mrs Christie,
wie Ihnen bekannt sein dürfte, lese ich mit großer Leidenschaft Ihre Kriminalromane. Natürlich fiebere ich schon der Veröffentlichung Ihres neuen Werkes Die Kleptomanin *entgegen. Ein Jahr ohne Miss Marple oder Monsieur Poirot scheint mir ein vergeudetes Jahr …*

Hierauf folgte ein Abschnitt mit Vergleichen peinlichster Art: Ihre kriminalistischen Rätsel sind die Würze meines Lebens. Oder: Ihre Bücher werden auch in Zukunft die Stützen meiner bescheidenen Existenz sein. Mit Ausnahme von ihm hatte niemand den Brief gelesen, was Arthur jedoch nicht vor dem Schamgefühl bewahrte. Immerhin hatte er in der Vergangenheit drei ähnliche Briefe verfasst und sie allesamt nach Greenway House, Grafschaft Devon gesandt. Soweit er wusste, verbrachte Mrs Christie dort ihre Ferien. Wie zu erwarten war, hatte die Queen of Crime auf keines seiner Schreiben reagiert.

Arthur blinzelte über den Briefbogen hinweg zum Ofen. King George hielt das Haupt erhoben und starrte ihn aus halbgesenkten Lidern an. War das etwa der amüsierte Blick eines Königs? Sein absurder Verdacht wurde prompt von der Erinnerung an seinen gestrigen Besuch im Pub verdrängt. Er hatte zwei Guinness getrunken und war beschwipst heimgeradelt. Zwei Biere entsprachen Arthurs Limit. Alles darüber hinaus führte zum Kontrollverlust und wohin der eskalieren konnte, bewies der Brief in seinen Händen.

Nach all den Schmeicheleien, die in der morgendlichen Nüchternheit kaum zu ertragen waren, wechselte der Ton. Arthur mochte nicht glauben, was er geschrieben hatte, und las den letzten Abschnitt gleich mehrfach.

... verehrte Agatha, schweren Herzens will ich Ihnen und nur Ihnen allein die ungeschminkte Wahrheit anvertrauen: Hier bei uns in Little Barkham ist ein Mord geschehen. Der Täter ist natürlich der Gärtner!

6

Arthur hatte noch drei Stunden, bis er die Bücherei öffnen musste. Kurzentschlossen schwang er sich auf sein Fahrrad und fuhr direkt zum Anwesen von John Ratcliffe, dem Gärtner der verstorbenen Mrs Prudence.

Der etwa Sechzigjährige lebte mit seiner Frau und seinen fünf Kindern im Cottage Hevva Cake. Für den Namen des Hauses hatten die berühmten Kekse aus Cornwall Pate gestanden. So erinnerten die Fenster mit ihren dunklen, unförmigen Rahmen an Rosinen, außerdem genügte ein kraftvoller Sprung, um die Dachrinne berühren zu können. Das Cottage war gleichsam so flach wie ein aus Feldsteinen gebackener Hevva Cake. Nur durfte man beim Hineinbeißen nichts Süßes erwarten.

Auf Arthurs Klopfen hin erschien John Ratcliffe inklusive angesäuerter Miene. In der schmalen Tür wirkte dessen Statur noch imposanter, als sie es ohnehin schon war. Über ein Paar Gummistiefel trug der Mann eine ledrige Schürze und eine karierte Schirmmütze. Soweit Arthur informiert war, hielt die Familie hinter dem Haus ein Rudel Sauen.

„Guten Tag, Mr Ratcliffe", grüßte er überfreundlich.

„Ach", sagte der Mann. „Tingwell, der Buchmensch."

„Ja, und ich komme in delikater Angelegenheit."

„Delikat? Muss ich jetzt rot werden?"

„Keineswegs, Mr Ratcliffe. Keineswegs.“

„Dann los, Tingwell! Meine Zeit ist kostbar.“

„Könnten Sie für mich ein halbes Stündchen ihrer ...“ Arthur stockte einen Moment lang, „... ein halbes Stündchen ihrer *kostbaren Zeit* entbehren?“

„Wieso? Was gibt’s denn?“

Obgleich sich keiner mit dem Hünen anlegen mochte, war nicht jeder Streit zu vermeiden. Jüngst hatte Arthurs Freund, Kenneth Williams, dank eines flapsigen Kommentars über Stallgerüche ein Veilchen kassiert. John Ratcliffe besaß nämlich das Talent, aus leichthin gesagten Sätzen eine Kritik an seiner Person herauszuhören. Dementsprechend war Arthur auf der Hut.

„Haben Sie nicht einen Schlüssel fürs Manor House?“

Ratcliffes Augen wurden zu Schlitzen. „Gut möglich.“

„Bestimmt wissen Sie, dass Mrs Prudence eine eifrige Leserin war.“

„Kann sein. Mich interessieren Bücher nicht die Bohne.“

„Das habe ich vermutet.“

„Tingwell, mein Freund!“ John Ratcliffe bäumte sich auf, sodass seine Gestalt den Türrahmen zu sprengen drohte. „Wollen Sie etwa behaupten, ich sei ungebildet?“

„Das würde ich mir niemals anmaßen.“

„Sie halten garantiert jeden für dumm, der seine Nase nicht in dicke Schmöker steckt.“

„Um ehrlich zu sein“, antwortete Arthur mit komplizenhaften Zwinkern, „Lesen wird sowieso überschätzt. Zwischen den Buchdeckeln ist eine Menge Platz für blanken Unsinn.“

Ratcliffe nickte zufrieden, was Arthur innerlich auf-
atmen ließ. Dann berichtete er ihm von Mrs Prudences
Ausleihen, von den vergnüglichen Arztromanen und
Daphne du Mauriers *Rebecca*, eine Empfehlung seiner
Wenigkeit.

„Jetzt verstehe ich." John Ratcliffes Gesicht offenbarte
einen argwöhnischen Zug. „Sie wollen mich überreden,
Mitglied in Ihrem Klub zu werden."

„Welchen Klub meinen Sie?"

„Natürlich Ihre Bücherstube."

„Tut mir leid, Mr Ratcliffe. Das war nicht meine Absicht."

„Denken Sie etwa, ich wäre nicht interessiert?"

„Nein, ich denke, Sie sind ein viel beschäftigter
Mann."

John Ratcliffe hob einen Zeigefinger. „Da haben Sie
recht, Tingwell. Obendrein lasse ich mich nicht von
Ihnen bezirzen, damit Sie mich um mein Erspartes
bringen."

„Die Nutzung der Bibliothek ist umsonst."

„Das brauchen Sie nicht zu betonen. Oder glauben
Sie, unsereins wäre armes Gesindel?"

Arthur seufzte. Es war leichter, einem James-Bond-
Enthusiasten eine Liebesschmonzette unterzujubeln,
als mit John Ratcliffe ein simples Gespräch zu führen.
Er senkte die Stimme und erklärte: „Vor ihrem Tod hat
Mrs Prudence ein paar Bücher geliehen, die ich gern abholen würde. Sie, Mr Ratcliffe, sind in ganz Little Barkham die einzige Person, der Mrs Prudence Zugang zu
ihrem Anwesen gewährt hat. Das bedeutet: Ohne Ihre
Hilfe bin ich verloren."

„Warum sagen Sie das nicht gleich?“, knurrte Ratcliffe. Doch der Stolz, den Arthur hatte wachkitzeln wollen, zeigte sich in keiner Faser. Der Mann zog sich die Mütze in die Stirn und schloss mit grimmiger Miene die Haustür.

Kurze Zeit später radelte Arthur neben dem Gärtner nach Barkham Manor. Auf der Fahrt gab sich John Ratcliffe wider Erwarten geschwätzig, auch wenn sich seine Reden mit einer Mischung aus Flüchen und Gejammer begnügten. Von seinem hohen Sattel herab schimpfte er, nun arbeitslos zu sein. In diesen Tagen würden eher Tippsen und Busfahrer als Gärtner gesucht.

„Mr Tingwell, die Zeiten sind nicht rosig!“

„Vielleicht beschäftigt Sie Mrs Prudences Neffe.“

„Ausgeschlossen.“

„Das klingt ziemlich endgültig.“

„Ich und dieser Taugenichts stehen auf Kriegsfuß.“

„Hört sich schlimm an. Das tut mir leid.“

„Sie können sich Ihr Mitgefühl sparen. Stuart Medford hat bloß bekommen, was er verdient.“

Ehe Arthur nachzuhaken wagte, was zwischen ihm und Mrs Prudences Neffen vorgefallen war, erreichten sie den Birkenwald, der Little Barkham den Namen gab. Eine Zufahrtsstraße führte durch ein Gittertor, dessen Spitzen bis in die Baumkronen aufragten. Die Mauern beidseits der Steinpfosten waren von wildem Efeu und Buschwerk überwuchert.

John Ratcliffe rutschte vom Sattel und drückte beide Torflügel auf. Dann bestieg er wieder das Rad und trat kraftvoll in die Pedale. So wie Ratcliffe nicht zurückschaute, so machte er auch keine Anstalten, auf Arthur zu warten. Entweder wollte der Gärtner nicht über den Neffen reden oder seine Zeit war tatsächlich sehr kostbar.

Im Schatten der Mauer erspähte Arthur die Sträucher, von denen Hazel Osbourne gesprochen hatte. Um diese Jahreszeit hätte man unter den rotbraunen Blättern vergebens nach Blaubeeren gesucht. Ringsum streuten die Silberbirken ihr feingezahntes Laub über den Waldweg. Bevor Arthur seinen Begleiter aus den Augen verloren hätte, trat er ebenfalls in die Pedale.

Sobald er zu John Ratcliff aufgeschlossen hatte, schenkte der ihm ein schadenfrohes Grinsen. „Na, Tingwell? Vom Bücherlesen wachsen wohl keine Muskeln?“

„Nein, leider nicht“, antwortete Arthur außer Atem.

„Ohne Saft in den Knochen kann's Ihnen übel ergehen.“

„Die Strecke zur Bibliothek meistere ich ganz gut.“

„Ich rede von finsteren Gesellen. Wie gesagt, die Zeiten sind nicht rosig.“

„Aber wohl kaum in Little Barkham.“

„Seien Sie nicht so naiv, Tingwell. Hinter jedem Busch können Gefahren lauern, erst recht des Nachts.“

Wäre Arthur nicht der Anlass für ihren Besuch bewusst gewesen, hätte er aufgelacht. In Soho konnte man den besten Kaffee Londons trinken und dennoch beraubt werden. Im East End knüpften arglose Mütter ihre Bettlaken auf, während ihre Sprösslinge lange Messer für die Spätschicht wetzten. Das Leben in Little Barkham erschien Arthur dagegen wie eines ohne Krallen und Widerhaken. Unter den Einheimischen galt

John Ratcliffes Temperament als die größte Bedrohung. Doch jetzt war alles anders, dachte Arthur. In seiner neuen Heimat schlich ein Mörder umher.

„Haben Ihnen Ihre Muskeln schon oft aus der Klemme geholfen?“, fragte Arthur.

„Mehr als einmal. Das dürfen Sie mir glauben.“

„Und in der Angelegenheit mit Stuart Medford?“

„Da genügte ein ernstes Wörtchen“, antwortete John Ratcliffe ohne die geringste Scheu. „Der Bursche ist nicht nur so nutzlos wie ’n Daumen in der Kniekehle, er ist auch ein Weichei.“

„Womit hat er denn Ihren Ärger provoziert?“

„Das will ich Ihnen gern erzählen. Wie Sie sicherlich wissen, bin ich überall für mein sanftes Gemüt bekannt.“

Die Stimme des Gärtners entbehrte jeder Ironie, sodass Arthur ihn gern für seine verschrobene Selbstwahrnehmung gratuliert hätte. Mit Mühe zügelte er sich, denn ein Grinsen hätte Ratcliffes sanftes Gemüt garantiert auf die Probe gestellt.

„Noch zu Mrs Prudences Lebzeiten wollte er mir untersagen, den Garten zu pflegen. Der Schnösel hat gemeint, seine Tante verlasse nie das Haus. Deswegen sei’s ihr egal, was außerhalb der Wohnstube kreucht und fleucht.“

Der Waldweg mündete in eine Lichtung, die einen direkten Blick auf das Manor House bot. Obwohl Arthur an den Wochenenden gern ausgedehnte Wanderungen unternahm, hatte er die Villa niemals zuvor mit eigenen Augen gesehen. Im Gegensatz zu Hazel hatte er das Tor und die Mauern als Grenze verstanden, respektiert und stets umfahren. Nun ließ ihn der bloße Anblick vor Ehrfurcht innehalten.

Offenkundig war die Villa in Georgianischer Epoche erbaut worden. Der rostbraune Backstein verschmolz nahezu mit der herbstlich getönten Landschaft, während sich der Wald im Hintergrund fortsetzte. Es war, als hätten sich die Birken wie totenbleiche Finger um das Haus geschlossen.

„Aber mich konnte er nicht einschüchtern", fuhr Ratcliffe fort. „Verwandtschaft hin oder her. Ich unterstand Mrs Prudence und nicht ihrem Neffen. Irgendwann hatte Medford gemeint, ich solle meine Pfoten brav bei mir behalten. Wenn ein einziges ihrer wertvollen Stücke fehle, stünde er bei mir auf der Matte. Er kenne ein paar Londoner Anwälte, die darauf brennen, mir das letzte Hemd abzuluchsen."

John Ratcliffe lehnte sein Rad an das flache Mauerwerk, das die dreistufige Außentreppe einfasste. Arthur tat es ihm auf der anderen Seite gleich. So wie ihm die Geschwätzigkeit des Gärtners überraschte, so verdächtig erschien sie ihm. Weshalb wollte sich Ratcliffe unbedingt in dieser Angelegenheit erklären? Und warum ausgerechnet vor Arthur, den er im Pub allenfalls mit einem Nicken grüßte?

Auf den Stufen zur Eingangstür fragte er ihn, was Stuart Medford mit *wertvolle Stücke* gemeint habe.

„Das werden Sie gleich sehen", antwortete Ratcliffe und kramte aus seiner Latzhose einen Schlüssel hervor. Er umfasste den Türknauf, ohne den Schlüssel im Schloss zu drehen. Mit einem stechenden Blick, der John Long Silver alle Ehre gemacht hätte, fixierte er

Arthur. „Wissen Sie, Tingwell, ich habe vorhin gelogen.“

Arthur hob vor Erstaunen die Brauen.

„Das ernste Wörtchen gegenüber Stuart Medford war
nur ein Teil der Wahrheit. In Wirklichkeit ist mir die
Faust ausgerutscht.“

„Ui“, entwich es Arthur schneller, als ihm lieb war.

„Ich mag’s nämlich nicht, wenn man mich für dumm
verkauft.“

„Das verstehe ich, Sir.“

„Ach ja? Da bin ich mir nicht so sicher. Sie grinsen mir
zu oft.“

Jetzt war es Ratcliffe, der seine Brauen hob. Arthur
verstand die Geste und antwortete mit einem ehr-
furchtsvollen Nicken. Daraufhin öffnete der Gärtner
das Haus, winkte ihn über die Schwelle und sperrte
hinter ihm die Tür zu.

1

Natürlich hatte Arthur eine Vorstellung von der Empfangshalle im Hause Prudence gehabt. Dank Agatha Christie hatte er gemeinsam mit Miss Marple oder Hercule Poirot eine Menge eleganter Vorhallen betreten dürfen. Doch was sich ihm jetzt präsentierte, entsprach ganz und gar nicht seiner Lektüre.

„Imposant, nicht wahr?", rief Ratcliffe voller Begeisterung.

„Ja, ohne Frage", erwiderte Arthur, obwohl ihm der Anblick insgeheim ernüchterte. Statt eines auf Hochglanz polierten Marmorbodens dehnte sich vor ihnen ein Teppich, dessen Fasern so verblasst wie zerschlissen waren. Mit jedem Schritt verursachten Ratcliffes Stiefel lehmige Abdrücke, was den Gärtner nicht zu bekümmern schien.

Von der Halle gingen mehrere Türen ab, während eine Stiege ins obere Stockwerk führte. Das schummrige Tageslicht, das durch die Fenster neben der Haustür flirrte, verstärkte Arthurs Eindruck noch. Die Atmosphäre ließ ihn an alte, verstaubte Dachböden denken.

„Hey, Tingwell", rief Ratcliffe. „Gucken Sie sich dieses Prachtstück an."

Er deutete auf eine an der Wand hängende Maske, die Arthurs Einschätzung nach von den Seychellen stammte. Er selbst konnte der Zurschaustellung kolonialer Kunst nichts abgewinnen. Rein aus Höflichkeit honorierte er Ratcliffes Entzücken mit einem gedehnten „Ahhhh".

Der Gärtner zeigte sich zufrieden. Er nahm die Treppe in den Salon und Arthur folgte dichtauf. Auch dieser Raum wirkte, als hätte er seine besten Zeiten hinter sich. Ein zweiflügliges Fenster rückte alles in ein schonungsloses Licht. Die Arabesken auf der Tapete waren zu grauen Schatten verblichen, an einigen Stellen wölbte sich sogar das Papier. Über dem Kamin hing ein Spiegel, der an den Rändern von Spiegelfraß befallen war. Darunter reihten sich auf dem Sims lauter Familienportraits aus Vorkriegszeiten. Arthur verharrte zwischen dem Kamin, einem runden Tischlein und einem Sessel. Es war Mrs Prudences Lesesessel.

Das Ungetüm musste um die Jahrhundertwende fabriziert worden sein. Die Polster waren schief und durchgesessen, die Armlehnen ohne Spannung. Einen Sessel zu betrachten, in dem ein Mensch verstorben war, faszinierte und grauste Arthur zugleich. In Friedenszeiten endet das Leben im Bett während eines tiefen, traumlosen Schlafs. Das hatte Arthur bisher gedacht – oder vielmehr gehofft.

„Zuerst war Dr. Quartermain hier." Ratcliffe begutachtete das Porzellan in einer Vitrine. „Der hat keine zehn Minuten gebraucht."

„Wohnt Dr. Quartermain nicht in Chiddingfold?"

„Der Doktor fährt einen neuen Ford. Der Schlitten schafft sechzig Meilen die Stunde." Ratcliffe schnaubte verächtlich. „Arzt müsste man sein."

„Und wer hat die Polizei verständigt?"

„Na, Dr. Quartermain.“

„Und den Doktor?“

„Peter Hawkings persönlich.“

„Weshalb hat er das gemacht?“

„Was gemacht? Die Frau erschlagen?“

„Nein, zuerst Dr. Quartermain gerufen und nicht die Polizei.“

„Keinen Schimmer. Vielleicht hat er gedacht, das Kind sei sowieso schon in den Brunnen gefallen.“

Arthur erschauderte bei Ratcliffes unpassender Redewendung.

„Genau da ist es über ihn gekommen.“ Er deutete mit einem Sahnekännchen auf den Sessel. „Vermutlich hat er ein Stück Holz benutzt.“

Arthurs Blick strebte zu dem Kamin, in dem sich das frische Feuerholz stapelte. Seltsamerweise war keines der Scheite angekohlt.

„Ich wette, Hawkings hat sich angeboten, die Stube einzuheizen. Die hilfsbereite Tour verfängt bei den betagten Ladys immer.“

„Sie denken, er hat es geplant?“

„Ist doch naheliegend. Sie vergräbt die Nase in einem Schmöker und er lässt das Holz niederkrachen. Wumms!“

Ratcliffe imitierte einen kräftigen Schlag, worauf Arthur innerlich zusammenzuckte.

„Aber weshalb ist Peter nicht abgehauen?“

„Reue“, sagte Ratcliffe. „Einfach Reue.“

„Das klingt kaum nach einer geplanten Tat.“

„Nicht jeder ist so eiskalt wie der blonde Todesengel.“

Damit spielte Ratcliffe auf die jüngst in Holloway Prison hingerichtete Ruth Ellis an. Der Fall hatte landesweit Aufsehen erregt, wobei die *Yellow Press* mit ihren Schlagzeilen vom blonden Todesengel großen Anteil hatte. Ruth Ellis, die von ihrem Opfer jahrelang gepeinigt worden war, hätte auf Totschlag plädieren können. Doch ihr unbändiger Stolz hatte sie den Strang vorziehen lassen, was in Arthur gleichermaßen Mitgefühl und Bewunderung verursachte.

In beiläufigem Tonfall fragte er Ratcliffe: „Haben Sie auch eine Theorie über ein mögliches Motiv?"

„Motiv? Ist das was Psychologisches?"

„Dahinter verbirgt sich die Triebfeder eines Verbrechens. Kein Mensch mordet grundlos."

„Habgier", antwortete Ratcliffe. „Was denn sonst?"

„Sie glauben, dass Peter Hawkings sich bereichern wollte?" Arthur ließ seinen Blick demonstrativ über das Inventar schweifen.

Ratcliffe löste die Finger vom Porzellan, schob seine Mütze ein Stück zurück und sagte voller Unverständnis: „Tingwell! Haben Sie vorhin nicht die Maske gesehen? Hier finden sich überall Schätze. Die bringen auf dem Schwarzmarkt eine schöne Stange Geld."

Ratcliffe sprach, als befänden sie sich noch in der Zeit der Rationierung, wo sich Kinder mit Karotten-Lollis begnügen mussten. Andererseits stand Arthur einem Mann gegenüber, der nicht nur eine sechsköpfige Familie zu versorgen hatte, sondern seit Neuestem auch arbeitslos war.

„Ich werde nach den Gewächshäusern schauen", sagte Ratcliffe. „In der Zwischenzeit können Sie Ihre Bücher zusammensuchen."

Er schloss die Vitrine und marschierte zur Tür. Auf der Schwelle drehte er sich abrupt um. „Hören Sie, Tingwell! Lassen Sie die Finger von Mrs Prudences Sachen! Verstanden?"

„Keine Sorge", erwiderte Arthur, „*ich* bin allein an den Büchern interessiert."

„Was wollen Sie damit sagen?"

„Nur das, was ich eben geäußert habe."

„Versuchen Sie mir bloß nichts zu unterstellen." Ratcliffe reckte ihm die Faust entgegen, aus der ein Salzstreuer mit Goldrand ragte. Dann nickte er ihm bedrohlich zu, machte kehrt und stapfte hinaus.

Arthur hielt sich nicht mit der Frage auf, ob der Gärtner Mrs Prudences Hausrat schon früher dezimiert hatte. Er trat an den Sessel und langte nach den beiden Büchern, die auf der Armlehne lagen. Sie waren ihm sofort ins Auge gesprungen, als er den Salon betreten hatte. Die Romane spielten im Milieu der Weißkittel und beschrieben die Liaison zwischen einem Arzt und einer Krankenschwester. Solche Romanzen waren zurzeit sehr beliebt, vor allem seit die Doktorfilme mit Dirk Bogarde riesige Erfolge feierten.

Er schob beide Bücher in die Jackentasche und sah sich nach der dritten Ausleihe um. Auch wenn es kaum vorstellbar war, aber Mrs Prudence hatte Daphne du Mauriers *Rebecca* noch nicht gelesen. Also hatte er Peter Hawkings den modernen Klassiker mitgegeben. Sein Freund hatte ihm berichtet, dass Mrs Prudence die Bücher stets abholbereit in der Küche deponierte. Sie hätte es nicht gemocht, wenn er die anderen Räume oder gar das zweite Stockwerk betrat. Bis auf die Küche sei das Haus für ihn tabu, hatte Hawkings ihm anvertraut.

Nachdem Arthur im Salon nicht fündig geworden war, suchte er die Küche auf. Wie es schon die Eingangshalle getan hatte, überraschte ihn dieser Raum ebenfalls. Denn wider Erwarten unterschied sich die Küche nicht von den Küchen seiner Nachbarn. Zwei Schränke, ein Tisch mit zwei Stühlen, eine Spüle, eine Waage. Auf einer Leine hingen karierte, längst getrocknete Geschirrtücher. Im Gegensatz zu ihm verfügte Mrs Prudence über einen Gasherd – ein deutliches Zeichen dafür, dass die Greisin einer anderen Klasse als Arthur angehört hatte. Mit einem Anflug von Neid glitt er mit den Fingerspitzen über das blankpolierte Gitterrost. Er fragte sich, ob Eleanor Keene für Mrs Prudence nicht nur eingekauft, sondern sie auch bekocht hatte. Und waren Mrs Keene und Peter womöglich einander begegnet, hier auf Barkham Manor?

Zu seinem Bedauern konnte Arthur den Roman nicht finden. Er wollte gerade die Küche verlassen, als ihm der Dreck vor der Hintertür auffiel. Das waren eindeutig die Abdrücke von Schuhsohlen. Mehrere Menschen mussten hier herein- und hinausspaziert sein.

„Na", schallte es in die Küche. „Fleißig am Herumschnökern?"

Arthur wandte sich um. John Ratcliffe versperrte breitbeinig die Schwelle in die Vorhalle. Seine ausgebeulten Hosentaschen verrieten, dass er sich noch das ein oder andere Schmuckstück unter den Nagel gerissen hatte.

„Mrs Prudence wusste um meine Schwäche", sagte Ratcliffe, als hätte er Arthurs Gedanken gelesen. „Wäre ihr Zeit für ein Testament geblieben, hätte sie mir das Porzellan vererbt. Davon bin ich überzeugt."

„Sie kannten Mrs Prudence anscheinend gut."

„So gut, wie ein Köter sein Herrchen kennt."

„Auch der treueste Hund schnappt mal nach seinem Halter."

„Hüten Sie Ihre Zunge", drohte Ratcliffe mit geballter Faust. „Zwischen mir und Mrs Prudence hatte es keine Missverständnisse gegeben."

„Waren Sie denn oft hier?"

„Ein Garten kennt kein schlechtes Wetter, Mr Tingwell."

„Meine Frage bezog sich auf das Haus – *Mr Ratcliffe*."

„Wenn Mrs Prudence mich zu sprechen wünschte, kam ich herein."

„Und dann sind Sie so durchs Haus marschiert?"

Arthur und der Gärtner blickten gleichzeitig zu seinen Gummistiefeln hinab. Die verdreckten Sohlen passten absolut nicht in dieses Ambiente, was selbst einem John Ratcliffe nicht entgehen musste. Auf seinen Wangen offenbarte sich ein rötlicher Schimmer. „Hören Sie, Tingwell", rief er unverhofft. „Sind Sie nicht mit Hawkings befreundet? Ich meine, Peter Hawkings, den Killer."

„Ja, das bin ich. Darf ich Ihnen auch eine Frage stellen?"

„Nur Mut, Tingwell! Nur Mut!"

„Wo waren Sie eigentlich, als Mrs Prudence verstarb?"

„Bei meiner Familie, wo denn sonst?"

„Hätte ja sein können, dass Sie des Nachts die Rosen stutzen."

John Ratcliffe reckte ihm die Faust entgegen und verharrte in der Drohgebärde. Die Luft knisterte vor Anspannung. Plötzlich stieß Ratcliffe ein Lachen aus, als
hätte Arthur ihm einen kolossalen Witz erzählt.
„Nachts die Rosen stutzen", rief er, „das muss ich mir
merken."

8

Arthur erreichte noch rechtzeitig die Bibliothek, um pünktlich aufzuschließen. Es war zwölf Uhr und Mrs Bell wartete bereits mit ihrem Enkel vor der Tür. Der kleine Tommy liebte *Die Schatzinsel*, weil er sich gern vor John Long Silver und dem Schwarzen Hund gruselte. Seine Großmutter liebte den Klassiker, weil es nichts Besseres gab, um den Jungen zur Ruhe zu bringen.

„Guten Morgen, Mrs Bell."

„Morgen ist gut", erwiderte die Frau. Ihr Gesicht, umrahmt von einem Kopftuch, schaute ihn mürrisch an. „Seit sechs bin ich auf den Beinen! Unfassbar!"

„Plagt Ronald wieder die Schlaflosigkeit?"

„Ach, der alte Zausel ruht wie ein Stein."

Bei ihren Besuchen erläuterte Mrs Bell regelmäßig und erschöpfend die Gebrechen ihres Mannes. Mit Sicherheit war Arthur nicht weniger informiert als Dr. Quartermain. Heute strapazierten Mrs Bells Nerven allerdings nicht Ronalds Wehwehchen. Ihr strafender Blick galt eindeutig einer jüngeren Person.

„Meine Mutter ist in London", sagte Tommy voller Stolz.

„Die Arme muss jeden Morgen mit dem Bus hinfahren", ergänzte Mrs Bell. „Und abends natürlich wieder zurück."

Arthur knipste im Lesesaal die Beleuchtung an und fragte Mrs Bell, ob ihre Tochter mit ihrer Arbeit als Sekretärin glücklich sei. Für die Dame war seine Frage Anlass genug, über das schwere Los unverheirateter Frauen zu klagen. Ihre Tochter hocke den ganzen Tag an der Schreibmaschine, da bliebe keine Zeit, um einen gescheiten Mann kennenzulernen. Damals – und das bezog sich bei Mrs Bell fast immer auf die Zeit vor dem Krieg – damals hätte es so etwas nicht gegeben. Gemeint waren Frauen, die nicht den Richtigen fanden oder nicht finden wollten. Missmutig streifte sich Mrs Bell das Kopftuch ab und stopfte es in den Ärmel ihres Mantels.

Arthur nahm ihr den Mantel ab und hängte ihn auf einen Bügel. „Glauben Sie mir", sagte er versöhnlich, „London ist der beste Ort, um Bekanntschaften zu machen."

„Hier leben auch gescheite Männer", entgegnete Mrs Bell und ließ ihre Augenbrauen vieldeutig hüpfen.

Inzwischen war ihr Enkel in die Abteilung für Kinder- und Jugendliteratur geflitzt. Er zog sich ein Buch aus dem Regal und sank an Ort und Stelle in den Schneidersitz. Mrs Bell verschränkte wie die Besucherin einer Galerie die Finger im Kreuz, neigte sich vor und begann, die Novitäten zu inspizieren.

„Haben Sie den neuen Christie vorrätig?"

„Nein", sagte Arthur. „Der erscheint erst am Monatsende."

„Sie können es bestimmt nicht erwarten?"

„Für die Bibliothek ist jeder Christie eine Bereicherung."

„Na ja, ihre letzten Krimis ließen sehr zu wünschen
übrig."

„Sie reden von den Miss-Marple-Büchern?"

„Ja, diese Dorfgeschichten."

„Was stört Sie daran?"

„Eine alte Jungfer sollte nicht in fremden Gärten her-
umschnüffeln. Außerdem denkt sie immer das
Schlimmste von ihren Mitmenschen. Das trübt das
Vergnügen, finden Sie nicht auch, Mr Tingwell?"

Obgleich Arthur lautstark protestieren wollte, verkniff er sich einen Kommentar. Seines Erachtens bereiteten die Miss-Marple-Romane nicht weniger Vergnügen als die mit dem belgischen Eierkopf. Um einen höf-
lichen Tonfall bemüht, sagte er: „Sie begeistern sich
wohl eher für Hercule Poirot?"

„Ja, ohne Frage. Der Mann weiß sich zu benehmen. Er
kleidet sich gebührlich und wahrt stets die Contenance."

Die Aussage schrie förmlich nach einer Korrektur.
Arthur fielen auf Anhieb zwei Romane ein, in denen
der Meisterdetektiv angesichts eines Verbrechens die
Fassung verlor. Lucy Melroses Kommentar, dass er ein
Besserwisser sei, hallte jedoch in seinem Gedächtnis
auf. Also nickte Arthur beflissen, rückte hinter seinen
Tisch und widmete sich seiner Arbeit.

Mit Hilfe der Schreibmaschine begann er, neue Karteikarten für seinen Stichwortkatalog zu beschriften.
Neben der Krimiabteilung war der Zettelkasten sein
ganzer Stolz. Auf jedes Kärtchen tippte er den Buchtitel
plus den Namen der Autorin oder des Autors. Danach
ordnete er das Kärtchen einem Stichwort zu. Jüngst
hatte er im Radio gehört, dass die University of

Cambridge über ein Elektronengehirn verfügte. Angeblich füllte dieser sogenannte Computer nicht einmal einen halben Raum aus. Allein die Vorstellung von der Maschine brachte Arthur zum Staunen. Gäbe es solche Computer für Bibliotheken, könnten Röhren und Schaltelemente die Büchersuche um ein Vielfaches verkürzen. Arthur würde einfach das Stichwort *Mord* in die Maschine eingeben und bestenfalls eine Liste mit allen verfügbaren Krimis erhalten. Sein Zettelkasten wäre bereits vor der Fertigstellung Geschichte.

Unverhofft schlugen seine Gedanken eine Brücke. Während er sich eben noch eine Zukunft im schönsten Chrom ausgemalt hatte, musste er nun an Mrs Prudences Küche denken. War Peter Hawkings durch die Hintertür ins Haus gelangt? Und wenn ja, weshalb hatte er den Salon aufgesucht, obwohl ihm der Zugang ins obere Stockwerk untersagt worden war? Oder hatte Mrs Prudence ihm die Vordertür geöffnet und sie waren gemeinsam hinaufgegangen? Würden in ferner Zukunft Computer existieren, die solche Fragen zu lösen imstande wären? Ein Elektronengehirn, das im Auftrag von Scotland Yard knifflige Mordfälle aufklärt?

Mit konfusen Gedanken hievte sich Arthur von seinem Stuhl und schritt zum Fenster. Eine leichte Brise wehte das Laub der Platanen über das Kopfsteinpflaster. Die Chester Road war so leer, dass man hätte meinen können, die Dorfbewohner würden sich wegen der Gräueltat nicht mehr hinauswagen. Lediglich Edward Keene kam auf seinem Rad die Straße entlanggefahren.

Den Ortsvorsteher um diese Uhrzeit in Little Barkham zu sehen, zerstreute Arthurs Grübeleien schlagartig. Mr Keene betrieb eine Anwaltskanzlei in Guildford und fuhr für gewöhnlich mit dem Auto zur Arbeit. Das Fahrrad war den Besuchen von *Buckley's Feuerwache* vorbehalten. Statt seines Anzugs für Job und City hatte er einen groben Landanzug an, wie ihn hier draußen die meisten Männer trugen. Eine Laus in der Größe eines Elefanten musste ihm über die Leber gehüpft sein, so grimmig schaute er unter seinem Hut hervor.

Aus westlicher Richtung näherte sich ein Auto. Natürlich kannte Arthur den Fahrer des Wagens. Niemand in Little Barkham fuhr einen Bentley oder hätte sich eine solche Limousine leisten können. Das Auto gehörte Stuart Medford, dem Neffen der verstorbenen Mrs Prudence. Beim Anblick der Limousine brausten Arthur die Worte des Gärtners durch den Kopf. Taugenichts, hatte John Ratcliffe geschimpft. Laut seiner Aussage stünden er und dieser Taugenichts auf Kriegsfuß. Wenn Ratcliffes Bezeichnung für Stuart Medford nicht aus der Luft gegriffen war, drängte sich Arthur eine Frage auf: Womit machte ein Taugenichts so viel Kasse, dass er sich einen Bentley anschaffen konnte?

Der Wagen schoss an Mr Keene heran, bis der Fahrer das Tempo abrupt drosselte. Durch das Fenster erspähte Arthur lediglich Stuart Medfords Hinterkopf. Der junge Mann lehnte hinter dem Steuer und hielt den Blick zum Gehsteig gewandt. Dabei leckte die Stoßstange des Autos beinahe an Mr Keenes Rückleuchte, sodass der Eindruck entstand, Mr Medford wolle ihn provozieren. Da stieg der Ortsvorsteher vom Rad und versuchte, ihn mit einer ausladenden Geste vorbeizuwinken. Sein offener Mund schien unverdrossen zu sagen: „Los, komm schon! Gib Gas und hau ab!"

Der Bentley überholte den genervten Anwalt zwar, bremste jedoch nach zwanzig Metern wieder ab. Es war entweder ein böser Schabernack oder eine missverstandene Einladung. Am Ende kapitulierte Edward Keene. Er schloss zu dem Wagen auf und neigte sein Gesicht zum Fenster hinunter.

Offenbar entspann sich zwischen ihm und Stuart Medford ein Gespräch, oder genauer: der junge Mann richtete das Wort an Mr Keene, während der stumm nickte. Trotz der Entfernung sah Arthur, dass sich seine grimmige Miene noch weiter verfinsterte. Als der Wagen beschleunigte und den Anwalt hinter sich ließ, musste die elefantengroße Laus auf Mr Keenes Leber Boogie Woogie tanzen. Er zupfte aus seinem Anzug ein Taschentusch und wischte sich die nasse Stirn.

Stuart Medford wendete den Bentley und fuhr die Straße zurück. Sobald er die Bibliothek ein zweites Mal passierte, glaubte Arthur, ihn lachen zu sehen. Es war das Gelächter eines Mannes, der einem Konkurrenten soeben das Geschäft vermasselt hatte.

„Mr Tingwell?“

Arthur vernahm die Stimme, konnte sich dennoch nicht vom Fenster losreißen.

„Mr Tingwell?“

Erst, als Mr Keene wieder sein Fahrrad bestiegen hatte, wandte Arthur sich um. „Wie kann ich Ihnen helfen, Mrs Bell?“

„Wir haben unsere Bücher.“

„Das freut mich zu hören.“

„Und wir würden gern aufbrechen.“

Arthur fasste nach seiner Krawatte, um den ohnehin perfekt geschnürten Knoten zu korrigieren. Die Geste, so sinnlos sie auch war, half ihm zurück ins Hier und Jetzt. Rasch begab er sich zu seinem Tisch, wo Tommy ihn bereits sehnsüchtig erwartete. Der Junge presste eine illustrierte Ausgabe der *Schatzinsel* an seine Brust. Obwohl Arthur freundlich um das Buch bat, rückte Tommy den Roman eher widerwillig heraus. Oft glaubten Kinder, man würde ihnen die Ausleihe noch im allerletzten Moment verwehren. Arthur war sich unschlüssig, ob das ihre Bücherliebe bewies oder ein generelles Misstrauen gegenüber Erwachsenen.

Er zupfte aus dem Buch ein Kärtchen, versah es mit einem Datum und sortierte es in einen Holzkasten ein. Sobald er Tommy den Klassiker ausgehändigt hatte, rannte der Junge zur Tür hinaus. Den Erwachsenen war eben nicht zu trauen.

„Entschuldigen Sie, Mr Tingwell", flüsterte Mrs Bell.

„Sie müssen keineswegs um Entschuldung bitten", erwiderte Arthur. „Ich war als Kind genauso."

„Eigentlich möchte ich Sie um einen Gefallen bitten."

„Oh, das klingt sehr geheimnisvoll."

„Sie kennen doch den alten Pinkerton?"

„Ich glaube, jeder im Dorf kennt Mr Pinkerton."

„Aber Sie pflegen mit ihm ein besonderes Verhältnis."

„Besonderes Verhältnis", wiederholte Arthur skeptisch. „Mr Pinkerton war ein gern gesehener Gast in der Bibliothek. Das ist leider sehr lange her, Mrs Bell."

Der alte Pinkerton bewohnte das letzte Cottage vor der Ortsgrenze und war früher einer guten Lektüre stets zugeneigt. Leider konkurrierte diese Zuneigung mit seiner ausgeprägten Trunksucht. Der über Siebzigjährige war dem Fusel nicht weniger ausgeliefert als die Seeräuber in *Die Schatzinsel.*

„Mir ist zu Ohren gekommen, dass er Probleme hat“, sagte Mrs Bell. „Ernste Probleme!“

„Ich vermute, Mr Humperdinck hat Ihnen das geflüstert.“

Mrs Bell nickte. „Haben Sie sein Grundstück gesehen?“

Arthur schüttelte den Kopf, während er sich einen Vorgarten voller Laub und angefaulter Äpfel ausmalte. Gewiss ungepflegt, aber im Grunde nicht der Rede wert. Wie eine abschätzig dreinblickende Mrs Bell den Garten musterte, brauchte er sich dagegen nicht vorzustellen. Diesen Augenschmaus bekam er jetzt in natura geboten.

„Das Unkraut wuchert bis auf die Straße und darunter schimmelt weiß-der-Teufel-was. Außerdem ist an einer Stelle sein Zaun weggebrochen.“ Wider Erwarten wechselte ihr empörter Tonfall in einen fürsorglichen. „Ich befürchte, er könnte gestürzt sein.“

Unweigerlich musste Arthur an seine letzte Begegnung mit Pinkerton denken. Der Mann war in die Bücherei gestürmt – volltrunken, verlodert und über Winston Churchill schimpfend. Pinkerton konnte zetern, dass die Fledermäuse im Dachstuhl aufschreckten. Mit Hilfe sanften Zuredens war es Arthur letztlich gelungen, ihn vor die Tür zu komplimentieren.

Sechs Monate später war Churchill nicht mehr Premierminister und Pinkertons Auftritt allenfalls eine peinliche Episode. Die Welt hatte sich weitergedreht – bis zu diesem Zeitpunkt zumindest. Denn unvermittelt verspürte Arthur den Anflug eines schlechten Gewissens. So wie er die Episode verdrängt hatte, so wehmütig erinnerte er sich an die Begeisterung, die ein gutes

Buch in Pinkerton entflammen konnte. Bücherfreunde sollten Bücherfreunde unterstützen, dachte Arthur. Dann versprach er Mrs Bell, Pinkerton beizeiten einen Besuch abzustatten.

Augenscheinlich stellte sein Angebot die Frau zufrieden. Sie schob ihre Schmonzetten in einen Beutel, verabschiedete sich und eilte ihrem Enkelkind hinterher.

Arthur fragte sich, weshalb Mrs Bell dieses Thema ausgerechnet heute aufgebracht hatte. Pinkertons Garten befand sich garantiert nicht erst seit gestern in einem Zustand, der Mr Humperdinck zu allerlei Spekulationen ermunterte. Befürchtete Mrs Bell etwa, Little Barkham könne einen zweiten Toten beklagen?

9

Die Dämmerung hatte sich wie ein abgewetzter Scheuerlappen auf das Dorf gesenkt. Die Luft war taubengrau und roch nach feuchtem Laub. Arthur, der sein Fahrrad vor Pinkertons Cottage abstellte, fühlte sich ein wenig verloren. Entweder saßen seine Nachbarn daheim vor den Radiogeräten oder gemeinsam in *Buckley's Feuerwache*. Das Haus des alten Pinkerton machte jedenfalls nicht den Eindruck, als würde er zum geselligen Miteinander einladen.

In den Fenstern schimmerte nicht ein Fünkchen Licht. Und genau wie Mrs Bell behauptet hatte, war Pinkertons Vorgarten stark verwildert. Die Brennnesseln wuchsen hüfthoch und darunter lag allerhand Geröll. Teile des Zauns waren eingestürzt, als hätte Pinkerton die Kontrolle über sein Fahrrad verloren und wäre direkt in die Botanik gerast. Mit einer bösen Vorahnung schritt Arthur durch die Gartenpforte und weiter zur Haustür.

Nachdem er vergeblich angeklopft hatte, drängte er an der Fassade entlang unter den Fenstersims. Sein Versuch, ins Innere des Hauses zu spähen, wurde von der Dunkelheit zunichte gemacht. Dass der alte Pinkerton um diese Uhrzeit bereits schlief, hielt Arthur für unwahrscheinlich. In *Buckley's Feuerwache* konnte er auch nicht sein. Während der letzten Neujahrsfeier hatte er sich eigenmächtig hinter dem Tresen bedient und es den Wirten als selbstlose Hilfe verkaufen wollen. Daraufhin hatte Mrs Buckley ihn wie einen Hund zurechtgewiesen, dessen Schnauze sich auf den Küchentisch verirrt hatte. Seitdem hatte Pinkerton nicht nur in der Bibliothek Hausverbot.

Aber Arthur wollte sich nicht geschlagen geben. Er kehrte zur Vordertür zurück, klopfte erneut und horchte ins Innere. Kein Mucks drang nach draußen. In Arthur brandete ein Konflikt zwischen der Sorge um Pinkerton und seiner angelsächsischen Zugeknöpftheit auf. Als wahrer Gentleman kannte er den Zeitpunkt, in dem es geboten war, den Rückzug anzutreten. Jetzt und keine Sekunde später hätte er sich von dem fremden Grundstück entfernen müssen. Er sollte lieber den Pub aufsuchen, um dort in *feinster englischer Art* zu tratschen. Obwohl ... Diese Rolle erfüllte bereits Mr Humperdinck, dachte Arthur und warf jede Contenance über Bord. Er probierte den Knauf und siehe da: Wie es sich für ein verschlafenes Nest in England geziemte, war die Tür nicht verriegelt.

„Mr Pinkerton?", rief er laut und verständlich. „Mr Pinkerton? Sind Sie zu Hause?"

Er überschritt die Schwelle, knipste das Deckenlicht an und durchquerte die Diele. In der Annahme, Pinkerton würde vielleicht auf dem Sofa seinen Rausch ausschlafen, stoppte er vor der Wohnstube. Das Flurlicht ließ die Möbel lange, unheimliche Schatten in den Raum werfen. Arthurs eigene Silhouette ragte wie ein Galgen aus dem Türrahmen über die nackten Dielen hinweg.

„Nicht erschrecken, Mr Pinkerton. Ich bin's, Arthur Tingwell." Nach einem Atemzug fügte er hinzu: „Der hiesige Bibliothekar."

Sein Blick schweifte über ein Sofa, einen hohen Tisch und einen Sessel, der mit der Rückenlehne zur Tür stand. Sofort gefroren Arthur die Beine. Mrs Prudence war in ihrem Sessel aufgefunden worden, hinterrücks erschlagen und mausetot. Erst nachdem Arthur die Stehleuchte nahe der Tür angeschaltet hatte, wagte er sich in die Stube.

Das Licht vermochte zwar die unheimlichen Schatten zu vertreiben, aber gegen den Gestank war es machtlos. Hätte man Arthur mit verbundenen Augen hineingeführt, hätte er sich in *Buckley's Feuerwache* geglaubt. Der Geruch nach Alkohol, Schweiß und Pfeifentabak schwängerte die Luft. Mit gerümpfter Nase und einem Gefühl der Erleichterung betrachtete er den leeren Sessel. Auf der Armlehne lag, übersät von Tabakresten, der *Surrey Herald*, zwischen den Polstern klemmte eine Fliegenklatsche. Zweifellos war Mr Pinkerton ein jäher Tod bei der Abendlektüre erspart geblieben.

Arthur durchquerte die Stube und wäre beinahe über eine Flasche Brandy gestolpert. Obwohl er keine Ahnung von Spirituosen hatte, wusste er, dass der Cognac der Marke Martell kein billiges Gesöff war. So wurde *Martell Cordon Bleu* König George V auf dem Luxusliner Queen Mary kredenzt. Wie sich ausgerechnet Pinkerton solchen Brandy leisten konnte, war Arthur ein Rätsel.

Dann strebte sein Blick zur linken Wand hinüber. Dort neigte sich ein Schrank unter dem Gewicht hunderter Bücher gefährlich zur Seite. Für den Bibliothekar waren die achtlos hineingeworfenen Bände ein echtes Grauen. Er musste sich ermahnen, nicht hier und jetzt die Bücher nach Titel, Verfasser oder Thema zu ordnen. Mit einem Kraftakt riss sich Arthur von dem Anblick los und verließ die Stube.

Geschwind hatte er auch die restlichen Räume inspiziert. Dass sich der alte Pinkerton nirgends zeigte, steigerte Arthurs Verunsicherung noch. Der Zustand der Zimmer ließ jedenfalls nicht vermuten, Pinkerton hätte sich auf eine Reise begeben. So hatte Arthur in der Küche ein angeschnittenes Brot und eine geöffnete Butterglocke entdeckt. Seine Pantoffeln standen nicht in der Diele, sondern vor dem Bett, als hätte er sich hier schlafen gelegt, um woanders wieder aufzustehen. Es hatte keinen Zweck, sagte sich Arthur. Seine Fantasie würde ihn bloß mit einer Auswahl schaurigster Vermutungen irremachen. Er kehrte in die Wohnstube zurück, wo das Bücherregal oder vielmehr dessen Chaos ihn auf diabolische Weise anlockte. Der ordnungsliebende Bibliothekar in ihm sagte: Du musst hier raus! Und zwar schleunigst.

Er wollte gerade das Licht löschen, da erregte ein auf dem Boden liegendes Buch sein Interesse. Wie der überfüllte Schrank unschwer bewies, waren Bücher in diesem Haushalt keine Mangelware. Der Schutzumschlag dieses Exemplars war Arthur allerdings bestens vertraut. Auf gelbem Grund leuchtete ein knallroter Titel. Unbestreitbar handelte es sich um die Erstausgabe von Daphne Du Mauriers *Rebecca*. Und mindestens genauso unbestreitbar war die Tatsache, dass Peter

Hawkings dieses Buch für Mrs Prudence ausgeliehen hatte.

10

Als Arthur sein Fahrrad bestieg, war seine Sorge endgültig einer düsteren Befürchtung gewichen. War es möglich, dass Pinkerton etwas mit dem Tod von Mrs Prudence zu tun hatte? Arthur wollte den Gedanken sofort verwerfen, denn er hielt Pinkerton für einen guten, wenn auch schwierigen Menschen. Ja, der Mann war dem Alkohol verfallen. Und, ja, sein Gemüt war im gleichen Maße schwankend wie sein Schritt nach einer durchzechten Nacht. Zudem sprach der Zustand seines Hauses für eine trotzige Gleichgültigkeit. Dennoch würde Arthur seine Einschätzung mit einem unmissverständlichen Nein beenden: Nein, dem alten Pinkerton traute er ebenso wenig einen Mord zu wie dem jungen Hawkings.

Er radelte die Chester Road hinunter und bereute schon jetzt seinen Aktionismus. Warum hatte er nicht Zurückhaltung bewahrt und war heimgefahren? Pinkerton konnte man zwar aufgrund eines Buches einer Schandtat verdächtigen, aber er – Arthur Tingwell – war in ein fremdes Haus eingedrungen. Das war kein bloßer Verdacht, das war eine Tatsache. In seinen Ohren erklang bereits Mr Humperdincks Getratsche: Wenn's um nicht zurückgebrachte Bücher geht, verliert unser Bibliothekar alle Skrupel. Ein Büchernarr und Schnüffler, was John Ratcliffe unlängst bezeugen kann.

Bevor Arthur auf Höhe von *Buckley's Feuerwache* war, drosselte er das Tempo. Er reckte den Hals und spähte beim Fahren in eines der Fenster. Was er da erblicken musste, ließ ihn abbremsen.

Flink rutschte er vom Sattel, schob das Fahrrad unter das Fenster und linste in den Pub. Er wollte es nicht glauben. Wo eben noch sein Gewissen rumort hatte, brach nun eine Mischung aus Ärger und Erleichterung hervor.

Zwischen einer Handvoll Gästen sah er Pinkerton wild gestikulieren. Der Mann gebärdete sich nicht nur quicklebendig, sondern schien auch bei bester Laune. Indem Arthur den Knoten seiner Krawatte zurechtrückte, rief er sich selbst zur Mäßigung auf. Dann betrat er die Schänke.

„Mr Tingwell", rief der Wirt erfreut. „Was gibt uns die Ehre?"

„Ein Besuch, weiter nichts", erwiderte Arthur knapp.

„Das ist schon das zweite Mal diese Woche. Darf ich Sie endlich als Stammgast bezeichnen?" Buckley schmunzelte, während er ihm ein Bier zapfte.

Arthur lehnte ab und bat stattdessen um ein Glas Wasser, worauf der Wirt beherzt auflachte. Wahrscheinlich hielt er den Bibliothekar für einen sonderbaren Zeitgenossen oder seit heute gar für einen sonderbaren Stammkunden. Dass Arthur einen kühlen Kopf zu behalten hoffte, wollte er dem Wirt nicht auf die Nase binden. Stattdessen erlaubte er sich eine Notlüge: „Mein Magen, Mr Buckley. Der macht mir zurzeit Probleme."

„Oh", äußerte der Wirt mit Bedauern. „Da hilft nur unsere Hausmedizin. Ein Löwenzahn-Bitter gefällig?"

Ehe Buckley ihn zu einem Schnaps hätte überreden können, schnappte sich Arthur das Glas Wasser und prostete der Runde am Tresen zu. Der alte Pinkerton stand zwischen Mr Keene und Mrs Buckley, der Wirtin. Daneben reihten sich Mr Smolinski, der mit seiner Frau einen Krämerladen betrieb, und John Ratcliffe, der Gärtner. Die feine Gesellschaft prostete Arthur in übertriebener Heiterkeit zurück. Da streckte Pinkerton sein Glas in die Höhe und rief dem Wirt zu: „Ein Bier für unseren Bücherfreund."

„Danke", sagte Arthur. „Heute lieber nicht."

„Ach, kommen Sie", erwiderte Mrs Buckley. Hinter dem Bund ihres Rockes klemmte ein Geschirrtuch, als hätte sie gerade noch selbst ausgeschenkt. „Wir haben etwas zu feiern."

„Absolut, meine Gnädigste", stimmte Pinkerton ihr zu. Von seinem Jackett baumelte an einem losen Faden ein Knopf, der bei jeder Geste auf und ab hüpfte. Wäre Pinkerton der Ruf eines Künstlers vorausgeeilt, hätte man den Makel für eine Londoner Mode halten können. So komplettierte der Knopf jedoch nur eine Gestalt mit Triefaugen und lallender Stimme. „Wissen Sie, Tingwell", fuhr Pinkerton fort. „Selbst ein Prolet hat mal Glück."

„Los!", drängte Mrs Buckley ihn. „Erzählen Sie's unserem Bücherfreund."

„Aber nur, wenn der Herr mir einen Gefallen erweist."

„Ach, Mr Pinkerton. Vorhin haben Sie ihr Glück noch lautstark besungen."

„Vorhin, vorhin. Das ist Schnee von gestern."

Arthur beschloss, das Spiel mitzuspielen. „Nun gut, was kann ich für Sie tun?"

„Zitieren Sie uns den ehrwürdigen Shakespeare!"

„Mmh, das würde den Rest garantiert langweilen."

„Bitte, Mr Tingwell. Ein kleines Zitat zur Feier des Tages."

„Darf es auch von jemand anderem sein?"

„Meinetwegen. Hauptsache mit Aha-Effekt!"

Mit einem Schluck Wasser spülte Arthur seine Nervosität herunter, dann zitierte er frei aus dem Gedächtnis: „Glück ist kein Besitz, der seinen Preis hat. Glück ist ein Gemütszustand."

„Hehre Worte, Mr Tingwell", befand Edward Keene. Aus seinem Mund klang selbst eine alltägliche Begrüßung nach dem Urteilsspruch eines Richters. Das imponierte die Einheimischen, weshalb man ihm auch zum dritten Mal das Amt des Ortsvorstehers verliehen hatte.

Mr Smolinski und Mrs Buckley honorierten Arthurs Darbietung mit einem Applaus, während der Wirt mit den Fingerknöcheln auf den Tresen klopfte.

„Vom wem stammen diese Worte?", wollte Pinkerton wissen.

„Von Daphne du Maurier", antwortete Arthur.

„Daphne wer?", hakte Mrs Buckley nach.

„Daphne du Maurier. Aus ihrem Roman *Rebecca*."

„Ah ja", sagte Mrs Buckley. „Das habe ich im Kino gesehen."

Indes die Wirtin von Hitchcocks Verfilmung zu schwärmen begann, schob sich über Pinkertons Miene ein Schatten. Ein Zug von Unsicherheit, wie sich Arthur einbildete. Womöglich fragte Pinkerton sich, ob es sich bei der Wahl des Zitats um einen Zufall handeln mochte. Immerhin war der Roman ein Bestseller.

Als Mr Smolinski den alten Pinkerton an seinen Teil der Abmachung erinnerte, formten dessen Mundwinkel ein verkrampftes Lächeln. „Hey, Buckley", grölte er mit gespielter Lässigkeit zur Theke. „Eine neue Runde."

„Sehr nobel von Ihnen", pries Mr Smolinski sein Gegenüber. Der Sechzigjährige konnte sein Pint auch im Stehen auf dem Bauch balancieren, eine Fähigkeit, die Arthur stets bewunderte. „Und, bitte", schickte Mr Smolinski hinterher, „nun verraten Sie Mr Tingwell den Anlass unserer Feier."

Pinkerton räusperte sich affektiert. „Ob Sie's glauben oder nicht, ich habe im Pferderennen gewonnen."

„Tatsächlich?", erwiderte Arthur.

„Ja, in Epsom."

„Bis dorthin sind es sechzehn Meilen."

„Mindestens", sagte Pinkerton, um gleich darauf anzufügen: „Ich habe den Bus genommen."

„Ah, den Doppeldecker nach Charing Cross."

„Natürlich, Tingwell. Welchen denn sonst?"

„Dann waren Sie aber sehr früh auf den Beinen."

Arthurs skeptischer Tonfall verhallte in einem kollektiven Aufatmen. Der Wirt servierte die Getränke und Pinkerton fing an, einen Hengst namens Arctic Prince zu besingen. Unterdessen dachte Arthur an Mrs Bells Tochter, die laut ihrer Mutter jeden Morgen nach London zur Arbeit fuhr. Garantiert wäre ihr ein Zeitgenosse wie Pinkerton aufgefallen, zumal in Little Barkham nur wenige den Bus benutzten.

Sobald sämtliche Lippenpaare befeuchtet waren, rief Mrs Buckley ihrem Mann zu, sie sollten sich ebenso in

Pferderennen versuchen. Immerhin hätten sie seit jeher ein Händchen für Tiere allerart. Unnötigerweise deutete der Wirt auf die unzähligen Pokale, die sie mit ihren aufgehübschten Dackeln gewonnen hatten.

„Hunde und Pferde sind doch nicht das gleiche", gab Mr Smolinski zu bedenken.

„Machen Sie's nicht komplizierter, als es ist", protestierte Mrs Buckley. „Beide haben ein Fell, vier Beinchen und sind blitzgeschwind. Obendrein behauptet niemand, aus Ihnen, Mr Smolinski, ein Rennpferd machen zu wollen."

Ein jähes Gelächter erfasste die Gruppe. Erst da bemerkte Arthur, dass sich eine Person in ihrer Reaktion verdächtig zurücknahm. John Ratcliffe lachte mit den anderen, hob gelegentlich die Brauen vor Erstaunen oder nickte zustimmend. Dennoch wirkte sein Verhalten nicht authentisch auf Arthur, insbesondere nach ihrem gemeinsamen Besuch von Barkham Manor. Normalerweise war Ratcliffe kein Mann, dessen Manieren sich durch Distanz und Understatement auszeichneten. Er musste längst eine Brücke zwischen Pinkertons Geldsegen und dem Todesfall geschlagen haben.

„Warum beehrt uns heute nicht Ihre bessere Hälfte?", erkundigte sich Mrs Buckley bei Mr Keene.

„Meine bessere Hälfte?"

„Na, Ihre wunderbare Frau."

„Eleanor geht's leider nicht gut."

„Oh, ist die Dame erkrankt?"

„Ich fürchte schon. Migräne oder etwas ähnliches."

Arthur dachte an die merkwürdige Szene, die er durch das Fenster der Bibliothek beobachtet hatte.

Edward Keene war auf dem Rad die Chester Road entlanggefahren, bis sich Medfords Bentley an seine Fersen geklemmt hatte. Gern hätte Arthur den Ortsvorsteher darauf angesprochen, hielt es aber vor all den Leuten für unschicklich.

„Richten Sie Eleanor gute Besserung aus“, sagte Mrs
Buckley.

„Ja, von uns allen die allerbesten Wünsche“, rief Pinkerton und erhob feierlich sein Glas. „Ein Prosit auf
Mrs Keene.“

Als die Gruppe ihre Gläser klirren ließ, registrierte
Arthur, wie Ratcliffe den alten Pinkerton unverhohlen
taxierte. Unter dem Einfluss des Alkohols drohte die
Fassade des Gärtners zu bröckeln. Auch wenn hier gefeiert wurde, vermochte es einen Fakt nicht zu ver-
schleiern: Über der kleinen Gesellschaft schwebte ein
heimtückischer Mord.

Dem Klirren der Biergläser folgte ein heftiges Kra-
chen. Prompt wandten sich alle Köpfe zum Eingang
hin. Lucy Melrose hatte die Tür mit einer Wucht aufge-
stoßen, als suche sie in der Schänke Zuflucht vor Vam-
piren.

„Schnell, meine Mutti braucht Hilfe!“, rief das Mädchen und rannte wieder hinaus.

Arthur folgte Lucy Melrose nach draußen und weiter
über die Chester Road in Richtung Dorfausgang. Trotz
der Dunkelheit brauchten seine Augen keine Sekunde,
um die Katastrophe zu erfassen: Dort, wo die Straße
eine steile Linkskurve schlug, brannte ein Auto.

11

Außer Atem erreichte Arthur den Unfallort. Der Schein der letzten Laterne war hier draußen so schwach, dass Stuart Medfords Wagen sie mühelos überstrahlte. Dessen Stoßstange klebte an einer Birke, als hätten Baum und Auto Zärtlichkeiten ausgetauscht. Während die Birke ungerührt in den Nachthimmel ragte, war der Bentley vor Erregung entflammt.

Das Feuer musste aus dem Motorraum auf die Sitze gesprungen sein. Erste Flammen hatten sich durch das Verdeck gefressen und züngelten nun über den Stoff. Obgleich Arthur zu wissen meinte, dass Fahrzeuge nur in Kinofilmen explodieren, blieb er auf Abstand. Er ging leicht in die Knie und versuchte, durch das Seitenfenster ins Auto zu gucken. Aber es war zwecklos. Dichter Rauch vernebelte den Innenraum.

„Vorsicht!", ertönte hinter ihm eine Stimme.

Arthur fuhr herum und erblickte eine Frau mit einem Blecheimer in den Händen. Sie holte Schwung, sodass er dem Wasser gerade noch ausweichen konnte. Es klatschte auf das Verdeck und löschte einen Teil der Flammen. Ohne eine Sekunde zu vergeuden, hob die Frau einen zweiten Eimer vom Boden. Ihre Füße steckten in Plüschpantoffeln und über ihrem Tweed-Rock bauschte sich eine Jacke, die ihr drei Nummern zu groß war. Im Feuerschein glaubte Arthur, die goldfarbenen

Knöpfe einer Armeeuniform aufblitzen zu sehen. Sobald die Frau den zweiten Eimer ausgeschüttet hatte, ergriff Arthur die Gelegenheit. Er straffte den Hemdsärmel über die Finger und riss die Autotür auf.

Wie ein böser Flaschengeist strömte der Qualm aus dem Wagen. Arthurs Augen begannen sofort zu tränen. Er hielt sich den Unterarm vor Mund und Nase und setzte widerwillig einen Schritt zurück. Bilder der brennenden Hauptstadt brachen sich in sein Bewusstsein. Noch tiefer als die vom Bombenhagel verursachten Feuer hatten sich ihm die Rauchschwaden eingeprägt. Straßenzug um Straßenzug war in dem giftigen Nebel verschwunden. Selbst Tage später, nachdem die Brände gelöscht waren, hatte Arthur Rauch aus den Trümmern aufsteigen sehen.

„Lucy!", rief die Frau in seine Gedanken hinein. „Was machst du hier?"

Das Mädchen stand neben Arthur und schüttete einen Eimer Wasser auf die Motorhaube. Dass sich Lucy einen Schal bis über Nase gebunden hatte, schien die Frau nicht ansatzweise zu beruhigen.

„Ich habe dir gesagt, du sollst zu Hause bleiben." Sie umfasste Lucys Schultern, doch das Mädchen wand sich aus ihrem Griff und rannte die Straße hinunter. Mitsamt der leeren Eimer lief die Frau ihr nach.

Arthur nahm seine Brille ab, wischte sich die Augen trocken und wagte einen neuen Versuch. Er neigte sich gefährlich nahe an das Auto und blickte in die offene Tür. Sowohl Fahrer- als auch Beifahrersitz waren leer. Wenn Stuart Medford nicht wie ein Vampir zu Asche zerbröselt war, musste er dem Feuer entronnen sein. Rasch ging Arthur wieder auf Abstand.

Er schaute sich fieberhaft um, konnte Stuart Medford jedoch in der Nähe des Wagens nicht entdecken. Nirgends ein um Hilfe flehender Mann, nirgends ein verletzter Körper. Von dem Fahrer fehlte jede Spur.

In der Hektik hatte Arthur nicht bemerkt, dass sich die restlichen Pub-Besucher am Unfallort eingefunden hatten. Neben den Wirtsleuten reihten sich Mr Keene, Mr Smolinski und Mr Ratcliffe. Der alte Pinkerton stützte die Arme auf die Knie, als würde er in die Ferne spähen. Hinter ihnen sah Arthur weitere Dorfbewohner herbeieilen. Unter hastig übergeworfenen Mänteln flatterten weiße Nachthemden und geblümte Pyjamas. Vor Dankbarkeit lächelnd, sichtete er Hazel und Herbert Osbourne, die im Laufschritt die Chester Road entlanghetzten.

Arthur malte sich aus, wie von einem Haushalt zum nächsten die Telefone schrillten. Ein Klingeln, der Griff zum Hörer, ein Ausruf des Erstaunens und keine Minute später das Zuschlagen der Haustür. Gewiss hatte Cedric Humperdinck seinen Anteil an dieser nicht allzu stillen Post. In der Panik, irgendetwas zu verpassen, musste Mr Humperdinck seinen Alltagshut mit seiner Melone verwechselt haben. Normalerweise trug er den Bowler Hat nur an Feiertagen oder wenn er die Tanzhalle in Guildford besuchte.

Mit einen Ellbogenstoß in Ratcliffes Flanke erstritt sich dessen Frau einen Platz zwischen den Männern. Martha Ratcliffe hielt eines ihrer fünf Kinder an sich gedrückt. Ihrer Miene nach zu urteilen, wäre sie lieber im Bett verblieben, anstatt der Neugier zu folgen – ganz im Gegensatz zu ihren Nachbarn, die allesamt mit offenen Mündern den Unfallwagen anstarrten.

Als die Frau mit aufgefüllten Eimern zurückkehrte, öffnete sich im Gedränge eine Gasse. In Arthurs Augen geschah das so bereitwillig, wie man einer Wurzelbehandlung zustimmt. Nachdem die Frau das Wasser auf das Auto verteilt hatte, erloschen auch die letzten Flammen. Sie ließ entkräftet den Eimer fallen und begab sich an den Rand zu Hazel Osbourne.

Auf der anderen Seite stehend, linste Arthur zu ihnen hinüber. Bei der Frau musste es sich um Mrs Melrose handeln, Lucys Mutter. Erneut fiel ihm ihre Armeejacke auf. Eine seltsame Aufmachung für eine Frau, dachte er und korrigierte sich umgehend: Zehn Jahre nach Kriegsende wäre es für jeden Bewohner von Little Barkham eine seltsame Aufmachung gewesen.

Als Mrs Melrose seinen Blick auffing, fühlte er sich ertappt. Zu Recht, wie Arthur sich eingestand. Seine unverhohlene Neugier entsprach kaum den Manieren eines Gentlemans. Mrs Melrose machte indessen nicht den Eindruck, als hätte sein Blick sie in irgendeiner Weise verunsichert. Unter ihrem Pony formte sich das abgeklärte Lächeln einer Verkäuferin, die einen Schuljungen beim Stehlen erwischt hat. Arthur versuchte, auf erwachsene Art zurückzulächeln, ein Unterfangen, das so erfolgreich war, dass sich Mrs Melrose von ihm abwandte.

„Ich habe immer gedacht“, meinte Pawel Smolinski, „das passiert nur im Film.“

„Dass Menschen verantwortungslos sind?“, fragte Mrs Buckley.

„Nein, dass Autos in Flammen aufgehen.“

„Ein Riss in der Benzinleitung, ein Funken beim Aufprall und Wumms", erklärte Herbert Osbourne. „Ist bei diesen Modellen nicht ungewöhnlich."

Mr Buckley, einen Daumen in die Westentasche geklemmt, näherte sich dem Bentley. Das zu Fetzen verbrannte Verdeck gab nun den Blick in den Innenraum frei. „Da können auch ein paar schicke Bezüge nichts mehr retten", stellte Buckley fest. Einige Dorfbewohner honorierten seine Bemerkung mit gedämpften Gekicher. Offenbar von dieser Reaktion angespornt, fügte Buckley eilig hinzu: „Und bevor ich's vergesse: Der feine Herr hat das sinkende Schiff verlassen."

„Und wo soll er jetzt sein?", fragte Herbert.

„Vielleicht ist er nach Barkham Manor stolziert."

„Ich glaube kaum, dass er den Wagen sich selbst überlassen hat. Der Schlitten kostet ein Vermögen."

„Vielleicht ist er gar nicht gefahren", warf Mrs Buckley ein.

„Bei dem Totalschaden stellt sich mir die Frage, ob überhaupt jemand hinterm Lenkrad saß." Mit einem Kopfschütteln unterstrich Buckley sein Unverständnis.

„Ich wette, der hat in Soho seine Erbschaft begossen", rief John Ratcliffe. „Wie man unschwer erkennen kann, hat sich der kleine Lord überschätzt."

„Tja", schnaubte Mrs Buckley. „Das ist wohl die gerechte Strafe."

„Meinst du für seine Fahrlässigkeit oder für seine Protzerei?", hakte Mr Smolinski nach.

„Wer seine Nase so hoch trägt, muss sich nicht wundern, wenn er über die eignen Füße stolpert." Die Wirtin pfefferte den Satz heraus, als hätte sie damit bereits den ein oder anderen Gast verspottet.

Außerhalb der Schänke brauchte sich niemand beleidigt zu fühlen. Mrs Buckleys Kommentar kam vielmehr einer Einladung gleich. Was bislang unter der Hand geäußert wurde, brach nun offen und ungehemmt hervor.

„Stuart Medford sollte nicht allein entscheiden dürfen, was mit Barkham Manor geschieht", sagte Edward Keene. Der Ortsvorsteher trat in der Attitüde eines Politikers aus der Menge hervor. „Wer lebt denn hier? Er oder wir?"

„Wir sollten mit ihm reden", schlug Herbert vor.

„Mit so einem Typen?", sagte Mr Buckley. „Der ist viel zu überheblich, um unsereins anzuhören."

„In unseren Pub hat er jedenfalls noch keinen Fuß gesetzt", echauffierte sich seine Frau. „Dabei haben wir jetzt ein Gäste-WC."

„Unseren Laden kennt er auch bloß vom Sehen." Mr Smolinski winkte die Chester Road in Richtung Barkham Manor hinunter. „Der braust hier lang und schnippst seine Kippen auf den Gehweg. Ich bin den ganzen Tag am Fegen."

„Mr Medford ließ sich sowieso nur aus einem Grund hier blicken", bemerkte Mrs Chamberlain, die Inhaberin eines Cafés und Arthurs direkte Nachbarin. „Oder glaubt jemand ernsthaft, dass er sich an Little Barkham nicht sattsehen konnte?"

„Ich an seiner Stelle hätte es genauso gemacht", verkündete Hazel provokativ. „Einmal im Monat bei Tantchen Hallo sagen und an ihrem Geburtstag mit einem Strauß Blumen aufschlagen – das klingt nach leicht verdientem Geld. Leider habe ich keine Tante, die mir ein Leben in Saus und Braus finanzieren würde."

„Meinetwegen hätte er seiner Tante das Mark aus den Knochen saugen können“, sagte Mr Buckley. „Er soll sich bloß nicht einbilden, dass er mit uns leichtes Spiel hat.“

„Meine Freunde“, ergriff Edward Keene abermals das Wort. „Macht euch bitte keine Sorgen. Ich werde das Problem lösen, das verspreche ich euch.“

Zu seinem Bedauern musste Arthur feststellen, dass der Mann seinen Nachbarn nicht ins Gewissen, sondern nach dem Mund redete. Für alle war der Mord an Irene Prudence eine Tragödie, ohne Zweifel. Aber die Mehrheit wähnte den Schuldigen längst hinter Gittern. Ihnen konnte Peter keinen Schaden zufügen. Mrs Prudences Neffe hingegen galt den meisten als Bedrohung. Denn seine dubiosen Pläne verhießen für die Gemeinde eine ungewisse Zukunft.

„Und nun?“, fragte Mrs Buckley. „Sollen wir die Polizei rufen?“

Arthurs Blick strebte zu Mrs Melrose, als wäre sie dank ihrer Tatkraft zum Sprachrohr der Vernunft geworden. Sie zeigte jedoch keine Anzeichen, antworten zu wollen. Sie strich sich den Pony aus der Stirn und ließ sich von Hazel eine Zigarette geben. Dann rauchten die beiden Frauen, schweigend und mit unbeteiligter Miene.

„Das Feuer ist aus, die Gefahr gebannt“, sagte John Ratcliffe wie ein Geschichtenerzähler am Ende eines Märchens. Er kickte einen Stein gegen das Auto, was seine Feststellung wohl unterstreichen sollte. „Als Morleys Scheune abgefackelt ist, hat sich keiner drum geschert, die Polizei zu rufen.“

„In Morleys Scheue war bloß ein Haufen Müll", erwiderte Herbert.

„Ich würde ein Zugpferd, zehn Ballen Stroh und einen Schrank voller Werkzeug nicht als Müll bezeichnen", polterte Pinkerton zurück.

„Hast dich gut ausgekannt in Morleys Scheune", stellte Ratcliffe scharfzüngig fest.

„Morley hat mich um Rat ersucht."

„Ah, verstehe. Garantiert zum Thema Pferderennen." Einerseits blieb keinem der Anwesenden Ratcliffes Bissigkeit verborgen. Andererseits war der Mann nicht eben für ein sensibles Gemüt bekannt, weshalb auch niemand stutzte. Arthur hingegen wusste, worauf Ratcliffes Kommentar abzielte, und Pinkerton schien das ebenso zu dämmern. Der Alte verkniff sich jede Replik und senkte stattdessen die Augen, als hätte er Dreck auf seiner Schuhspitze entdeckt.

Keine Minute später dröhnte ein Händeklatschen aus der Dunkelheit. Vor Schreck hüpfte Mr Humperdinck die Melone vom Schädel, während die anderen nicht minder verstört aufblickten.

„Good evening, Ladies and Gentlemen", ertönte eine Männerstimme. „Ich hoffe, ihr konntet euch an dem Feuerchen aufwärmen."

12

Stuart Medfords Auftritt vor der dunklen Kulisse des Waldes war bühnenreif. Mit einer beiläufigen Geste wischte er ein paar Zweige von seinem Smoking, dann strich er sein geöltes Haar zurück, als mache er sich für ein Interview bereit. Im Halbdunkel vermochte Arthur sein Alter allenfalls zu schätzen: Vielleicht war der Mann Mitte zwanzig, vielleicht auch Anfang dreißig.

„Hat's euch die Sprache verschlagen?", sagte Stuart Medford. „Dort, wo ich herkomme, grüßt man einander."

Der junge Mann schien nicht ernsthaft eine Antwort zu erwarten. Er öffnete ein Etui, zupfte eine Zigarette heraus und hielt sie unter die qualmende Motorhaube. Nach einem kurzen Moment wanderte die entfachte Zigarette hinauf in seinen Mundwinkel, was ebenso mit provozierender Beiläufigkeit geschah.

Erst das Quietschen eines Blecheimers erlöste das Publikum aus seinem Bann. Ein allgemeines Gemurmel griff um sich, während Lucy Melrose vor dem Wagen stoppte. Ihre Gesichtszüge verrieten Misstrauen und Überforderung. Wer war der Mann in der Abendgarderobe? Und weshalb stand er zwischen dem Auto und ihren Nachbarn? Als sich das Mädchen fragend nach ihrer Mutter umschaute, reagierte Stuart Medford mit einem Grinsen. Ein äußerst charmantes

82

Grinsen, wie Arthur anerkennen musste. Eines, das Türen öffnete und die Herzen einsamer Tanten zu rühren vermochte.

Der Mann streckte Lucy die Hand entgegen, worauf sie den Eimer bereitwillig hergab. Er trat unter die Birke und kippte das Wasser über der Motorhaube aus. „Wenn man sich nicht selbst hilft“, sagte er mit gespielter Entrüstung, „ist man heillos verloren.“

„Um betrunken ins Auto zu steigen, benötigten sie auch keine Hilfe“, konterte Mrs Melrose und zerrte ihre Tochter aus seiner Nähe.

„Sie irren sich“, erklärte Stuart Medford. „Als ich ins Auto stieg, hatte ich die Unterstützung zweier Miezen.“ Die Zigarette im Mund, die Augen zusammengekniffen, zog er einen Flachmann aus seinem Jackett. Bevor er sich einen Schluck genehmigte, prostete er den Anwesenden zu. „Auf die Zukunft, meine verehrten Mitbürger.“

Mrs Melrose öffnete den Mund, doch letztlich versagte sie ihm jede weitere Bemerkung. Garantiert hatte sie auf ein Zeichen der Dankbarkeit gehofft. Schließlich waren sie und ihre Tochter die einzigen gewesen, die zumindest versucht hatten, den Wagen zu retten. Zu Arthurs Überraschung schenkte sie Stuart Medford ein breites Lächeln. Ob die Geste ein Ausdruck ihrer Höflichkeit war oder ihres Bedauerns, hätte Arthur nicht sagen können. Die Frau wandte sich um, schob ihre Tochter durch die Menge und lief mit ihr heimwärts.

„Herrje, Pinkerton!“, rief Stuart Medford. „Gucken Sie nicht so bedröppelt.“

„Für Sie bitte *Mr* Pinkerton“, erwiderte der alte Mann.

„In meiner Welt muss man sich ein Mister erst verdienen.“

„Zum Glück leben Sie und ich in unterschiedlichen Welten, Mr Medford.“

Pinkertons Stimme besaß die Klarheit und Schärfe, die Arthur bei ihren Gesprächen stets bewundert hatte. Jede Unsicherheit, die seine Trunkenheit offenbart hätte, war verpufft. Überhaupt wirkten die Leute, die Arthur im Pub angetroffen hatte, erstaunlich ausgenüchtert.

„Jetzt sperrt mal eure Lauscher auf!“, sagte Stuart Medford. „Meine Tante hat sich zwar auf Barkham Manor verkrochen, das bedeutet aber nicht, dass sie nicht im Bilde war. Sie wusste über euch Bescheid. Über jeden einzelnen von euch.“ Er unterstrich seine Aussage, indem er mit der Zigarette einen weiten Bogen zeichnete. „Zuletzt hat sie mir anvertraut, wie viel Gutes in euch steckt. Mit einem Wort: nichts.“

„Weshalb behaupten Sie das?“, fragte Mrs Buckley.

„Das wissen Sie und Ihr Gatte doch genau.“

„Halten Sie den Schnabel, Medford“, feuerte Buckley zurück.

„Oh, ich habe wohl einen Nerv getroffen.“

„Passen Sie lieber auf, was *Sie* gleich treffen wird.“

„Ruhig Blut, Buckley. Eure Heimlichkeiten sind allein euer Bier.“

Als der Wirt ihn angehen wollte, bremste Herbert ihn mit Hilfe seines ausgestreckten Arms. Er fixierte Buckley, wobei er kaum merklich den Kopf schüttelte. Herberts besonnene Reaktion imponierte Arthur. Stuart Medford reagierte dagegen mit einem Grinsen, nur war es diesmal kein charmantes, sondern eines voller Spott.

„Bravo, Mr Osbourne. Die Rolle des vernünftigen Helden steht Ihnen ausgezeichnet.“

„Und Ihnen die des drittklassigen Schurken.“

„Ich würde sagen, Sie verbringen zu viel Zeit im Kino.“

„Was ich in meiner Freizeit treibe, geht Sie gar nichts an.“

„Das mag sein. Eines sollten Sie allerdings nicht vergessen: Ihre Schulden sind keine Hirngespinste aus Hollywood.“

„Das tut hier nichts zur Sache. Das war ein Geschäft zwischen Ihrer Tante und mir.“

„Im Gegensatz zu meiner Tante haben Schuldscheine keine begrenzte Lebensdauer, Mr Osbourne.“

„Worauf wollen Sie hinaus?“

„Ich will damit sagen: Von nun an dürfen Sie mich Ihren Shylock nennen.“

Auf Herberts fragenden Blick hin erklärte Arthur: „Shylock ist eine Figur aus *Der Kaufmann von Venedig.* Gleichbedeutend für Gläubiger oder Kreditgeber.“

„Oder für Schuldeneintreiber“, ergänzte Stuart Medford.

Arthur sah, wie sich Herberts Entsetzen im Gesicht seiner Frau widerspiegelte. Aber Hazel wirkte keineswegs, als wäre sie hinsichtlich der Schulden ahnungslos gewesen. Vielmehr dürfte es sie verärgern, dass ihr Ehemann vor der ganzen Runde kompromittiert worden war.

„Und Sie?“, fragte Stuart Medford. „Wer sind Sie eigentlich?“

„Mein Name ist Arthur Tingwell. Ich bin der hiesige Bibliothekar.“

„Das klingt, als wären wir in Oxford und nicht in einem Kaff wie Little Barkham."

„Bücher werden überall gebraucht."

„Sehr pathetisch, Mr Tingwell. Sehr pathetisch."

„In unserer Bibliothek sind Sie jedenfalls willkommen."

„Danke für die Einladung. Verleihen Sie denn die *Motor Sport*?"

Arthur seufzte innerlich. Magazine führte die Bücherei generell nicht, ein Manko, das ihn schon seit geraumer Zeit wurmte. Die Zentrale in Guildford befürchtete, die bunten Cover wären den schnöden Buchdeckeln eine ernsthafte Konkurrenz. „Es tut mir leid", musste Arthur einräumen. „Wir haben keine Magazine."

„Dann werden wir auch nicht zueinander finden, Mr Tingwell."

„Das ist schade. Ihre Tante war eine begeisterte Leserin."

„Ja, die Ärmste zog es vor, in ihrer eigenen Welt zu leben." Stuart Medford formte eine Miene des Bedauerns, der Arthur nur ungern glauben mochte. „Am Ende hat ihre Welt sie nicht beschützen können. Zumindest nicht vor euch."

„Bitte, entschuldigen Sie" sagte Arthur, um Höflichkeit bemüht. „Wissen Sie etwas über ...?"

„Sprechen Sie es ruhig aus", entgegnete Medford.

„Wissen Sie etwas über ... über die Schandtat."

„Ach, wie niedlich. Sie wagen es nicht, das Kind beim Namen zu nennen. Das Wort, das sie eigentlich sagen wollten, lautet *Mord*."

Arthur nickte widerstrebend.

„Im Grunde sind sie alle besser unterrichtet als ich. Schließlich hat jemand aus *eurer* Mitte meine Tante erschlagen. Und bitte verzeiht mir das Detail: erschlagen mit einem Holzscheit aus ihrem eigenen Kamin.“

Sowohl betroffene als auch erboste Gesichter tauchten in der Menge auf. Arthur konnte sich denken, dass einige unter ihnen Peters Unglück kaum berührte. Mit der gleichen Herzlosigkeit honorierten sie denn auch die Erwähnung der Mordwaffe. Dass Stuart Medford den Jungen als einen aus ihrer Mitte bezeichnet hatte, empörte sie dafür umso mehr.

„Weshalb sollte Peter Hawkings seine Arbeitgeberin umbringen?“, verteidigte Arthur seinen Freund. „Für mich sind Sie der Einzige, der vom Tod Ihrer Tante profitiert.“

„Ihrem Günstling sind schlichtweg die Gäule durchgegangen.“

„Peter ist kein Junge, der kopflos handelt.“

„Die Chance auf ein sorgenfreies Leben schaltet eben den Verstand aus.“

„Verzeihen Sie, Mr Medford. Aber das ist lachhaft. Wer bringt denn wegen ein bisschen Porzellan einen Menschen um?

„Ein bisschen Porzellan?“ Stuart Medford lachte affektiert auf. „Ich glaube, Sie sind schlecht informiert. Seit meine Familie über Nacht ihr Unternehmen verloren hat, misstraute Tante Irene den Banken. Also tat sie, was alle alten Menschen in ihrer Verzweiflung tun: Sie deponierte ihre Pfundnoten unter dem Kopfkissen.“

Arthur fühlte sich von der Information überrumpelt. Doch erst die Reaktion seiner Freunde und Nachbarn trieb ihm die Hitze in die Stirn – nicht einmal Cedric Humperdinck ließ sich zu einer Geste des Erstaunens hinreißen. Anscheinend hatten alle über Mrs Prudence Gelddepot Bescheid gewusst – alle bis auf Arthur.

Stuart Medford wies mit der Zigarette auf John Ratcliffe. „Hat Ihnen unser Unkrautzupfer nichts erzählt?“

„Ich habe nix von dem Geld gewusst“, spuckte Ratcliffe hervor.

„Behaupten Sie das auch vor Ihren Kindern, wenn Sie Ihr Frühstücksei mit dem Salzstreuer meiner Tante salzen?“

„Unterstehen Sie sich, meine Kinder zu erwähnen!“ Ratcliffes Hand krampfte sich um die Schulter seiner Frau. „Sonst werde ich …“

An dieser Stelle verstummte der Gärtner. In Arthurs Ohren klang das kaum nach einer Pause aufgrund der Dramatik. Es machte eher den Eindruck, als versuchte Ratcliffe, sich zu zügeln.

„Gehen Ihnen etwa die Drohungen aus?“, stichelte Stuart Medford weiter.

„Halten Sie Ihr dreckiges Maul.“

„Und wenn nicht? Wollen Sie mir dann mit dem Laubbesen die Frisur verwuscheln?“

Arthur glaubte zu spüren, wie Little Barkhams Raufbold vor Zorn kochte. Mrs Ratcliffe bedeckte die Augen ihres Kindes, um es vor Papas drohender Explosion zu schützen. Jetzt würde niemand mehr Ratcliffe oder Buckley Einhalt gebieten, auch nicht Herbert, der nach Enthüllung seiner Schulden griesgrämig dreinschaute. Die ganze Runde hüllte sich in Schweigen und selbst Pinkerton gab sich zugeknöpft.

„Ich habe euch vorhin beobachtet", fuhr Stuart Medford unbeeindruckt fort. „Beim Anblick meines Wagens haben eure Gesichter gestrotzt vor Schadenfreude. Ich würde mein Erbe darauf verwetten, dass ihr euch meinen Tod herbeigesehnt habt. Jungspund aus Bloomsbury baut einen Unfall und verstirbt in den Flammen. Ende gut, alles gut, nicht wahr?"

Die Feindseligkeit, mit der Stuart Medford von allen Seiten bedacht wurde, ärgerte Arthur zutiefst. Peter Hawkings Schicksal war nun genauso zweitrangig wie der Tod einer Greisin.

„Leider muss ich euch enttäuschen", sagte Medford. „Der verwöhnte Bengel ist wohlauf. Und ich habe noch eine Neuigkeit für euch: In Zukunft wird sich keiner mehr an dem Vermögen meiner Tante bereichern, geschweige denn einen Fuß auf Barkham Manor setzen. Dafür werde ich sorgen." Seine zynische Art war einem ruppigen Befehlston gewichen. Arthur kam nicht umhin, diese Selbstsicherheit zu bewundern. Immerhin war sein Bentley ausgebrannt und ein wütender Mob bäumte sich vor ihm auf.

Stuart Medford fasste erneut in sein Jackett, doch anstelle des Flachmanns offenbarte er ein Portemonnaie. Er zupfte zwei Pfundnoten heraus und sagte: „Ruft bitte einen Abschleppdienst, der meinen Wagen in die Great James Street bringt." Er ließ die Scheine in einen von Mrs Melroses Blecheimern segeln und begab sich dann Richtung Manor House. Schon nach wenigen Schritten hatte die Finsternis den Jungspund aus Bloomsbury verschluckt.

13

Am nächsten Morgen fühlte sich Arthur unfähig, Seine Majestät mit gebührendem Kniefall zu begrüßen. Zerknirscht hievte er seine Beine aus dem Bett, während ihm das Miauen des Katers in den Ohren lärmte. Es war Viertel vor Fünf und Arthur hatte das Gefühl, er stünde noch mit einem Fuß in der vergangenen Nacht. Und zwar hinter der Dorfgrenze, wo in einer Linkskurve zwei Welten aufeinandergeprallt waren.

In Pantoffeln und Pyjama schlurfte Arthur aus der Schlafstube in die Küche. Er fütterte George VI, entfachte ein Feuer im Ofen und bugsierte den Teekessel darauf. Anschließend ließ er im Badezimmer seine Gesichtsnerven unter einem Schwall eiskalten Wassers aufschreien. Sein Spiegelbild offenbarte ihm die ungeschönte Wahrheit: Auch ein gesunder Mensch kann über Nacht um Jahre altern.

Zweimal war Arthur aus seinem Schlaf aufgeschreckt und beide Male hatten ihn die Bilder eines Albtraums verfolgt. Im ersten Traum war ihm Peter Hawkings erschienen. Mit einer Schlinge um den Hals musste der Junge auf einem Stapel Bücher balancieren. Voller Panik rekapitulierte Peter einen einzigen Satz: „Letzte Nacht träumte mir, ich sei wieder in Manderley. Letzte Nacht träumte mir, ich sei wieder in Manderley. Letzte

90

Nacht träumte mir ..." Dann trat Edward Keene im Kostüm eines Scharfrichters herbei und stieß den Stapel unter seinen Füßen um.

Der zweite Traum hatte ihm das sympathische Duo John Ratcliffe und Mr Pinkerton geboten. Die beiden Herren waren aufgrund eines Salzstreuers in heftigen Streit geraten. Am Ende warf Pinkerton seinem Konkurrenten einen Holzscheit an die Stirn, worauf Ratcliffe vor Schmerzen zu miauen begann. Arthur hatte die Augen aufgerissen und Seine Majestät am Fenster betteln sehen. Vielleicht hatte der Kater ihn vor einem weiteren Albtraum bewahrt, dachte er mit einem Schuss Zweckoptimismus.

Wieder in der Küche rückte er sich einen Stuhl an den Ofen, nahm Platz und trank eine Tasse Kaffee. George VI hockte auf dem Boden und zelebrierte unter lautem Schnurren seine Morgenwäsche. Indes versuchte sich Arthur, ein paar positive Gedanken aufzuzwingen. Vielleicht könne er mit seinen Freunden das Kino in Chiddingfold besuchen. Eine Komödie, so hoffte er, würde ihm guttun. Erst gestern hatten sich zwei Damen in der Bücherei über den Film *Ein Alligator namens Daisy* ausgetauscht. Allein der Titel versprach für anderthalb Stunden Ablenkung und als Bonus das Gelächter seines Freundes Herbert Osbourne.

Arthur stellte die Tasse auf den Ofen und tapste zur Haustür. Sofern er sich nicht täuschte, müsste heute das Kinoprogramm im *Surrey Herald* abgedruckt sein. Verstohlen, als könne er in seinem Pyjama zum Gespött seiner Nachbarn werden, öffnete er die Tür. Doch bis auf Pawel Smolinski, der vor seinem Laden das Laub –

oder Stuart Medfords Kippen – wegfegte, war die Chester Road menschenleer.

Mr Smolinski grüßte ihn, indem er den Besen hochreckte, woraufhin Arthur mit einem Winken reagierte. Dann huschte er zum Briefkasten und zog den *Surrey Herald* heraus. Die Schlagzeile über Prinzessin Margarets Liebesleben brachte ihn allerdings nicht zum Staunen. Unter der Zeitung hatte sich ein Brief versteckt, auf dessen Kuvert weder ein Adressat noch ein Absender vermerkt waren.

In der Annahme, er könne den Briefschreiber hinter einem Busch oder einem Auto entdecken, spähte Arthur die Chester Road abwärts. Aber die Straße blieb abgesehen von Mr Smolinski leer. Der Ladenbesitzer hob erneut seinen Besen, als sei das Grüßen neben dem Laubfegen seine größte Leidenschaft.

Arthur winkte ein letztes Mal, dann kehrte er ins Haus zurück. Den *Surrey Herald* warf er achtlos beiseite, bevor er mit Hilfe eines Küchenmessers das Kuvert öffnete. Sein Blick sank direkt ans Briefende, wo er wie erwartet eine Unterschrift fand.

Wahrscheinlich waren nur drei Namen imstande, ihn vor Verblüffung Platz nehmen zu lassen: der Name der Queen, der seiner Lieblingsautorin und der von Peters Mutters, Mrs Dorothy Hawkings.

Dear Mr Tingwell,
mir ist bewusst, dass Ihnen Ihr Amt als Bibliothekar kaum Zeit für anderweitige Unternehmungen gestattet. Oft hat mir mein Sohn berichtet, wie gewissenhaft Sie Ihrer Aufgabe nachkommen. Peter bewundert Sie

nämlich. Deshalb kann ich Sie nur um Verzeihung bitten, falls ich Ihnen Ihre kostbare Zeit raube. Als besorgte Mutter habe ich keine Wahl ...

Arthur wusste beinahe nichts über die Frau. Peter hatte sich hinsichtlich seiner Familie meist bedeckt gehalten. Allenfalls hatte er gesagt, er müsse zum Abendbrot zu Hause sein oder auch: Er müsse schleunigst los. Denn ohne ihn würden sie die Hofarbeit nicht schaffen. Arthur hatte gemutmaßt, dass sich das *sie* auf Peters Eltern bezog. Als er einmal Cedric Humperdinck gefragt hatte, ob er Familie Hawkings kenne, war dessen Antwort bemerkenswert einsilbig gewesen. Die Mutter ließe sich höchst selten im Dorf blicken und den Vater habe er noch nie gesehen. Bauernvolk, so hatte Mr Humperdinck gemeint, interessiere ihn ohnehin nicht.
Arthur seufzte und fuhr fort, den Brief zu lesen.

... Wie Sie sicherlich erfahren haben, wird mein Sohn des Mordes angeklagt. Aber mein Peter ist unschuldig. Das müssen Sie mir glauben, Mr Tingwell. Hier spricht nicht nur eine Mutter, die ihren Sohn über alles liebt. Nein, ich kenne meinen Peter auch wie keinen zweiten Menschen auf der Welt. Niemals würde er einer anderen Seele Leid zufügen. Niemals ...

Das letzte Drittel des Briefes bestand aus Schwüren und Beteuerungen, dass Peter nicht die geringste Schuld treffe. Die Liebe, die aus jeder Zeile sprach, ließ Arthur schlucken. Er wusste um die Bedingungslosigkeit dieser Gefühle. Peters Mutter würde ihren Sohn immer lieben, selbst wenn er den Mord an Mrs Prudence beichten würde – eine Möglichkeit, die Arthur nicht einmal zu denken wagte.

Erst ganz am Ende offenbarte Mrs Hawkings ihre Motivation, warum sie sich an Arthur wandte. Er sei nämlich der Einzige, der dem Jungen noch helfen könne. Er und sonst niemand. Ihre Abschlussworte waren nicht minder eindringlich.

Sie sind ein kluger Mann, Mr Tingwell. Peter hat Ihnen und Ihrem Urteilsvermögen immer größtes Vertrauen geschenkt. Deswegen flehe ich Sie inständig an: Bitte helfen Sie ihm!
Hochachtungsvoll, Dorothy Hawkings

Und damit endete der Brief. Einerseits fühlte sich Arthur geschmeichelt, andererseits missfiel ihm, dass Mrs Hawkings an seine Pflicht als Freund und Philanthrop appellierte. Er fühlte sich unter Druck gesetzt. Gleichzeitig konnte er Mrs Hawkings das Verhalten nicht verübeln.

„Und wenn wir ehrlich sind", sagte Arthur zu George, „stecke ich längst drin im Schlamassel."

Seine Majestät lag am Ofen, hatte die Äuglein geschlossen und gewährte ihm nicht das leiseste Mauzen. Kein Schnurren, kein Gähnen. Nichts.

Arthur dachte an seinen Traum, an die Schlinge um Peters Hals und dessen Zitat aus *Rebecca*. Keine zehn Minuten später verließ er Little Barkham in Richtung Westen.

14

Die Farm von Peters Eltern lag jenseits der Dorfgrenzen. Mit dem Fahrrad war das Grundstück in knapp zwanzig Minuten zu erreichen. Während sich am östlichen Dorfrand die Birkenwälder erhoben, dehnte sich nach Westen hin das Heideland. Diese Gegend war einer der Gründe, weshalb es Arthur von London in die Grafschaft gezogen hatte. Hier begrenzten weder Häuserschluchten den Blick noch zerteilten Fabrikschlote den Horizont. Stattdessen glühte überall das Violet der Besenheide und das herbstliche Goldbraun der Büsche.

Begleitet vom Gesang eines Schwarzkehlchen kämpfte sich Arthur einen Hügel hinauf. Hier oben bot sich ihm eine hervorragende Sicht auf die Farm. Obwohl das Morgenlicht ringsum die Heide flutete, schien sich in der Senke die Dämmerung eingenistet zu haben. Neben dem Wohnhaus erspähte Arthur mehrere Stallungen, einen Schuppen und eine Außentoilette. Insgesamt machte das Anwesen einen verwaisten, ja, trostlosen Eindruck. Im Geiste sah er Peters Mutter in einer Nische hocken und voller Verzweiflung Bittbriefe verfassen – einen an Mr Keene, dem Ortsvorsteher, einen an die Polizei, einen an das Gericht in Kingston und zuletzt ein Gnadengesuch an die hohen Lordrichter. In der Hoffnung, seine trüben Fantasien zu verscheuchen, trat Arthur die Pedale durch und ließ sich den Hügel hinabrollen.

Unten angelangt, lehnte er das Fahrrad an den Schuppen gegenüber dem Wohnhaus. In einem der Fenster tauchte ein Gesicht auf, doch ehe Arthur reagieren konnte, verschwand es hinter der Gardine. Ein Blick auf seine Armbanduhr bewog ihn fast zur Umkehr. Nicht wenige hätten schon sein Klopfen an die Haustür als Ruhestörung empfunden.

„Guten Morgen, Mr Tingwell", begrüßte ihn eine hochgewachsene Frau mit sanfter Stimme. „Ich bin Peters Mutter."

„Guten Morgen", sagte Arthur. „Ich befürchtete schon, ich sei zu früh."

„Zu früh?", wiederholte Mrs Hawkings. „So was kennt mein Leben nicht."

Arthur wusste nicht, ob sie auf ihr Dasein als Bäuerin oder ihre dramatische Situation anspielte. Die Schürze und das straff zurückgebundene Haar zeugten von morgendlicher Tüchtigkeit. Ihre Miene schrie hingegen nach Schlaf und Ruhe. Entweder hatte sich das Wetter jahrelang an ihrem Gesicht abgearbeitet oder die Sorgen seit Peters Verhaftung. Auch darin war sich Arthur unschlüssig. Eines hätte er aber mit Bestimmtheit sagen können: Ihre blauen Augen leuchteten nicht weniger intensiv als die ihres Sohnes.

Im Haus empfing ihn eine wohlige Wärme und der Duft frischgebackenen Brotes. Arthurs Magen begann zu knurren, während Mrs Hawkings ihn in die Wohnstube führte. An der Wand standen ein zerschlissenes Sofa und zwei ebenso zerschlissene Sessel. Gegenüber der Sitzecke thronte ein Regal, dessen Böden bis zum

Rand hin mit allerlei Krimskrams vollgestellt waren. Drahtspulen lagen neben Bürsten, Schrauben und Muttern auf fleckigen Büchern. In einem Pfeifenständer steckten anstelle der Pfeifen getrocknete Blumen. Die Wohnstube glich einer Rumpelkammer.

Mrs Hawkings bot Arthur einen Platz und eine Tasse Kaffee an. Arthur bedanke sich und machte es sich in einem der Sessel bequem. Auf der Armelehne glänzte ein Stahlring, der ihn dazu verleitete, seine Tasse hineinzustellen. Voller Bewunderung sagte er: „Ein Tassenhalter. Sehr praktisch, Mrs Hawkings.“

„Das ist ein Nasenring für Bullen.“

„Oh, wie dumm von mir.“

„Mr Tingwell, woher sollten Sie das denn wissen?“

„Na ja, ich wohne nicht erst seit gestern in Little Barkham.“

„Das Dorf und die Heide, das sind zwei Welten.“

„Da haben Sie wohl recht. Das Leben hier draußen ist sicherlich nicht einfach.“

„Genau das gleiche denken wir über das Leben im Dorf.“ Mrs Hawkings schmunzelte sympathisch. „Wissen Sie, Dennie und ich haben wenig Interesse an der Gemeinde. Jeden Montag bringen wir Eier und Milch in Mr Smolinskis Laden und fahren anschließend nach Chiddingfold zum Zwischenhändler. Sobald unsere Farm in Sichtweite ist, höre ich Dennie aufatmen. Ja, Mr Tingwell, unser Leben mag nicht einfach sein. Aber das steht unserem Glück keinesfalls im Wege.“

Arthur wollte sich Mr und Mrs Hawkings als glückliches Paar vorstellen. Aber der Grund seines Besuches verdrängte jede Schönmalerei, jedes Loblied auf das rustikale Landleben.

„Für Peter gilt das nicht", sagte Mrs Hawkings traurig. „Inzwischen habe ich akzeptiert, dass sich der Junge nach einem anderen Leben sehnt."

„Ja, bei Ihrem Sohn spürt man einen gewissen Hunger."

„Das kommt von den Büchern, die Peter liest. Dennie hat ihn damit angesteckt. Ich tue mich eher schwer mit Literatur und lese höchstens die *Country Life* und Omas Kochbuch."

„Ich glaube, es gibt für jeden Menschen den richtigen Roman. Manchmal dauert die Suche danach eben länger."

„Das sagt Peter auch immer."

„Garantiert wird er Ihnen eines Tages das passende Buch mitbringen. Darauf können Sie vertrauen."

Ohne dass es Arthur beabsichtigt hatte, rührte seine Zuversicht offenbar an Mrs Hawkings Herz. Über ihre blauen Augen legte sich ein feuchter Schimmer. Sie hievte sich vom Sofa, wandte sich ab und schluchzte. Nach einer Weile setzte sie sich wieder, die Augen nun trocken und ein Taschentuch in den Händen.

„Entschuldigen Sie", sagte sie. „Ich vermisse meinen Jungen so sehr. Und die Vorstellung, dass er ..."

Sie beendete den Satz nicht und Arthur glaubte, sie würde erneut zu schluchzen anfangen. Aber dem war nicht so. Stattdessen beschwor sie in ungeschönten Farben das Leben auf der Farm. Ohne Peters Hilfe würden sie es nicht schaffen, also sie und Dennie. Die Kühe müssen auf das Weideland geführt werden und abends zurück in die Ställe. Außerdem fielen ständig irgendwelche Reparaturen am Haus an. Dennie und Peter hätten zwar ein geschicktes Händchen, aber ihre eigenen

Finger seien kaum noch zu gebrauchen. Allein den Brotteig zu kneten, bereite ihr Schmerzen. Mrs Hawkings öffnete ihre Hände, worauf Arthur die Knoten an ihren Fingern bemerkte.

„Dennie und ich tragen keine Scheuklappen", erklärte sie. „Jeden Monat spüren wir aufs Neue, dass unser Einkommen nicht ausreicht. Peter wünscht sich schon ewig ein neues Fahrrad. Und Dennie träumt von einer Melkmaschine. Ja, Mr Tingwell, das Auenland werden Sie hier nicht finden."

Dass die unbelesene Mrs Hawkings die Farm mit dem Heimatland der Hobbits verglich, berührte Arthur. Allem Anschein nach sprach Peter hier genauso über seine Lieblingsbücher wie bei ihm auf der Arbeit.

„Der Junge hat sich nie beklagt", versuchte Arthur, die Frau zu trösten. „Niemals. Mit keiner Silbe."

„Das ist auch nicht seine Art. Deshalb hatte er bei Mrs Prudence ein Stein im Brett. Seit dem Tod ihres Mannes beliefern wir Barkham Manor mit Milch und Eiern. Irgendwann kamen Peter und Mrs Prudence auf Ihre Bibliothek zu sprechen. Das Angebot der Dame ehrte uns natürlich." Mrs Hawkings neigte leicht den Kopf. „Nein, um ehrlich zu sein, war Dennie zunächst nicht begeistert. Der Junge sollte lieber auf der Farm mitanpacken, als einer verwöhnten Lady irgendwelche Schnulzen vorzulesen."

An dieser Stelle hakte Arthur nach. „Sagten Sie gerade *vorlesen*?"

„Ja, damit hat sich Peter ein feines Taschengeld verdient."

„Und wie oft hat er das getan?"

„Jeden Sonntag und Mittwoch."

Die Konsequenz aus dem, was er gerade hörte, ließ Arthur frösteln. Wenn Peter Mrs Prudence tatsächlich vorgelesen hatte, so war das garantiert nicht in der Küche geschehen. Ihm gegenüber hatte er allerdings behauptet, Mrs Prudence hätte ihm untersagt, den Rest des Hauses zu betreten.

„Haben Sie eine Ahnung, weshalb Peter das geheim hielt?"

„Ich denke, es war ihm peinlich."

„Sie meinen, einer betagten Dame vorzulesen?"

„Für einige Leute könnte es etwas Anrüchiges haben. Sie wissen doch, wie schnell sich Gerüchte im Dorf verbreiten."

„Das kann ich leider nicht abstreiten, Mrs Hawkings."

„Darf ich Sie etwas fragen?" Peters Mutter umklammerte mit verkrümmten Fingern die Tasse und sah ihn erwartungsvoll an. „Und, bitte, Mr Tingwell, ich erwarte von Ihnen eine ehrliche Antwort."

Arthur nickte.

„Glauben Sie, mein Sohn hat Mrs Prudence etwas angetan?"

„Nein", antwortete Arthur, ohne zu zögern.

„Warum sind Sie sich dessen so sicher?"

„Das verrät mir mein Bauchgefühl. Aber – und das will ich nicht verschweigen – meine Intuition wird Ihren Sohn nicht beschützen. Kein Richter fällt sein Urteil aufgrund irgendwelcher Sympathien. Kein Richter und auch keine Geschworenen."

„Dann ist er verloren, nicht wahr?"

„Was wir brauchen, Mrs Hawkings, das sind Beweise für Peters Unschuld. Und der einfachste Weg wäre ein Alibi."

„Er hat eins", rief Mrs Hawkings mit leuchtenden Augen. „Ja, Peter hat ein Alibi."

Arthur rückte vor an die Sesselkante.

„Er hat in der Mordnacht *Moby Dick* gelesen."

„Und das wissen Sie genau?"

Mrs Hawkings nickte eifrig. „Beim Frühstück hat Peter geschimpft, Dennie benehme sich wie Captain Ahab. Dabei hatte Dennie ihm bloß aufgetragen, dieses oder jenes zu machen. Ich wusste gar nicht, wer das sein soll, dieser Captain Ahab. Bis Peter es mir erklärt hat. Anschließend hat er uns erzählt, er hätte die halbe Nacht wachgelegen und gelesen."

„Haben Sie ihn dabei beobachtet?"

„Nein, da war ich im Bett."

„Dann haben Sie nur sein Wort?"

„Das Wort meines Sohnes", bekräftigte Mrs Hawkings. „Warum sollte er uns anlügen?"

Die Antwort, die Arthur in den Sinn kam, verschwieg er Peters Mutter. Er wollte nicht noch schlimmere Ängste in ihr entfachen. Im behutsamen Tonfall erkundigte er sich, wie der diensthabende Polizist auf die Geschichte reagiert habe.

„Sie meinen Inspector Birdwhistle?"

„Ist das sein Name?"

„Ja, ein höchst unangenehmer Charakter."

„Und haben Sie ihm von Peters Alibi berichtet?"

„Selbstverständlich, Mr Tingwell. Ich habe dem Inspector sogar Peters Stube gezeigt. ‚Hier', habe ich zu ihm gesagt, ‚hier liegt *Moby Dick*. Und Sehen Sie die aufgeschlagenen Seiten? Genau wie Peter gesagt hat'."

„Und was erwiderte der Inspector darauf?"

„Ohne mit der Wimper zu zucken, wischte der Mann meinen Einwand beiseite. Doch nicht nur das! Er quälte mich völlig grundlos. Er behauptete, Peter hätte sich ein besseres Leben erträumt. Alle jungen Leute zieht es in die Nachtklubs von Soho. Oder nach Brighton auf diese neue Rollschuhbahn. Ja, wer könne es dem Jungen schon verdenken. Das waren seine Worte, Mr Tingwell. Wer könne es dem Jungen schon verdenken. Als ob wir in einem Rattenloch hausen." Mrs Hawking wandte sich erneut ab, um in ihr Taschentuch zu schnäuzen.

Arthur spürte einen Groll gegen diesen Polizisten in sich aufkeimen. Inspector Birdwhistle, dachte er verärgert. Ein viel zu schöner Name für so einen Grobian.

Kaum hatte sich Mrs Hawkings beruhigt, fragte er sie, ob sie ihm einen Blick in Peters Stube gestatten würde. Sie nickte und führte ihn über eine Stiege ins Dachgeschoss.

„Oh, das Brot!", rief sie plötzlich aus. „Kann ich Sie kurz allein lassen?"

„Aber natürlich, Mrs Hawkings."

Die Frau lächelte dankbar, ehe sie die Treppe hinuntereilte. Arthur dachte, dass Mr Hawkings sich über ein leckeres Abendbrot freuen dürfe. Dann tat er einen ersten Schritt in die Kammer seines Freundes.

Die Ordnung, die Arthur vorfand, überraschte ihn nicht. Bücherstapel, kniehoch und sauber aufgereiht, türmten sich unter der Dachschräge. An das Gebälk waren aus Zeitschriften herausgeschnittene Fotos gepinnt worden. Auf einem der Bilder identifizierte Arthur den Sänger Dickie Valentine, der in England große Erfolge feierte. Neben dem Bett thronte ein Radiogerät der

Marke Bush, das sich Arthur ebenso zulegen wollte. Das glänzende Gehäuse verriet, dass Peter es regelmäßig polierte.

Arthurs Meinung nach ließ hier nichts, wirklich nichts auf einen skrupellosen Mörder schließen. Gleichzeitig musste er sich fragen, wie sie denn aussähe, die Stube eines Verbrechers. In Agatha Christies Romanen saßen die Täter und Täterinnen nicht unter klebrigen Spinnnetzen und lachten vor Genie und Wahnsinn. Sie hießen auch nicht Mr Big oder Sir Hugo Drax wie die Superverbrecher in Ian Flemings James-Bond-Abenteuern. Bei Christie lebten die gestrauchelten Seelen in der Nachbarschaft, betrieben eine gemütliche Pension oder erträumten sich ein kleines Café.

Ernüchtert von den eigenen Gedanken ließ Arthur seinen Blick über Peters Büchersammlung wandern. Zum größtes Teil handelte es sich um Science-Fiction-Romane. Arthur bückte sich nach einem der Bücher und schlug es an einer x-beliebigen Stelle auf. Sobald er auch nur drei Zeilen gelesen hatte, war sein Interesse geweckt. Eine typische Berufskrankheit, hätte er Lucy Melrose erklärt. Der Roman in seinen Händen war von John Wyndham. Laut Klappentext ging es um eine Invasion Außerirdischer auf Mutter Erde. Amüsiert las Arthur von schmelzenden Polkappen und einem ansteigenden Meeresspiegel. Das war tatsächlich Science Fiction par excellence! Dann entdeckte er hinten im Buchdeckel zwei Heftseiten.

Auf den karierten Bögen waren Skizzen, deren bloße Freude am Detail Arthur erschaudern ließ. Das eine Bild zeigte eine Frau, die einer anderen Frau mit einer

Axt den Schädel spaltete, das andere einen Mann, der über einer Seniorin einen winzigen Hammer schwang.

„Was machen Sie hier?", ertönte eine Stimme in seinem Rücken.

Trotz der Schrecksekunde gelang es Arthur, die Seiten in sein Jackett zu stopfen. Danach erst wandte er sich zur Tür. „Ich habe mich nur umgesehen", antwortete er.

„Aha", sagte die Frau. „Und wer hat Ihnen das gestattet?"

„Mrs Hawkings. Ich bin ein Freund von Peter."

„Peter hat keine Freunde."

Der Tonfall der Fremden wirkte einschüchternd auf Arthur. Wäre sie nicht in Gummistiefeln und Overall gekleidet gewesen, hätte er sie für eine Polizistin gehalten. „Ich korrigiere Sie nur ungern", widersprach er vorsichtig. „Aber ich bin Peters Freund."

„Und wer sind Sie?"

„Arthur Tingwell, der Bibliothekar."

Seine Antwort war noch nicht verklungen, da zauberte sich in das wettergegerbte Gesicht der Frau ein Lächeln. Es war ein ansteckendes Lächeln, sodass sich Arthurs eigene Mundwinkel widerstrebend hoben. „Und mit wem habe ich die Ehre?"

„Meine Name ist Dennie McDermid. Ich kümmere mich hier ums Viehzeug."

15

Am Abend – die Bücherei war bereits abgeschlossen und seine Tasche auf das Fahrrad geschnallt – plagten Arthur erste Zweifel. Eines war ihm bewusst geworden: Ohne einen Beweis für Peters Unschuld hätten den Jungen allenfalls drei Menschen freigesprochen. Neben seiner Wenigkeit waren das Peters Mutter und Miss Dennie. Die Zeichnungen in der Innentasche seines Jacketts machten es Arthur jedoch zunehmend schwerer, sich als Teil dieser Gruppe zu begreifen.

Niedergeschlagen stieg er auf sein Rad und fuhr die Chester Road heimwärts. Unter den Reifen knisterte das Laub und über seine Wangen strich der Oktoberwind. Zu dieser Stunde verströmten die Küchenfenster seiner Nachbarn ein behagliches Licht. Ja, das Leben in Little Barkham entsprang keinem seiner Kriminalromane. So wie es in den Geschichten von superschlauen Übeltätern wimmelte, so simpel war hier die Realität gestrickt. Ein Junge giert nach einer aufregenden Existenz und nimmt dafür einen Mord in Kauf. Das klang unkompliziert und entsprach der Weltsicht dieses Polizisten. Arthurs Herz missfielen derartige Schlüsse, während ein Teil seines Verstandes allmählich Gefallen daran fand. Ein Sohn will seiner Mutter ein besseres Leben ermöglichen und greift aus Liebe zu ihr zum

Holzscheit. Das klang auf eine perfide Weise noch weniger kompliziert. Aber war es deshalb auch wahrhaftiger?

Vor dem Cottage seiner Freunde Hazel und Herbert Osbourne bremste Arthur und stieg vom Rad. Das im Tudorstil errichtete Haus war eines der ältesten in Little Barkham. Die Fassade bestach durch kalkweißen Putz und die Geometrie dunkler Balken. Doch mittlerweile krümmte sich das Gemäuer bedrohlich nahe zur Straße hin. In der Hoffnung, Hazel und Herbert hätten ein Ohr für seine Zweifel, klopfte Arthur an die Haustür.

„Und du glaubst ernsthaft, Peters Unschuld beweisen zu können?", fragte Hazel auf dem Weg in die Küche.

„Ein Alibi kann ich dem Jungen nicht beschaffen", antwortete Arthur. „Ich habe allerdings die Hoffnung, ein paar Widersprüche aufzudecken."

„Was denn für Widersprüche?"

„Zum Beispiel, dass in der Mordnacht noch jemand am Tatort war."

„Und wer soll das gewesen sein?"

Arthur scheute sich davor, den Namen Pinkerton leichtfertig auszuplaudern. Er war aufgrund eines Verbrechens hier und nicht wegen eines ungepflegten Vorgartens. Die Gerüchte in Little Barkham kochten längst auf höchster Flamme.

Nur wenig später gesellte sich Herbert zu ihnen unter das trübe Küchenlicht. Er schob zwei Gläschen mit Sherry in die Tischmitte, setzte sich und verschränkte die Finger über seinen Hosenträgern. Hazel warf ihm einen Luftkuss zu, worauf Herbert ihr ein keckes Augenzwinkern schenkte.

„Alles, was ich euch erzähle“, sagte Arthur, „macht nur unter einer Prämisse Sinn. Nämlich, dass der Junge unschuldig ist.“

„Wir wünschen es uns“, erwiderte Hazel. „Für ihn und seine arme Mutter.“

„Die Türen vom Manor House sind immer abgeschlossen. Das hat mir Ratcliffe verraten.“

„Da hast du ja eine vertrauenswürdige Quelle aufgetan“, sagte Herbert mit einem Grinsen.

„Ich weiß. In der Not frisst nicht nur der Teufel Fliegen.“

Herbert und Hazel nickten.

„Peter besaß einen Schlüssel für die Hintertür.“

„Woher weißt du das?“

„Das hat mir seine Mutter heute Morgen erzählt. Jedenfalls ... Als ich mit Ratcliffe durchs Haus gelaufen bin, hat er überall Schuhabdrücke hinterlassen.“

„Logisch“, erklärte Hazel. „Die Woche hat's oft geregnet.“

„Dementsprechend müssten an der Hintertür Peters Spuren zu finden sein.“

„Ja, und?“, gab Herbert zu bedenken. „Das würde bloß beweisen, dass er im Haus gewesen ist.“

„Vielleicht sind seine Abdrücke nicht die einzigen.“

Arthur hob die Augenbrauen und wartete auf die Zustimmung seiner Freunde. Doch Hazel und Herbert verhielten sich gegenüber seiner Idee überaus reserviert. Arthur fühlte sich vor den Kopf gestoßen. Er hätte nicht einmal beschwören können, ob sie genauso von Peters Unschuld überzeugt waren wie er. Womöglich, so grübelte er, hätte er ihnen anvertrauen sollen, was er in Pinkertons Wohnstube entdeckt hatte.

Herbert bedachte Hazel mit einem vielsagenden Blick. Er klemmte einen Daumen unter den Hosenträger und ließ ihn bis zum Bauch abwärtsgleiten. „Vielleicht hat Lady Prudence ihrem Mörder selbst die Tür geöffnet", sagte er schließlich. „Dann wären am Hinterausgang nur Peters Spuren."

„Denselben Gedanken hatte ich auch", erwiderte Arthur, jäh von der Mitwirkung seines Freundes aufgemuntert. „Allerdings glaube ich nicht, dass die Dame während eines Besuches las. Oder würdest du es dir im Lesesessel bequem machen, wenn du einen Gast empfängst?"

„Herbert hat keinen Lesesessel", antwortete Hazel anstelle ihres Mannes. „Sein einziges Buch ist *Die Geschichte von Peter Rabbit.*"

„Einmal lebten vier kleine Hasen und deren Namen waren Flopsy, Mopsy, Cottan Tail und Peter", zitierte Arthur aus dem Gedächtnis. Kaum ausgesprochen war ihm die Abschweifung peinlich, auch wenn er Herbert damit ein Lächeln ins Gesicht gezaubert hatte. „Entschuldigt bitte, ich liebe die Geschichten von Beatrix Potter."

„Ist es nicht die Aufgabe der Polizei, nach Spuren zu suchen?", fragte Hazel berechtigterweise.

„Mrs Hawkings meinte, für den Inspector sei der Fall klar."

„Was heißt hier *klar*?

„Peter bietet sich als der perfekte Täter an. Punkt."

„Bei dem Inspector kommt wohl nur Wurst aufs Brot."

„Laut Mrs Hawkings schon. Er sieht bloß, was er sehen will."

An dieser Stelle nickten Hazel und Herbert einträchtig. Das Paar wusste genau, wie schwer es war, vorgefassten Urteilen zu entfliehen. Eine Zeit lang hatten sie in wilder Ehe gelebt, weil Hazels damaliger Gatte eine Scheidung abgelehnt hatte. Dass der geachtete Schlosser Herbert Osbourne mit einer verheirateten Frau das Cottage bewohnt hatte, war einem Skandal gleichgekommen. Einige Nachbarn witterten Teufelswerk oder gar amerikanische Verhältnisse. Mr Keene, der Ortsvorsteher, fühlte sich dazu bemüßigt, bei ihnen vorzusprechen. Wohlgemerkt in Begleitung des Pfarrers aus Chiddingfold. Zudem hatte Mr Humperdinck ein paar Gerüchte aufgeschnappt, nachgewürzt und weitergestreut. Angeblich hätte Hazel parallel mehrere Liebschaften gehabt, was allein schon ihre platinblonden Haare bewiesen. Obendrein sei Herbert von Hazel mittels eines Liebeszaubers verhext worden. Selbst wenn das Leben in Little Barkham keinem Krimi entsprang, so vermochten die Klatschmäuler leichthin Fantasie und Boshaftigkeit zu vereinen.

Hazel und Herbert waren unter dem Urteil der Öffentlichkeit jedoch nicht eingeknickt. Sie hatten die Sache bis zu ihrer eigenen Vermählung ausgesessen. Heute zählte das Paar zur Stammkundschaft von *Buckley's Feuerwache* und kein Mensch verlor mehr ein Wort über Teufelswerk und Hexenkunst.

„Ist dir bewusst", sagte Herbert, „dass du vielleicht keine anderen Spuren finden wirst? In dem Fall bleibt Peter Hawkings der einzige Verdächtige."

„Ja, das wäre sehr bitter."

„Na, dann! Lasst uns den Jungen befreien."

Nach einem Glas Sherry und einer Feldherrenrede, die Herbert aus einem Sandalenfilm entlehnt haben musste, schwang sich das Trio auf die Fahrräder. Arthur war dankbar, Hazel und Herbert seine Freunde nennen zu dürfen. Denn wenn er im günstigsten Fall ein Mann des Wortes war, so hielt er die Osbournes ohne jeden Zweifel für Menschen der Tat.

16

Fasziniert betrachtete Arthur die Werkzeuge, die Herbert aus seinem Mantel zog. Mit Hilfe zweier gebogener Metallstifte begann sein Freund, das Schloss der Hintertür zu bearbeiten. Herberts Fingerfertigkeit wäre der eines Sherlock Holmes würdig gewesen. Nach nur wenigen Sekunden gab das Schloss ein leises Knacken von sich und Herbert schob die Tür auf. Gleichsam stellvertretend für Arthurs Bewunderung tätschelte Hazel die Schulter ihres Mannes.

„Wartet!" Arthur streckte die Hand aus. „Seid ihr wirklich sicher, dass Stuart Medford nicht da ist?"

„Absolut", antwortete Hazel. „Ich habe ihn heute Morgen im Bus erkannt. Mit dem piekfeinen Anzug und der geschniegelten Frisur wirkte er zwischen unsereiner ganz verloren."

Hazel, die als Näherin in einer Londoner Textilfabrik arbeitete, benutzte wochentags den Bus. Das hämische Grinsen, mit dem sie ihre Aussage garnierte, war nicht zu übersehen. Längst hatte Arthur begriffen, dass Stuart Medford genauso viel Sympathien erzeugte wie ein eingewachsener Zehnagel.

Nachdem er und seine Freunde mit einem Ausfallschritt über die Schwelle gelangt waren, verschloss er die Tür. Mit der Taschenlampe in der Hand ließ sich nicht mehr leugnen, was sie im Grunde waren: Einbrecher. Der Zweck heiligt die Mittel, hieß es oft. Aber Arthur wusste es besser. Denn nicht der Zweck rechtfertigt ein Vergehen, sondern einzig und allein der Erfolg. Nicht weniger akribisch, als würde er seinen Zettelkasten perfektionieren, begann er, den Küchenboden abzuleuchten.

Hazel und Herbert hatten mit dem Einbruch offenbar keine Probleme. Ohne ein Anzeichen von Befangenheit entschwanden sie durch die Küchentür und allein ihr Gekicher verriet Arthur die Gegenwart seiner Freunde.

Vor der Tür auf die Knie gesunken, wurde er mit einem Umstand konfrontiert, den er nicht so vorausgesehen hatte: Der Boden war grau vor Schuhabdrücken. Garantiert hatten die Polizisten ebenfalls die Hintertür benutzt. Von seiner eigenen Naivität ernüchtert, stemmte sich Arthur wieder auf die Beine. Er fragte sich, wo der alte Pinkerton eventuell nach lukrativer Beute gestöbert hatte. Ungeachtet dem Ende der Rationierung blühte der Schwarzmarkt in der Portobello Road. Mit Sicherheit kannte ein Mann wie Pinkerton einige zwielichtige Händler.

Er trat aus der Küche in die Empfangshalle und sah den Schein zweier Taschenlampen über die Treppe hüpfen. Oben angelangt, drehten sich die Lichtkegel im Kreis, als würden Hazel und Herbert miteinander tanzen. Wenn sie die Villa bei Tageslicht sähen, dachte Arthur, wären sie wohl enttäuscht. Der Eindruck von seinem ersten Besuch war keineswegs verblasst. Doch jetzt war alles anders. Die Nacht verstärkte eben nicht die Realität, sondern die Vorstellungskraft. So mochten sich für Hazel und Herbert in der Dunkelheit Prunk und Glamour, kostbare Schätze und Reliquien verbergen.

Mit diesem Gedanken begab sich Arthur in den Salon. Wie von einem inneren Zwang beherrscht, lenkte er sein Licht auf Mrs Prudences Lesesessel. Die Strahlen glitten über die zerschlissenen Polster und dann weiter zum Kamin.

Im Schacht lag unverändert das frische Holz. John Ratcliffe hatte behauptet, Peter hätte Mrs Prudence angeboten, ein Feuerchen zu machen. Und dann sei er mit einem Holzscheit über sie hergefallen. Heute wusste Arthur, dass der Junge der Frau gegen Bezahlung vorgelesen hatte. Das entkräftigte weder Ratcliffes Alptraumszenario noch die schnöde Weltsicht des Inspectors. Arthur musste die ungeschminkte Wahrheit einräumen: Peter fügte sich müheloser ins Bild eines Mörders als der alte Pinkerton.

Er besah sich die Familiengalerie auf dem Kaminsims. Die Fotografien waren teilweise verblasst, die Rahmen wurmstichig. Ein hemmungsloses Gekicher kündigte die Ankunft seiner Freunde an. Arm in Arm wie übermütige Hausgeister tänzelten sie durch den Salon, bis sie vor dem Kamin stoppten.

„Den Kerlen auf den Fotos dürftest du nie begegnet sein“, sagte Hazel, während sie sich aus Herberts Umarmung löste. „Sie waren schon tot, bevor du hergezogen bist.“

„Das sind Mrs Prudences Gatte und ihr Sohn, nicht wahr?“

„Ja. Archibald und Henry Prudence.“

„Habt ihr die beiden gekannt?“

„Den einen besser, den anderen weniger", sagte Herbert, der nun neben Arthur stand. „Archibald Prudence war die ältere Version seines Neffen. Er hat uns alle spüren lassen, wer hier das dickste Portemonnaie hat. Mit einem Fingerschnippen hat er jeden nach seiner Pfeife tanzen lassen. Besonders seine Frau."

„Du machst Humperdinck alle Ehre", flüsterte Arthur.

„Cedric verbreitet Tratsch. Was ich dir gerade erzählt habe, sind Tatsachen. Nicht wahr, Hazel?"

„Absolut, mein Liebster", antwortete sie. „Auch wenn die *Surrey Gazette* kein Wort darüber verloren hätte."

„War das die Zeitung, die Familie Prudence publiziert hatte?"

„Eine von vielen", erwiderte Hazel. „Keine hat den Krieg überlebt und Ende der Vierziger ging's dann steil bergab. Man munkelt, dass Mr und Mrs Prudence den Tod ihres Sohnes nicht verkraftet haben. Mit dem Verkauf des Unternehmens zogen sie sich nach Barkham Manor zurück." Hazel deutete auf ein Foto, das den älteren der Männer mit einer Jagdflinte vor einem erlegten Elefanten zeigte. „Archibald Prudence heizte noch manchmal in seiner Nobelkarosse durchs Dorf. Niemand wusste, wo er hinfuhr oder was er vorhatte. Irene Prudence verließ Barkham Manor dagegen nicht mehr."

Arthur strahlte eines der anderen Fotos an. Darauf sah man Henry Prudence in der Kostümierung eines Indianers vor dem Kamin posieren. Der junge Mann wirkte viel zu alt für die Maskerade aus Schminke und Federschmuck. „Und kannte einer von euch den Sohn?"

„Ich schon“, sagte Herbert. „Henry hat hier seine Kindheit verbracht.“

„Hier auf Barkham Manor?“

„Ja, aber nicht nur hinter den Grundstücksmauern. Im Gegensatz zu seinen Eltern schaute Henry nicht auf seine Nachbarn herab. Er hat sich immer vom Anwesen gestohlen, um mit dem Rad ins Dorf zu kommen. Draußen bei Morleys Scheune haben wir stundenlang auf Büchsen geschossen.“

„Ah, die Scheune, die abgebrannt ist.“

„Ja, damals stand sie noch. Mr Morley mochte Kinder und hatte nichts dagegen, dass wir uns auf seinem Hof vergnügten. Leider war der Kerl ein Säufer, wie er im Buche steht. Deswegen vertrug er sich auch so gut mit dem alten Pinkerton. Sie waren Brüder im Geiste und Brüder der Flasche.“

Herberts bildhafte Erzählung erweckte vor Arthurs innerem Auge die Vergangenheit zum Leben. Er sah seinen Freund mit Henry Prudence in Kniestrümpfen und Knickerbockers über das Heideland streifen, das nun anstelle von Grün in Sepia erstrahlte.

„Henry hatte nichts für Klassenunterschiede übrig“, fuhr Herbert fort. „Er war nicht so ein Snob wie sein Vater oder sein Cousin.“

„Und woher stammt Stuart Medford?“

„Seine Mutter ist Mrs Prudences Schwester.“

„Hat es einen Grund, dass hier kein Bild von ihr steht?“

„Da muss irgendwas zwischen den Familien vorgefallen sein.“ Herbert hielt einen Moment inne, wobei er sich nachdenklich das Kinn rieb. „Ich denke, Fiona weiß, was passiert ist. Aber sie redet nicht darüber, jedenfalls nicht mit mir.“

„Du redest von Fiona Melrose, Lucys Mutter?“

„Ja, sie gehörte zu unserer Clique. Genauso wie Tommy und Edward, der damals noch nicht Ortsvorsteher, sondern Prime Minister werden wollte.“ Herbert kicherte vor sich hin, indes Hazel wieder das Wort ergriff.

„Tommy ist Fionas Mann. Sie hat mir mal erzählt, dass er und Henry Prudence beste Freunde waren.“

„Ja“, stimmte Herbert ihr zu. „Ein Herz und eine Seele. Schließlich haben sie sich gemeinsam für die Royal Air Force gemeldet. Wie dir vielleicht bekannt ist, gilt Tommy Melrose bis heute als vermisst.“

„Und Henry Prudence?“

„Sein Flugzeug wurde mitsamt seiner Leiche geborgen. Die Beerdigung fand damals unter Ausschluss der Öffentlichkeit statt. Niemand aus dem Dorf, nicht einmal seine besten Freunde, durften daran teilnehmen.“

Während Arthur in Gedanken bei den toten Männern verharrte, löschten Hazel und Herbert ihre Lichter. Mit Gekicher flatterte das Paar zurück in die Dunkelheit des Hauses. Arthur mochte nicht an die Kriegsjahre denken, aber die furchtbaren Bilder drohten, ihn einzufangen. Er musste sich in Erinnerung rufen, dass er und seine Freunde gerade einen Einbruch verübten.

„Hey, Passepartout“, rief Hazel ihm von der Tür zu. „Kredenzen Sie bitte unseren edelsten Tropfen.“

Es war weder Hazels Sorglosigkeit, die Arthur hellhörig werden ließ, noch ihre Anspielung auf den Roman *In 80 Tagen um die Welt*. Es war vielmehr ihr Wunsch nach einem alkoholischen Getränk. In Windeseile rannte er zurück in die Küche und richtete den Strahl seiner Lampe auf den Eingang zur Speisekammer.

Vorsichtig drehte Arthur den Schlüssel, um dann nicht weniger vorsichtig die Tür zu öffnen. Die Kammer war bis unter die Decke mit Regalen vollgestellt. Zuoberst reihten sich Konserven aneinander, eingeweckte Früchte, Reispudding und mehrere Gläser Honig – während der Rationierung ein kostbares Gut, wie sich Arthur erinnerte. Eine Reihe tiefer entdeckte er diverse Spirituosen. Noch ehe sich Arthur in die Kammer begab, leuchtete er den Fußboden ab.

Zu seiner Freude fand er seinen Verdacht bestätigt. Die Abdrücke verdreckter Schuhsohlen waren auf dem Boden zu erkennen. Wenn ihn sein Gedächtnis nicht trog, hatte Ratcliffe bei ihrem Besuch die Küche nicht betreten. Natürlich war es möglich, dass der Gärtner Barkham House erneut die Ehre erwiesen hatte. Die Polizei oder Mervyn Bunter, der Butler aus den *Lord Peter Wimsey Mysteries*, hätten die Abdrücke nun fotografiert. Doch Arthur besaß weder eine Kamera noch einen Funken Begabung fürs Zeichnen.

Seiner Meinung nach waren die Spuren nicht von Gummistiefeln verursacht worden. Er tippte auf Straßenschuhe mit flachem Profil oder abgelaufenen Sohlen. In Little Barkham trug jede zweite Person solches Schuhwerk, also konnte er lediglich einen als Besitzer ausschließen: den Schweinehalter, Gärtner und Langfinger John Ratcliffe.

Er lenkte den Strahl der Taschenlampe auf das Regal und inspizierte die Spirituosen. Die Flaschen waren allesamt eingestaubt, als hätte Mrs Prudence lange vor ihrem Tod die Lust auf Alkohol verloren. Er begutachtete eine Flasche Braunen Sherry. Laut Etikett stammte der Wein aus dem Jahr 1935. Sicherlich hatte man auf Barkham Manor die damals populären Sherry-Partys gefeiert. Wie Mr Humperdinck ihm längst geflüstert hatte, war das Haus einst für seine Feste berüchtigt gewesen. Die Kronleuchter hätten die Fenster grell aufleuchten lassen, die Tänze seien wild und anstößig gewesen.

Nachdem Arthur die Flasche zurückgestellt hatte, pustete er sich den Staub von den Fingern. Daraufhin machte er eine weitere Entdeckung: Zwei kreisrunde Abdrücke auf dem vollgestaubten Regal verrieten, dass dort bis vor kurzem zwei Flaschen gestanden hatten. Er dachte an den Brandy, über den er in Pinkertons Wohnstube beinahe gestolpert wäre. „Tut mir leid, alter Mann", sagte Arthur zu sich selbst. „Das war's."

Obwohl Pinkerton kaum den Respekt seiner Nachbarn genoss, blieb er ein Mitglied der Gemeinde. *Jemand aus eurer Mitte* – so hatte Stuart Medford in Hinblick auf Peter gesagt und damit den Zorn des Dorfes entfacht. Einen ortsbekannten Säufer statt den Sohn einer Bäuerin hängen zu sehen, würde den Großteil der Gemüter jedoch wieder besänftigen. Daran zweifelte Arthur keine Sekunde lang. Selbstverständlich musste Peter Hawkings schleunigst aus der Haft befreit werden. Aber wollte er dafür verantwortlich sein, dass stattdessen Pinkerton einen Stehplatz auf der Fallklappe bekam?

Sobald er das Lachen seiner Freunde vernahm, schloss Arthur die Kammer. Ihm war, als hätte er einen verbotenen Raum betreten. Mit wirrem Kopf kehrte er in die Vorhalle zurück und ließ sein Licht über die linke Wand streifen. Die von Ratcliffe angepriesene Maske prangte an derselben Stelle wie bei ihrem ersten Besuch. Wäre der Gärtner abermals hier gewesen, so hätte er wohl das Stück in seine Obhut genommen. Die Zeichen standen schlecht für den alten Pinkerton.

Plötzlich glaubte Arthur, Geflacker in dem schmalen Fenster neben der Tür zu sehen. Instinktiv löschte er die Taschenlampe und huschte zur Tür. Herzlichen Glückwunsch, dachte er beim Blick nach draußen. Aus dem Birkenwald drangen die Scheinwerfer eines Autos in Richtung Haus.

11

„Das ist der alte Pinkerton", flüsterte er seinen Freunden zu.

Hazel und Herbert duckten sich neben Arthur unter das Fenster und starrten mit ihm hinaus. Das Doppelgestirn der Scheinwerfer näherte sich in nervtötender Langsamkeit der Villa. Entweder hatte es Pinkerton nicht eilig oder die reine Vorsicht ließ ihn das Tempo drosseln.

„Ich habe gar nicht gewusst, dass er ein Auto hat", sagte Herbert.

„Einen alten Hillman", klärte Arthur ihn auf. „Der steht im Schuppen hinter seinem Haus."

„Du bist aber gut informiert."

„Ich war neulich bei ihm."

Da wandten Hazel und Herbert ihre Augen auf Arthur.

„Ich dachte, du hast den Kontakt zu ihm abgebrochen", sagte Hazel verwundert. „Dank seines ruhmreichen Auftritts in der Bibliothek."

„Das stimmt auch. Ich wollte lediglich Mrs Bell einen Gefallen tun und nach ihm schauen. Aber er war nicht zu Hause gewesen."

Arthur verstummte abrupt und wünschte sich die Augen einer Katze. Der Wagen hielt zwischen Wald und Villa, keine hundert Yards entfernt.

„Was hat denn Mrs Bell von ihm gewollt?", fragte Hazel.

„Sie hat sich Sorgen um seine Verfassung gemacht."

„Und da bist du gleich zu ihm hingedackelt?"

„Jedes Dorf braucht einen unverbesserlichen Samariter", sagte Herbert. „Bei uns ist es ausgerechnet ein East Ender."

Hazel schnappte nach Herberts linkem Hosenträger und ließ ihn zurückschnippen. „Du weißt, dass Arthur es hasst, wenn man ihn so nennt."

Im nächsten Moment erloschen die Scheinwerfer, worauf in Arthur die schwärzesten Fantasien emporloderten. Mehr zu sich selbst als zu seinen Gefährten murmelte er: „Wer einen Mord begangen hat, schreckt nicht vor einem zweiten zurück."

„Was brabbelst du da?", wollte Hazel wissen.

Unvermittelt blinkte draußen der Schein einer Taschenlampe auf. Der bläuliche Lichtkreis umrahmte Pinkertons Gestalt wie die Korona den Mond. Arthur wusste genau, weshalb es Pinkerton des Nachts hierher verschlug: Er wollte sich die letzten Schätze unter den Nagel reißen, ehe Stuart Medford alles verscherbeln würde. Oder er war gekommen, um nach Mrs Prudences Geldreserven zu suchen. Womöglich hatte Stuart Medfords Kommentar seine Gier neu entfacht.

„Los", entschied Arthur. „Wir verschwinden besser."

„Pinkerton wird uns nicht verraten", meinte Herbert allzu naiv. „Bestimmt ist der Alte sternhagelvoll."

„Bestimmt versteckt er hinter seinem Rücken ein Stück Holz", erwiderte Arthur und zerrte seine Freunde vom Fenster weg.

18

Als Arthur Tingwell am nächsten Tag die Bibliothek erreichte, rann ihm der Schweiß von den Schläfen. Vor dem Eingang wartete ein Träubchen lesebegeisterter Menschen, was ihn zusätzlich unter Druck setzte. Geschwind rutschte er vom Fahrrad, richtete seine Krawatte und rang sich ein Lächeln ab. Es war das erste Mal, dass Arthur die Bibliothek verspätet öffnen würde.

„Mr Tingwell", empfing ihn Mrs Bell mit gespielter Empörung. „Sie haben einen gesunden Schlaf. Es ist bereits halb eins."

„Ich wette, Mr Tingwell hat bis in die Nacht gelesen", bemerkte Lucy Melrose im Tonfall einer Komplizin.

„Ja, *Die Schatzinsel*", rief Mrs Bells Enkel.

„So ein Unsinn", widersprach Lucy. „Mr Tingwell liest nur Kriminalromane."

Mrs Bell stieß ein überraschtes „Ah" aus, während sie ohne Scheu nach seinem Unterarm griff. „Ist es endlich da, Mr Tingwell?"

In der rechten Hand den Schlüssel, in der linken seine Arzttasche konnte Arthur nur die Stirn runzeln. Wovon sprach die gute Frau? Hatte sie das Urteil im Mordfall Irene Prudence im Sinn? Und wenn ja, weshalb glaubte Mrs Bell, ausgerechnet er wäre vor allen anderen informiert worden? Die erwartungsvollen Blicke

122

seiner Nachbarn brachten ihn stärker zum Schwitzen als sein Spurt zur Arbeit.

„Ich verstehe", entgegnete Mrs Bell pikiert auf sein Schweigen. „Sie wollen es zuerst lesen."

Langsam und knirschend wie die Zahnräder eines eingerosteten Uhrwerks fügten sich Arthurs Gedanken ineinander. Er ließ den Schlüssel im Schloss stecken und verrückte seine Brille, bevor er mit übertriebener Deutlichkeit erklärte: „Agatha Christies neues Buch erscheint am 31. Oktober. Und so sehr ich darüber auch erfreut wäre, ich glaube kaum, dass die Dame uns ein Vorabexemplar zusendet." Dann fügte Arthur in Anlehnung an Stuart Medfords Kommentar hinzu: „Ich bin schließlich in der Leihbücherei von Little Barkham angestellt und nicht in der Bodleian Library im ehrwürdigen Oxford."

Auf Arthurs Bissigkeit reagierte Mrs Bell mit einem Naserümpfen. Der Rest der Anwesenden schien seine Replik als das wahrzunehmen, was es sein sollte: Der Warnruf eines Mannes, der sich in die Ecke gedrängt fühlte. Viel lieber hätte Arthur die Situation mit einer lässigen Bemerkung entschärft, nur leider belastete ihn der Grund für seine Verspätung wie ein penetranter Juckreiz.

Zu guter Letzt musste Lucy auch noch eine Kostprobe ihrer Schlagfertigkeit geben. „Bitte, nehmen Sie ihm das nicht übel", sagte sie zu Mrs Bell. „Unser Mr Tingwell leidet nämlich unter Bibliothekaris arrogantus."

Die Erwachsenen, allen voran Mrs Bell und Cedric Humperdinck, hatten für Lucys Kommentar allenfalls ein Augenrollen übrig. Ungeachtet seiner Laune gönnte sich Arthur ein Grinsen.

Sobald er die Tür aufgeschlossen hatte, drängten die
großen und kleinen Besucher an ihm vorbei in den Lesesaal. Er hingegen verblieb draußen und wandte den
Blick zur Chester Road.

Unter dem herbstlichen Pinselstrich erstrahlte das
Dorf in den schönsten Farben. Mr Smolinski – wie
sollte es auch anders sein – kehrte vor seinem Laden
das Laub zusammen. Er hob zur Begrüßung den Besen,
worauf sich Arthur ein Winken abrang. Dass Pawel
Smolinski sehr viel Zeit damit verbrachte, seine Laden-
front sauber zu halten, stand außer Frage. Im Verkaufs-
raum selbst glänzten Boden, Tresen und Regale dermaßen, als würden er oder seine Frau alles täglich polie-
ren, bohnern und mit Goldstaub bepudern. Reinema-
chen – das war neben dem Geschäft Mr Smolinskis
größte Leidenschaft. Wie dem Mann wohl zumute
wäre, wenn er wüsste, dass er sich von einem Dieb und
Mörder ein Guinness hatte spendieren lassen? Er und
das Ehepaar Buckley, John Ratcliffe und der Ortsvorsteher hatten mit Pinkerton feierlich angestoßen. Bei
dem Gedanken, dass *er* nach der Arbeit einen Killer zur
Rede stellen wollte, wurde Arthur ganz kalt ums Herz.

„Und nun, Mr Tingwell?“, schallte es von unten her-
auf.

Entweder war Lucy erneut vor die Tür getreten oder
erst gar nicht zwischen den Buchreihen verschwunden. Jedenfalls war Arthur dankbar, dass das Mädchen
ihn aus der Grübelei befreit hatte.

„Tut mir leid, Lucy. Ich verstehe nicht.“

„Na, Sie haben jetzt zwei Tage Zeit gehabt.“

„Zwei Tage für was?“

„Mr Tingwell, seien Sie nicht so begriffsstutzig!“

Arthur durchforstete sein Gedächtnis, doch landete er stets an einem Punkt, der irgendetwas mit dem alten Pinkerton zu tun hatte. „Ich habe nicht so gut geschlafen", stöhnte er. „Würdest du mir bitte auf die Sprünge helfen?"

„Vor zwei Tagen war ein wichtiger Moment in Ihrem Leben."

„Ach so? Hoffentlich habe ich den nicht auch verschlafen."

„Sie haben meine Mutter kennengelernt. Fiona Melrose."

„Kennengelernt klingt ein wenig übertrieben. Ich bin ihr bei dem Brand begegnet – so wie das halbe Dorf."

„Aber das halbe Dorf hat meine Mutter nicht angestarrt."

Arthur konnte spüren, wie ihm vor Scham das Blut in den Kopf stieg. Um dem Thema eine Wendung zu verpassen, sagte er: „Du und deine Mutter seid sehr hilfsbereit gewesen. An euch sollten wir uns alle ein Beispiel nehmen."

„Der Wassereimer war ziemlich schwer."

„Das glaube ich gern."

„Um ehrlich zu sein, Mr Tingwell, habe ich getrödelt."

„Du meinst beim Löschen?"

„Ich habe die Eimer ganz, ganz langsam mit Wasser volllaufen lassen."

„Mach dir keine Sorgen, das hat garantiert niemand bemerkt."

„Wissen Sie, Mr Medford ist ein arroganter Mensch. Viel arroganter, als sie's manchmal sind, Mr Tingwell."

Obgleich Arthur Lucys direkte Art gewöhnt war, erstaunte ihn die Eindeutigkeit ihrer Aussage. Einen Zug der Belustigung, der sonst ihre Mundwinkel umspielte, suchte er vergebens. Mit ernster Miene beichtete das Mädchen: „Ich habe mich gefreut, dass sein blödes Auto brennt."

Arthurs britische, bis unter das Kinn zugeknöpfte Erziehung ließ ihn sofort den Zeigefinger auf die Lippen legen. Doch das war unnötig.

Lucy war sich offenbar ihrer drastischen Aussage bewusst. „Bitte", sagte sie kleinlaut, „sagen Sie nichts meiner Mutter."

„Ich glaube, du bist nicht die Einzige, die so denkt."

„Meine Mutter will trotzdem nicht, dass ich schlecht über andere rede. Sie hasst Gerüchte und Dorftratsch."

„Das macht sie sehr sympathisch."

„Kann sein. Trotzdem hat sie nicht den blassesten Schimmer. Mr Medford ist nämlich ein schlechter Mensch. Er will unserem Dorf Schaden zufügen."

Arthur hörte mühelos heraus, dass der letzte Satz nicht Lucys eigenen Gedanken entsprungen war. Als er nachfragte, wer das gesagt habe, meinte Lucy: „Mrs Keene zu Mr Humperdinck."

„Hat Mrs Keene noch andere Sachen gesagt?"

„Ja, viel schlimmere."

„Auch über Peter Hawkings?"

„Mmh, irgendwie schon."

Arthur seufzte und zog eine Miene des Bedauerns.

„Ich bin keine Lästerzunge wie Mr Humperdinck", verteidigte sich Lucy.

„Das bist du nicht. Und das ehrt dich ungemein."

Lucy schaute sich plötzlich um, als könnten sie aus dem Innern der Bibliothek belauscht werden. „Und bitte petzen Sie meiner Mama nicht, was ich über Mr Medford gesagt habe.“

„Das werde ich nicht tun. Versprochen.“

„Aha, Sie treffen sich also mit meiner Mutter?“

Der verqueren Logik hinter Lucys Frage war nicht zu entfliehen. Arthur hoffte, das Thema sei mit einem beiläufigen Nicken abgetan. Demonstrativ öffnete er die Eingangstür und bat das Mädchen ins Haus.

19

Die Bibliothek empfing Arthur mit der üblichen Geräuschkulisse. Neben dem Rascheln der Buchseiten tönte das Knacken der Heizung, die irgendwer dankenswerterweise eingeschaltet hatte. Das Getuschel und Gemurmel bedeutete wohl, dass Mr Humperdinck einen Ersatz für die kranke Mrs Keene gefunden hatte. Arthur rückte hinter seinen Schreibtisch, wo ihn das Gefühl erfasste, er sei nach einem anstrengenden Arbeitstag heimgekommen.

Ihm schwante, dass nur wenige Menschen seine Regung mit Verständnis honoriert hätten. Schließlich war die Leihbücherei nicht sein Zuhause, der Stuhl unter seinem Hintern nicht sein Sofa und die Leute ringsum schon gar nicht seine Familie. Und dennoch: Hier zwischen den Büchern zu hocken, den Menschen mit seinen Karteikarten helfen zu können oder auch nur den Regulator der Heizung auszurichten – das alles lenkte ihn von der Außenwelt ab und verschaffte ihm gleichermaßen eine tiefe Befriedigung.

„Mr Tingwell?" Bryan Buckleys Schatten senkte sich über den Schreibtisch. „Ich suche ein Buch."

„Ausgezeichnet", sagte Arthur. „Nichts höre ich lieber."

„Ist mit Ihnen alles in Ordnung?"

„Ja, Mr Buckley. Jetzt schon."

„Haben Sie noch andere Spionage-Romane als diese?“ In seinen Pranken, die sonst Tabletts und Biergläser balancierten, hielt der Wirt die ersten drei James-Bond-Abenteuer.

Nach kurzer Überlegung sagte Arthur: „Kennen Sie Helen MacInnes?“

„Eine Frau?“, fragte Buckley mehr ungläubig als aufgeschlossen.

„Ja, eine wirklich wunderbare Autorin.“

„Aber eine Frau?“, wiederholte Buckley.

„Agatha Christie hat auch Spionage-Romane verfasst. *N oder M* oder *Die großen Vier*. Haben Sie einen davon gelesen?“

Buckley schüttelte den Kopf, wobei er sein Gesicht verzog, als hätte er in eine Zitrone gebissen. Arthur ahnte, dass er ihm eine Autorin aufnötigen musste, denn freiwillig würde der Kerl seine Engstirnigkeit nicht überwinden. Mit einer Mischung aus Diplomatie und Vehemenz gelang es, den Wirt in die Krimiabteilung zu lotsen.

„Bitte“, sagte Arthur, „das Buch kennen Sie bestimmt nicht.“

„*Gefährliche Flitterwochen*“, las Mr Buckley vom Buchrücken ab. „Das klingt schon nach einem Frauen-Roman.“

„Lassen Sie sich vom Titel nicht täuschen.“

„Ich weiß nicht, Mr Tingwell.“

Arthur hob lehrerhaft einen Zeigefinger und schielte in den Eingangsbereich. Die ersten Besucher belagerten den Schreibtisch. Einige von ihnen balancierten vor der Brust einen Stapel Bücher, der bis unter ihre

Nasen aufragte. Arthur geriet deshalb keineswegs in Hektik. Er wandte sich wieder an Mr Buckley.

Der musterte den Buchumschlag mit Augen, die immer weniger Abneigung verrieten. Kein Wunder. Denn das Cover zeigte den Schattenriss einer höchst dramatischen Szene: Ein Mann, bewaffnet mit einem Messer, greift einen Hund an, der wiederum eine zu Boden gestürzte Frau angreift. Und das alles vor dem Panorama einer schroffen Bergkette. Arthur war nun bereit, Buckleys Vorurteilen gegenüber Autorinnen den Dolchstoß zu verpassen.

„Der Roman wurde sogar verfilmt", sagte er. „Mit der grandiosen Joan Crawford."

„Wirklich?" Buckleys Skepsis zerbröselte zusehends. „Und die Frau kann schreiben?"

Wie ein nahendes Gewitter drang ein tiefes Grollen in die Bibliothek. Irritiert blickte Arthur auf. Mr Humperdinck und Lucy Melrose stürmten zum Fenster, ihnen folgten Mrs Bell und Tommy, ihr Enkel. Noch ehe Arthur die Stirn auch nur runzeln konnte, ließ Buckley das Buch fallen und rannte ebenso ans Fenster.

Das ferne Grollen steigerte sich zu einem Dröhnen, scheppernd und ohrenbetäubend. Mittlerweile drängten sämtliche Besucher gegen die Scheibe, um einen Blick auf die Straße zu erhaschen. Arthur stellte sich auf die Zehenspitzen und schaute über die Köpfe seiner Nachbarn hinweg. Die Chester Road war leer, aber das Getöse unleugbar. Dann, als der Krach seinen Höhepunkt zu erreichen schien, rollte ein Auto an der Bibliothek vorbei. Der Wagen fuhr keinesfalls schnell, wie der Motorenlärm hatte vermuten lassen. Nein, der offene Zweisitzer kroch in einem Tempo über das Pflaster, als wollte sich der Fahrer der Aufmerksamkeit aller Dorfbewohner sicher sein.

„Wow", sagte Buckley. „Das ist ein Jaguar XK."

„Wo hat der so schnell ein neues Auto herbekommen?", fragte Mr Humperdinck und sprach damit aus, was wohl alle in diesem Moment beschäftigte.

„Ich wette, den Roadster hat er sich von einem Freund geliehen", erwiderte Buckley. „Ein Stuart Medford nimmt nur den Bus, wenn alle Luxuskarren der Welt einen Platten haben."

„Oder er hat sich den Wagen gekauft", spekulierte Mrs Bell laut.

Ein kollektives *Oh* vereinte die Anwesenden in ihrem Staunen. Selbst Arthur, der sich kaum für Autos begeistern konnte, reagierte nicht anders. Sein Blick folge dem Wagen von West nach Ost, folgte Stuart Medford in Richtung Dorfausgang. Doch während der Rest noch zusah, wie sich die Auspuffgase über der Chester Road verflüchtigten, entfernte sich Arthur vom Fenster.

Sein Schreibtisch wurde von niemandem mehr belagert. Ein Sportwagen hatte das Lesefieber seiner Nachbarn im Nu abkühlen lassen. Arthur schätzte, dass sich das Gemurmel am Fenster recht bald über Gartenzäune und Telefondrähte fortspinnen würde. So war das seit eh und je in Little Barkham. Mit einem Grinsen in den Mundwinkeln nahm Arthur wieder Platz.

Ein Schmierzettel, geklemmt unter seinen Zettelkasten, erregte seine Neugier. Er zupfte ihn hervor und las:

Ich würde lieber diesen Schnösel am Galgen baumeln sehen als den jungen Hawkings.

Automatisch wanderte sein Blick zum Fenster. Das Gemurmel seiner Nachbarn wirkte plötzlich beunruhigend – ganz wie von Menschen, die im düsteren Winkel eines Pubs einen Komplott schmieden.

20

Arthur verharrte vor dem umgestürzten Gartenzaun und betrachtete das Haus, während in seinem Gedächtnis Hazels Warnung widerhallte. Dieser Pinkerton, hatte sie ihn ermahnt, der sei gemeingefährlich. Der würde sich im Pub ein Bier gönnen, nachdem er das halbe Dorf wegen eines Salzstreuers erschlagen hätte.

Arthur hatte sofort bereut, Hazel und Herbert von seinem Albtraum und seinem Verdacht erzählt zu haben. Die nächtliche Flucht aus Barkham House hatte seine Freunde aufgewühlt und in Panik versetzt. Für seinen Verdacht, der alte Pinkerton habe Mrs Prudence ermordet, erntete Arthur weder Spott noch halbgare Beschwichtigungen. Ganz im Gegenteil. Sie wollten umgehend die Polizei alarmieren, am besten diesen Inspector Birdwhistle. Letztlich konnte Arthur sie dazu überreden, einen Tag abzuwarten, bevor sie zum Telefonhörer griffen. Er sagte ihnen, es bestünde keine Fluchtgewahr. Mr Pinkerton habe ja keine Ahnung von seinem Argwohn. Dass er diesen *gemeingefährlichen* Mann aufsuchen wollte, hatte Arthur ihnen jedoch verheimlicht. Seine Freunde hätten ihn für lebensmüde gehalten.

„Wer stört?", schallte es durch die Haustür.

„Guten Tag", sagte Arthur freundlich. „Ich bin's."

„Aha, sehr fein. Trägt Ihr Ich auch einen Namen?"

„Arthur Tingwell. Der Bibliothekar.“

Zögerlich wurde die Tür einen Spaltweit geöffnet. Das Misstrauen, das der alte Pinkerton zur Schau stellte, überraschte Arthur kaum. Sein denkwürdiger Auftritt in der Schänke lag nun zwei Tage zurück. Garantiert rechnete Pinkerton längst mit dem Erscheinen der Kriminalpolizei. Oder der Mann war schlichtweg dem Wahnsinn näher, als Arthur hatte wahrhaben wollen.

Mit blutunterlaufenden Augen wurde er durch den Türspalt gemustert. Pinkertons Gesicht war so bleich, dass man Dracula dagegen eine gesunde Bräune bescheinigt hätte. Dessen ungeachtet gelang Arthur ein Lächeln, worauf sich Pinkerton ebenfalls an einer freundlichen Miene versuchte. Das Ergebnis provozierte erneut den Vergleich mit Dracula.

„Heutzutage weiß man nie“, rechtfertigte der Mann sein Misstrauen. „Das Land wimmelt vor Handelsvertretern. Alle wollen einem aufschwatzen.“

„Keine Bange, Mr Pinkerton. Ich will Ihnen keine Schnürsenkel oder Lockenwickler andrehen.“

„Besten Dank, Mr Tingwell. Gegen ein paar gescheite Bücher hätte ich allerdings nichts einzuwenden.“

Ohne nach dem Grund für Arthurs Besuch zu fragen, winkte Pinkerton ihn hinein. Der Mann trug eine Hose, deren Bügelfalten ein wildes Zickzack zeichneten, und ein Hemd mit speckigem Kragen. Wenigstens zwei Tage musste er schon in der Kleidung stecken, denn sie verströmte noch immer den Brandgeruch von Stuart Medfords Wagen.

Arthur öffnete die Knöpfe seines Jacketts und stellte seine Tasche auf eine Kommode. „Mr Pinkerton, Sie dürfen sich glücklich schätzen. Ihr Wunsch fand Gehör." Er zog aus seiner Tasche ein Buch, das Pinkerton an Ort und Stelle aufschlug.

„Rebecca West", las der von der Titelseite ab. „Die Autorin kenne ich nicht."

„*Die Rückkehr* ist ihr Debüt."

„Und das empfehlen Sie mir?"

„Das schenke ich Ihnen."

„Sehr großzügig, Mr Tingwell. Womit habe ich das verdient?"

„Ach, bloß um der alten Zeiten willen", sagte Arthur honigsüß.

Aus Pinkertons vampirhafter Miene schälte sich das Lächeln eines Schuljungen. Diese Begeisterung erinnerte Arthur an den Mann, mit dem er viele gesellige Stunden verbracht hatte. Zu jener Zeit war seine Körperhaltung weniger krumm gewesen und sein Gedächtnis nahezu unfehlbar.

„Ist damit mein Hausverbot obsolet?", erkundigte sich Pinkerton.

„Das ist keine Leihgabe, sondern ein Geschenk."

„Verstehe, Mr Tingwell. Verstehe."

„Fassen Sie es bitte nicht als lebenslanges Verbot auf."

„Ah, der Herr Bibliothekar lässt mit sich reden."

„Damit haben Sie ins Schwarze getroffen." Arthur rückte seine Brille zurecht. „Sie und ich, wir sollten uns unterhalten."

Pinkerton bot Arthur in der Wohnstube zunächst einen Sessel an und kurz darauf ein Gläschen von edelster Güte. Genau das waren seine Worte: von edelster Güte. Die Frage, aus welcher Speisekammer der Brandy stammte, brauchte sich Arthur nicht zu stellen. Ihn beschlich der Verdacht, Pinkerton suche regelrecht die Konfrontation. Womöglich war dessen Scharfblick gar nicht getrübt und er hatte den Namen der Autorin als das interpretiert, was es sein sollte: ein Angebot, reinen Tisch zu machen, ehe Hazel und Herbert die Polizei riefen. Oder war Arthurs Verdacht bloßes Wunschdenken? Eventuell war Pinkerton dermaßen vernebelt, dass ihm nicht aufgefallen war, welche Flasche er vor seinem Gast entkorkt hatte.

Die beiden prosteten einander zu und Arthur nippte zaghaft. Eigentlich war ihm nicht nach Alkohol, schon gar nicht nach hochprozentigem, doch wollte er die Gelegenheit nutzen.

„*Cordon Bleu*", sagte er. „Wirklich delikat."

„Ja, das ist ein feiner Tropfen."

„Wo haben Sie den Brandy erstanden?"

„Die Flasche ist ein Geschenk", antwortete Pinkerton. „Von einer guten Freundin."

„Ihre Freundin hat einen erlesenen Geschmack."

„Das liegt sicherlich an ihrem Vermögen."

„Sehen Sie da etwa einen Zusammenhang?"

„Ich denke, Reichtum macht die Zunge nobler."

„Gilt das auch bei der Auswahl der richtigen Lektüre?"

„Wie kommen Sie darauf?"

„Ich dachte, vielleicht hat Ihnen dieselbe Freundin zufällig den Roman ausgeliehen?" Arthur deutete auf das Buch, das sich zur Hälfte unter einem der Sofakissen verbarg. Daphne du Mauriers *Rebecca* – ganz klar am gelben Umschlag zu erkennen.

Statt Arthurs Frage zu beantworten, hob der alte Mann das geschenkte Buch hoch. „Jetzt werde ich erstmal Ihr Mitbringsel lesen."

Arthur blieb hartnäckig. „Dürfte ich das Exemplar sehen?"

„Sie meinen *Rebecca*?"

„Ja, bitte. Ich selbst besitze nur eine billige Taschenbuchausgabe."

Pinkerton langte nach dem Buch, doch verharrte seine Hand darauf, als berühre er einen Schatz, von dem er sich nicht trennen mochte.

Arthur lief ein Schauer über den Rücken. Wäre Pinkerton fähig, ihm mit dem Buch einen Schlag zu verpassen – genauso, wie er es mit einem Holzscheit bei Mrs Prudence getan hatte? Unwillkürlich hob Arthur seine Fersen und spannte die Beinmuskeln an. Eine einzige jähe Regung von Pinkerton hätte ihm genügt, um aus dem Sessel zu springen.

Dann erkannte Arthur, wie das Gesicht seines Gastgebers jede Spannung verlor. Seine Stirn neigte sich abwärts, während ein schwermütiges Seufzen über seine Lippen kroch. Ohne jeden Widerstand gab er das Buch an Arthur weiter.

„Ich würde es Ihnen gern schenken", sagte Arthur sanft. „Aber es gehört der Bibliothek und somit der Gemeinde."

„Sie stellen sich wohl gern in den Dienst der Allgemeinheit?"

„Es ist Teil meines Berufsethos, Mr Pinkerton."

„Das klingt nach purem Understatement." Er goss sich einen Schluck ein und kippte den Brandy in einem

Zug hinunter. „Mr Tingwell, Sie sind ein wahrer Menschenfreund.“

„Ich wäre viel lieber ein wahrer Menschenkenner.“

„Nur Geduld. Wenn Sie mein Alter erreicht haben, werden Sie auch das sein. Das eine ermöglicht Ihnen quasi, das andere zu werden.“

„Vor allem bringt’s mich in großen Schlamassel.“

„Wo wir zweifelsohne bei meiner Wenigkeit wären.“

Nach dieser pointierten Einschätzung leerte Arthur ebenfalls sein Glas. Indes wurde die Stube von einer gespenstischen Atmosphäre heimgesucht. Durch die Fenster sickerte das Licht der Straßenlaterne wie Mondschein auf den Grund eines trüben Sees. Schatten streckten sich über Möbel, Wände und Spinnweben. Arthur lehnte sich zurück, wobei er seinen Gastgeber nicht eine Sekunde aus den Augen ließ.

„Mr Pinkerton, ich bin kein Polizist“, sagte er so abgeklärt, als hätte er schon des Öfteren darauf hinweisen müssen.

„Wenn dem so wäre, würden Sie jetzt nicht hier sitzen“, erwiderte Pinkerton frostig. „Ich nehme an, Sie haben den Generalstreik 26 nicht miterlebt?“

Arthur schüttelte den Kopf.

„Na ja, damals steckten Sie garantiert noch in kurzen Hosen.“

„Ich habe einiges über den Streik gelesen.“

„Das habe ich mir gedacht. Nur leider verraten die Geschichtsbücher nicht die ganze Wahrheit. Die Bullerei war in diesen Tagen sehr zornig gewesen. Zornig und überaus brutal.“

„Das kann ich mir vorstellen, Mr Pinkerton.“

„Wir von der Eisenbahn wollten die Bergleute bei ihrem Protest unterstützen. Am Ende haben wir unsere Solidarität teuer bezahlt. Hopkins, mein damaliger Kollege, haben die Bobbies das Knie zertrümmert. Seinen Job als Maschinist konnte er somit vergessen. Ich hatte selbst einmal das Vergnügen, mit dem Schlagstock Bekanntschaft zu machen."

Arthur nickte stumm.

„Die Ironie dieser Tragödie ist Ihnen sicherlich aus Ihren Büchern vertraut. Nichts, rein gar nichts hatte der Streik den Minenarbeitern gebracht. Im Ergebnis mussten sie sogar für weniger Lohn noch länger schuften. Und Hopkins, die arme Sau? Der fristete fortan das glanzvolle Leben eines Krüppels ..."

So trist Pinkertons Erzählung auch war, sie schaufelte mit jeder Wendung jenen Mann frei, mit dem Arthur stundenlang am Kamin gehockt hatte. Ihm wurde bewusst, wie sehr er die Gespräche über Literatur, Historie und Politik vermisste. Da griff Pinkerton nach der Flasche Brandy, eine kurze allzu flinke Bewegung, die Arthur zur Vorsicht mahnte.

„Jedenfalls versuche ich seitdem, jeden Ärger mit der Obrigkeit zu vermeiden", erklärte Pinkerton. „Wenn man seine Kollegen im Straßengraben vor Schmerzen brüllen sieht, bleibt das im Gedächtnis haften. Zum Glück kam niemand zu Tode. Dass Mrs Prudence in dieser Hinsicht weit weniger Glück hatte, habe ich sofort erkannt."

Pinkertons nahtlose Überleitung in die Gegenwart erwischte Arthur wie ein Gefrierschock. Er war nicht einmal zu einem Nicken, geschweige denn einer Nachfrage fähig.

Sein Gegenüber wirkte davon gänzlich unberührt. Pinkerton schenkte sich einen weiteren Schluck ein, bevor er eine Geschichte zu erzählen begann, die zwischen zwei Buchdeckeln besser aufgehoben wäre als in der Realität eines kleinen, englischen Dorfes.

21

Der Wetterbericht im Spätprogramm hatte Regen für den Südosten angekündigt. Pinkerton neigte sich aus seinem Sessel, um durch das Fenster in die Nacht zu spähen. Die BBC hatte recht. Der Oktoberwind trieb über die Laterne vor seinem Haus graue Wolken. Kein Stern zeigte sich am Firmament, nicht der Mond und auch nicht das Blinken einer fliegenden Untertasse. Er glättete die Wolldecke über seinen Schenkeln – seit geraumer Zeit fror er selbst bei mäßiger Temperatur – und fischte die Flasche Port vom Boden. Das süße Aroma machte ihm den Sendeschluss des Radioprogramms erträglicher. Gelangweilt starrte er auf die Chester Road hinaus und ließ sich von den wogenden Baumkronen einlullen. Etwas später, ihm war mittlerweile das Zeitgefühl abhandengekommen, tauchte Mrs Prudence vor seinem Haus auf.

Pinkerton überraschte der Anblick der alten Frau keineswegs. Er hatte sie schon oft über die Chester Road wanken sehen. Stets war sie allein unterwegs, stets in dicke Umhänge gehüllt. Seine Vermutung, dass das ganze Dorf mit Ausnahme von ihnen beiden schlief, verschaffte ihm ein Gefühl der Verbundenheit. Vielleicht sollte ich die Dame auf ein Gläschen einladen, sinnierte er. Doch kaum war der Gedanke zu Ende gedacht, verwarf er ihn wieder. Er war ein Kind der Arbeiterklasse und sie immerhin ein Mitglied der Oberschicht. Er würde bis zum Ende aller Tage die Labor Party wählen, sie hingegen die ihm verhassten Tories. So war sie eben, die Ordnung im Vereinten Königreich.

Mrs Prudence befand sich auf Höhe seines Vorgartens, als sich ein Fahrrad dem Haus näherte. Pinkertons Grübeleien gerieten zur Nebensache. Auch wenn ein Radfahrer an sich kein Kuriosum darstellte, war eine dritte muntere Seele zu dieser Stunde eher ungewöhnlich. Pinkerton stemmte sich aus dem Sessel und presste sein Gesicht gegen die Fensterscheibe.

Der Radfahrer trat mit traumähnlicher Langsamkeit in die Pedale. Er hatte strohblondes Haar und trug die olivgrüne Jacke eines Soldaten. Seines Alters wegen war Pinkerton im Krieg die Eignung für das britische Heer verweigert worden. Stattdessen hatte er als Freiwilliger in der hiesigen Heimwehr gedient, wo er auf Paraden mit einem Kehrbesen anstelle einer Waffe marschiert war. Ja, selbst in Volltrunkenheit hätte Pinkerton unter hundert Uniformen die eines Piloten identifiziert.

In dem Moment, als der Radfahrer an seinem Haus vorbeirollte, suchte Mrs Prudence Halt an seinem Gartenzaun. Ohne abzubremsen, wandte sich der Fahrer um und winkte ihr zu. Pinkerton vermutete, dass sich die beiden kannten.

Allerdings schlug die nächtliche Begegnung Mrs Prudence zu Gemüte. Während sich ihre Linke am Zaun festklammerte, schoss ihre Rechte hinauf zur Brust. Der Anblick ihres vor Schmerz verzerrten Gesichtes ließ Pinkerton schlagartig nüchtern werden.

„Was zur Hölle!", rief er gegen das Fenster, als der Zaun unter Mrs Prudences Gewicht zusammenbrach.

Die Frau stürzte geradewegs in seinen Vorgarten.

Obgleich sich Pinkerton auf die Zehenspitzen reckte, konnte er sie zwischen all dem Unkraut nicht ausmachen. Dann hob er die Augen und bemerkte, dass der Radfahrer ebenso von der Bildfläche verschwunden war.

„Was zur Hölle!", fluchte er ein zweites Mal. Er begann, die eigene Wahrnehmung anzuzweifeln, wobei er die Flasche Port neben dem Sessel betrachtete. Nach einer Minute langte er abwärts, entkorkte die Flasche und genehmigte sich einen kräftigen Schluck. Manchmal war Alkohol eben das beste Rezept, um bei Verstand zu bleiben. Pinkerton streifte sich seine Straßenschuhe über und begab sich in den Vorgarten.

„Was zur Hölle!", zischte er ein drittes Mal. Wenn die Lady zwischen Brennnesseln und Unrat ein Nickerchen machte, dann in einer höchst ungesunden Haltung. Während des Krieges hatte er nicht nur bei Luftalarm die Kirchenglocke geschlagen, sondern auch einen Erste-Hilfe-Kurs absolviert. Ein Ohr auf ihre Brust und drei Finger auf ihr Handgelenk gepresst, war seine Diagnose eindeutig: Bei der nächsten Wahl würde den Tories eine Stimme fehlen.

Die Erkenntnis, dass er nun der einzige in Little Barkham war, der von Schlaflosigkeit geplagt wurde, traf ihn unverhofft. Dann korrigierte er sich. In Wahrheit gebührte ihm die Stellung genauso wenig, wie sie ihm und Mrs Prudence zuvor gebührt hatte. Denn irgendjemand drehte des Nachts seine Runden im Dorf.

Pinkerton hievte sich hoch und war im Begriff, das Cottage von Mr Keene anzusteuern. Normalerweise pflegte er um das Ehepaar Keene einen weiten Bogen zu machen. Seines Erachtens glaubten Edward als auch Eleanor Keene in vielerlei Dingen Recht und Moral auf ihrer Seite. Wenn der Herr Ortsvorsteher *Die Memoiren der Fanny Hill* aus der Leihbücherei hätte verbannen wollen, dann wäre das auch geschehen. Da hätte der Bibliothekar bis in alle Ewigkeit protestieren können.

In Anbetracht solcher Überlegungen ahnte Pinkerton, dass Mr Keene ihm sein Telefon garantiert nicht überließe. Er würde persönlich die Polizei informieren wollen, weil es seine verdammte Pflicht als Ortsvorsteher war. In Gedanken hörte Pinkerton bereits den Wortlaut von Keenes Anruf: „Ein ortsbekannter Bolschewik und Trunkenbold hat unsere hochgeschätzte Mrs Prudence gefunden. Und zwar tot in seinem verwahrlosten Garten." Dass das Ableben der Greisin eine Untersuchung nach sich ziehen würde, erschloss sich Pinkerton auch mit trübem Verstand. Wohin das wiederum führen würde, hatte die Geschichte ihm eindrücklich gelehrt. Er dachte an seinen Kollegen Hopkins und dessen zertrümmerte Kniescheibe.

Pinkerton sah sich buchstäblich zu einer Entscheidung gezwungen. Also wuchtete er die Leiche von Mrs Prudence auf eine Schubkarre und brachte sie nach Barkham Manor.

22

„Und wie haben Sie sich Zugang ins Haus verschafft?",
fragte Arthur, der kaum glauben mochte, was er soeben
gehört hatte.

„Mit ihrem eigenen Schlüssel", antwortete Pinkerton.
„Den hatte sie natürlich bei sich."

„Das heißt, Sie mussten keine der Türen aufbrechen?"

„Nein, das war nicht nötig. Ich bin geradewegs durch
die Vorhalle und habe die Leiche in den Salon geschleppt."

„Aber weshalb legten Sie die Frau im Sessel ab und
nicht in ihrem Bett? Das wäre doch plausibler gewesen."

„So wollte ich den Zeitpunkt ihres Todes auf den
Abend verschieben. Ich dachte mir, welcher Arzt würde
denn eine Greisin, die in ihrem Sessel verstorben war,
eingehend untersuchen?"

„Und die Wunde an ihrem Kopf?" hakte Arthur nach.

„Die muss der Sturz verursacht haben."

„Sie meinen den Sturz in Ihren Vorgarten?"

„Ja. Der ist im Grunde eine Müllhalde. Unter dem Gestrüpp verbirgt sich ein halber Schuppen an unnützem
Zeug."

„Das klingt plausibel. Trotzdem frage ich mich, weshalb Sie die Verletzung übersehen haben. Sie sagten
doch, Sie hätten Erste Hilfe geleistet."

„Hören Sie, Mr Tingwell. Ich wollte die Leiche so schnell wie möglich aus meinem Garten schaffen und geriet in Panik. Ich war nicht ganz bei Sinnen. Immerhin habe ich die Tote in einer Schubkarre durchs halbe Dorf chauffiert."

Arthur meinte, den Ansatz eines Grinsens in Pinkertons Mundwinkel zu erkennen. Die Situation war durchaus nicht frei von Ironie. Ein verbitterter Klassenkämpfer buckelte sich ab, indem er seine ehemalige Klassenfeindin von A nach B transportierte. Nur dass das hier nicht die Horrorstory vom grimmigen Leichenräuber war, dachte Arthur.

Pinkerton musste ein ähnlicher Gedanke zugesetzt haben. Indem er ausgiebig an seinem Brandy nippte, schien er sein Grinsen überspielen zu wollen.

„Für einen Ausflug in Mrs Prudences Speisekammer fanden Sie jedoch Zeit", bemerkte Arthur bitter.

„Die Lady würde sich an den edlen Tropfen ohnehin nicht mehr erfreuen können. Außerdem hatte ich mir das verdient."

„Wie soll ich das verstehen, Mr Pinkerton?"

„Ich habe Mrs Prudence immerhin aus einer unwürdigen Lage befreit."

„Die Frau war tot."

„Ja, und? Würden Sie denn nicht lieber in Ihrem Sessel aufgefunden werden als in einem ungepflegten Garten?"

Wieder kämpften Pinkertons Mundwinkel gegen eine unangemessene Reaktion. Doch dieses Mal vermochte auch der Griff zum Glas das Grinsen nicht zu unterbinden. Arthur las in seinem Gesicht aber weder Hohn noch Schadenfreude. Für ihn war es vielmehr das resignierte Lächeln eines Mannes, der seinem Schicksal entgegenblickt.

„Sie verlangen jetzt sicherlich von mir, dass ich mich der Polizei stelle", sagte Pinkerton.

Arthur rückte an den Rand des Sessels. „Ich wünsche mir, dass Peter aus seiner Zelle befreit wird. Der Junge muss Höllenqualen leiden. Sie mit Ihrer Geschichte müssten das eigentlich nachempfinden können."

„Ich war nie im Gefängnis gewesen."

„Aber Sie hatten unerfreulichen Kontakt mit der Obrigkeit."

„Ja, davon kann ich ein Lied singen." Pinkerton nahm einen Schluck und wischte sich über die Lippen. Dann starrte er geradeso ins Leere, als drohte er, aufs Neue in die Vergangenheit abzudriften.

Arthur musste sich immer wieder vorstellen, wie er Mrs Prudence von hier bis zum Manor House geschoben hatte. Was das an Kraft und Willen gekostet haben mochte? Einfach unglaublich, sinnierte Arthur. Gleichwohl verblasste für ihn die Furcht, die Pinkerton angetrieben hatte, unter der Angst einer anderen Person.

„Haben Sie schon an Peters Mutter gedacht?", fragte er ihn. „Die Frau stirbt fast vor Sorge."

„Sie wollen an mein Gewissen appellieren."

„Wäre das denn verwerflich, Mr Pinkerton?"

Statt zu antworten, schenkte sich Pinkerton nach.

Arthur beeindruckte das nicht. Die Literatur war voll von Menschen, die ihre Gewissensbisse mit Alkohol sedierten. Und manchmal war es sogar das Gewissen selbst, das die Betäubung einforderte. In Ian Flemmings *Casino Royale* hieß es knapp: Das Gewissen ist ein gewiefter Gefährte. Dem wollte Arthur nichts hinzufügen. Nach einer Minute des Schweigens fragte er sein Gegenüber, ob er eine Idee habe, wer der Radfahrer gewesen sei.

„Jedenfalls keiner aus dem Dorf", antwortete Pinkerton hastig.

„Finden Sie das nicht seltsam?"

„Vielleicht wollte die Person nach Chiddingfold."

„Mitten in der Nacht?"

„Warum nicht? Sie könnte wegen eines Notfalls zu Dr. Quartermain gefahren sein."

„Der Doktor hat gewiss ein Telefon."

„Das bedeutet noch lange nicht, dass alle anderen ein Telefon besitzen. Sie haben doch auch keins."

Das Argument leuchtete Arthur ein. Er hätte daraufhin mit seiner Fragerei Ruhe gegeben, wenn Pinkerton nicht von selbst ausgeholt hätte.

„Die meisten Farmer haben keinen Telefonanschluss. Sie kennen ja die Firmenpolitik. Wo nix zu kassieren ist, wird auch nix investiert."

Pinkertons neu erwachte Redseligkeit schürte die vertraute Skepsis in Arthur. Wollte der Mann etwas kaschieren – so wie er es auf nonverbale Art mit seinem Glas probiert hatte? Arthur lehnte sich in den Schatten zurück und dachte nach.

„Mr Pinkerton?"

„Ja."

„Wollen Sie diesen Radfahrer nicht aufspüren?"

„Sie meinen, weil er meine Geschichte bestätigen könnte?"

„Absolut. Er hat Mrs Prudence vielleicht zusammen-
brechen sehen. Seine Aussage würde Sie somit entlas-
ten.“

Die Reaktion, die Pinkerton auf diesen Hoffnungsschimmer offenbarte, verstärkte nur Arthurs Misstrauen. Der Mann wich seinem Blick aus und strich wie
in Gedanken versunken über Rebecca Wests Roman.

„Ich möchte Sie um einen Gefallen bitten“, sagte
Arthur.

„Keine Bange, Mr Tingwell. Ich werde morgen Früh
zur Polizei gehen.“

„Können Sie Ihr Gewissen nicht noch eine Nacht im
Zaum halten? Eine einzige Nacht.“

„Und dann?“

„Sie werden einfach übermorgen die Polizei aufsuchen. Sofern Sie es wünschen, kann ich Sie auch beglei-
ten. Sozusagen als Unterstützung.“

Pinkerton schien Arthurs Vorschlag abzuwägen. Er
hob sein Glas, schaute hinein und brachte den Brandy
zum Schwingen. „Na gut“, erklärte er endlich. „Ich habe
ohnehin nichts zu verlieren.“

„Ich glaube schon“, entgegnete Arthur. „Bringen Sie
bitte das übrige Geld mit.“

„Von welchem Geld sprechen Sie?“

„Von dem Geld, das Sie Mrs Prudence gestohlen haben.“

„Ich bin kein Dieb, Mr Tingwell.“

Arthur fixierte den alten Pinkerton eindringlich.

„Okay, zwei Flaschen Brandy und ein wenig
Schmuck“, räumte er mit einem Zähneknirschen ein.
„Den Schmuck habe ich im Pfandhaus verscherbelt.

Leider ist das Geld bis auf den letzten Schilling aufgebraucht.“

„Sie haben davon die Runden im Pub bezahlt, nicht wahr?“

„Ja, getreu dem Sprichwort Geteiltes Laster ist halbes Laster.“

Arthur grinste, bevor er mit aller Ernsthaftigkeit sagte: „Mrs Prudences Gespartes beziffert sich angeblich auf über tausend Pfund.“

„Ich habe von dem Geld nichts gewusst, bis es ihr Neffe erwähnt hat.“

„Ich verstehe. Deshalb sind Sie gestern erneut zum Manor House gefahren. Sie wollten sich ihr Gespartes unter den Nagel reißen.“

„Gefahren? Mit der Schubkarre oder was?“

„Nein, mit dem Hillman aus Ihrem Schuppen.“

„Die Schrottkarre!“, rief Pinkerton voller Verachtung. „In dem hausen die Mäuse, sonst taugt der zu nichts mehr.“

23

Tief in Gedanken versunken, schob Arthur sein Fahrrad die Chester Road hinab. Wenn Mrs Prudence infolge eines Schwächeanfalls oder Herzinfarkts verstorben war, konnte Peter Hawkings sie nicht ermordet haben. Ob die Polizei dem alten Pinkerton die Geschichte allerdings abkaufen würde, stand auf einem anderen Blatt. Immerhin gab es jetzt einen Hoffnungsschimmer, um die Affäre aufzuklären: ein Radfahrer, der den Sturz der Greisin bezeugen konnte.

Natürlich hatte Arthur die Papiere in seinem Jackett nicht vergessen. In der Innentasche steckten Peters verstörende Skizzen, in der Seitentasche der Zettel, den er auf seinem Schreibtisch gefunden hatte. Beides hielt Arthur nun, wo der Mord kein Mord mehr war, für lösbare Probleme. Sobald Peter in Freiheit wäre, würde er ihn auf seine morbiden Fantasien ansprechen. Im Zuge seiner Entlassung würden sich auch die Gemüter in Little Barkham beruhigen. Daran glaubte Arthur schon deshalb, weil er ein unverbesserlicher Optimist war.

Als er sich dem Dorfkern näherte, sah er in *Buckley's Feuerwache* Licht brennen. Er stoppte auf Höhe der Schänke, verblieb aber im Halbdunkel abseits der Laternen. Er wollte nicht entdeckt und zu einem Schlummertrunk verführt werden. Momentan sehnte sich Arthur nach einer Tasse Tee und einem Buch ohne

Mord und Totschlag. Vielleicht lese ich mal wieder einen Liebesroman, dachte er mit verschmitzter Vorfreude.

Gemessen an der Menge der Fahrräder, die vor dem Gebäude standen, durfte sich Buckley nicht über mangelnde Kundschaft beklagen. Am Fensterplatz konnte Arthur sogleich seine Freunde ausmachen. Sie hielten ihre Köpfe dicht beieinander, was ihn vermuten ließ, Hazel und Herbert würden Kenneth von dem Einbruch erzählen. Arthur hatte sie darum gebeten, vorerst Stillschweigen zu bewahren. Selbstverständlich galt das nicht für engste Freunde, zumal Kenneth ohnehin nicht in Little Barkham wohnte.

Im Hintergrund hoben und senkten sich die Silhouetten der anderen Gäste. Trotz der Entfernung glaubte Arthur, die Gespräche zu hören, die erhitzten Debatten über den Erben von Barkham Manor und die ungewisse Zukunft des Dorfes. Nein, heute kein Guinness, bekräftigte er seinen Entschluss. Er wandte sich wieder dem Heimweg zu, da polterte eine Idee direkt in seinen Verstand hinein.

Ohne lange zu überlegen, lehnte Arthur sein Rad an den nächsten Baum und rannte zu Buckleys Pub. Er ging unter dem Fenster in die Hocke und musterte die Häuser auf der anderen Straßenseite. Sämtliche Stuben zur Chester Road hin waren finster. Entweder wärmten sich die Leute längst in ihren Betten, womöglich mit einem Liebesroman, oder im Pub an einem Glas Brandy. Arthur krümmte den Rücken und schlich vom Fenster zum ersten Fahrrad.

In Windeseile schaltete er den Dynamo ein, hob das Vorderrad an und gab dem Reifen Schwung. Ein Licht flammte auf, das solange leuchtete, wie er den Reifen in Bewegung hielt. Dann wechselte er zum nächsten Fahrrad, unermüdlich auf der Suche nach einer defekten Lampe.

Recht bald kam er sich ziemlich albern vor. Je hartnäckiger er die Reifen anstieß, desto abstruser erschien ihm Pinkertons Geständnis. Eine düstere Nacht, eine Greisin, die einsame Ausflüge unternahm, ein unstetes Licht – Wilkie Collins hätte eine solche Szene gewiss zu einer Gruselgeschichte inspiriert. Die Hände schmutzig von den Reifen, die Hose schmierig vom Kettenfett, beglückwünschte sich Arthur für seine Naivität. Dem letzten Rad widmete er sich nur noch, um zu beenden, was er angefangen hatte.

An der Fassade der Schänke zeigte sich ein Flackern, das Arthur zunächst nicht wahrhaben wollte. Wie in einem Rausch drehte er den Reifen weiter und siehe da: Das Licht, das die Lampe streute, war sogar noch unbeständiger als sein Optimismus.

Im Dämmer zwischen dem Fenster und der Straßenlaterne inspizierte Arthur das Fahrrad. Er hatte keine Ahnung, wem der Drahtesel gehörte. Vor allem mochte er nicht in Erwägung ziehen, dass auch andere mit einer defekten Lampe umherfuhren.

Ein ruckartiges Klacken ließ Arthur aufzucken. Offenbar hatte jemand die Klinke der Eingangstür heruntergeschlagen. Aus der Tür fiel ein rechteckiger Lichtschein, gefolgt von einer Gestalt, deren Beine in unterschiedliche Richtungen strebten. Arthur ließ keine Sekunde verstreichen und huschte in das nahe Gebüsch.

„Ich sag dir eins“, lallte John Ratcliffe am Boden liegend. „Dieser Schnösel verdient eine Abreibung.“

„John!", sagte Mrs Buckley. „Dein Gekläffe scheucht das ganze Dorf aus den Federn."

„Ach, komm, Brenda. Du denkst doch das gleiche."

„Was ich denke, spielt keine Rolle."

Während die Wirtin in der Tür stand, rappelte sich Ratcliffe wieder auf die Beine. Auch wenn er vor Wut schnaubte, sprach aus seinen Gesten eher eine erschöpfte Bitterkeit.

„Wahrscheinlich hast du recht, Brenda. Wärst du auf meiner Seite, hättest du mich nicht rausgeworfen."

„Ich bat dich zu gehen, weil du Cedric gedroht hast."

„Der Schwätzer hat behauptet, ich sei ein dummes Schwein."

„Mein lieber John Ratcliffe!" Mrs Buckley stemmte die Arme in die Hüften. „Cedric hat lediglich gemeint, nicht alles, was glänzt, ist Gold."

„Sag ich doch. Er hat mich ein dummes Schwein genannt."

Arthur brauchte keine Fantasie, um sich das Geschehen im Pub zusammenzureimen. Garantiert hatte Cedric Humperdinck eine seiner Floskeln bemüht und John Ratcliffe jedes Wort als einen Angriff auf seine Person gedeutet.

Unverändert die Hände in die Hüften gestemmt, versperrte Mrs Buckley den Eingang. Wie die Frau ungehobelte Trunkenbolde zu händeln vermochte, nötigte Arthur Respekt ab. Noch nie hatte er beobachtet, dass die Wirtin auch nur ein Quäntchen Gewalt angewendet hatte. Laut Mr Buckley hatte seine Frau während der Dackelzucht ihre Begabung als Tierflüsterin entdeckt.

„John, du solltest besser heimgehen", sagte Mrs Buckley sanftmütig und zugleich bestimmt. „Du musst morgen früh raus."

„Auf deine Ratschläge gebe ich einen feuchten Dreck."

„Behandelt man so eine gute Freundin?"

„Ah, eine gute Freundin bist du also. Dann will ich dir mal was verraten."

„Dafür ist morgen genügend Zeit."

„Das wird dich aber brennend interessieren."

Mrs Buckley blieb ein Muster an Geduld. Plötzlich rotierte der Hüne einmal um sich selbst, als suche er händeringend seine Mitte. Am Ende war seine Bemühung nicht sonderlich erfolgreich. Er stürzte wieder zu Boden und kroch dann auf allen Vieren zur Tür. Arthur war nun klar, weshalb man John Ratcliffe hinter vorgehaltener Hand *den Hund* nannte.

„Weil du meine liebste Freundin bist", raunte er, „verrate ich dir, wer Mrs Prudence auf dem Gewissen hat."

Angestrengt linste Arthur aus dem Dickicht hervor. Er konnte sich denken, welchen Namen John Ratcliffe der Wirtin preisgeben würde. Vermutlich war Ratcliffes Zorn auf den Konkurrenten mittlerweile so groß, dass er sich nicht anders zu helfen wusste. Little Barkham hatte eben nur Platz für einen Langfinger.

„Jetzt willst du mich nicht mehr heimschicken, nicht wahr?"

„Hüte deine Zunge, John Ratcliffe!" Mrs Buckley schaute auf den Hünen hinab.

„Hast wohl Angst, ich würde dich des Mordes bezichtigen? Oder deinen Herzallerliebsten? Kleines Geschenk am Rande: In Little Barkham wissen alle, dass ihr euch von Mrs Prudence einen Batzen Geld erschlichen habt."

„Wir haben jeden Penny zurückgezahlt."

„Ich würde sagen, ihr habt die Frau eiskalt hinters Licht geführt."

Brenda Buckley verschränkte die Arme vor der Brust.

„Mrs Prudence weiszumachen, das Dorf bräuchte unbedingt eine Drogerie, verdient Applaus. War das eigentlich deine oder Bryans Idee?"

Die Wirtin schwieg.

„Jedenfalls hat euch die Lady finanziell unterstützt", fuhr Ratcliffe fort. „Dass ihr dann aus der Feuerwache einen Pub gemacht habt, hat sie euch sehr verübelt. Mrs Prudence fand es töricht und Bryan, den hielt sie für den größten aller Dummköpfe."

„Sei froh, dass wir so dumme Leute sind", zischte Mrs Buckley. „Sonst müsstest du immer nach Chiddingfold fahren, um dich zu besaufen."

„Reg dich nicht auf! Ich will euch nichts Böses." Mit einem Grinsen stemmte sich Ratcliffe in die Senkrechte und bäumte sich vor Mrs Buckley auf.

Arthur vernahm einen Namen, den er aus seinem Mund nicht erwartet hatte. Der Hüne sprach nicht vom alten Pinkerton geschweige denn von Mr Pinkerton. Ebenso wenig erwähnte er Stuart Medford, den Schnösel und Taugenichts.

„Du hast richtig verstanden", sagte Ratcliffe. „Herbert Osbourne hat die Alte erledigt."

„Wer hat dir denn das geflüstert?"

„Niemand. Ich habe einfach eins und eins zusammengezählt."

„Du bist nicht gerade für deine Rechenkunst bekannt.“

„Hör zu, Brenda! Zuerst dachte ich, es wäre Pinkerton gewesen. Aber ein flinkes Händchen macht noch keinen Mörder.“

Seine Lebensweisheit beeindruckte Mrs Buckley genauso wenig wie seine Rechenkunst.

„Herbert spielt sich gern zum Retter in der Not auf. Erinnerst du dich, als er Bryan davor bewahrt hat, Medford anzuspringen?“

Mrs Buckley nickte.

„Ganz selbstlos hat sich unser Held gegeben.“

Mrs Buckley nickte erneut.

„Das war die reinste Scharade! Herbert wollte sich bloß in ein besseres Licht rücken.“

„Wieso sollte er das nötig haben?“

„Alle Welt glaubt, er würde sich jeden Samstag in Chiddingfold einen Gangsterfilm angucken. Aber das ist Teil seiner Scharade. In Wirklichkeit verzockt er sein Geld beim Pokern. Was die Sache für ihn so brenzlig macht: Er hat nicht bloß horrende Spielschulden angesammelt. Nein, jetzt steht er auch bei Medford in der Kreide. Und der lässt sich garantiert nicht mit ’nem Stück Holz ruhigstellen.“

Mrs Buckley begriff offenbar die Brisanz von Ratcliffes Worten. Eindringlich bat sie ihn, seine Stimme zu senken. Dabei deutete sie auf das Fenster, hinter dem man Arthurs Freunde sitzen sah. „Und hast du Beweise?“

„Willst du ein Foto, wie er Mrs Prudence eins überbrät?“

„Sei nicht so pietätlos.“

„Du kannst Herbert fragen, was er vorige Woche im Kino gesehen hat.“

„Sicherlich einen Gangsterfilm.“

„Glaubst du, dass Sie das Kino extra für ihn öffnen?“

„Du meinst, das Kino war geschlossen?“

„Hey, ihr Turteltäubchen“, erscholl es aus der Schänke. Mr Buckley linste über die Schulter seiner Frau. „Brauchst du Hilfe, mein Schatz?“

„Nein, danke! John wollte gerade aufbrechen. Nicht wahr?“

„Absolut. Ich muss morgen früh raus.“

Mit einem ziellosen Winken schwankte der Hüne aus dem Lichtschein ins Halbdunkel. Er schnappte sich sein Rad, stieß sich vom Boden ab und ließ sich auf die Chester Road rollen. Aus dem Dickicht heraus konnte Arthur beobachten, wie sich John Ratcliffe in Schlangenlinien vom Pub entfernte. Auch die Wirtsleute schauten dem Gärtner nach, Mr Buckley mit amüsierter Miene, Mrs Buckley voller Argwohn.

„Der Idiot sollte mal sein Licht reparieren“, meinte Buckley zu seiner Frau, drückte ihr einen Kuss auf die Wange und verschwand hinter ihr.

24

Dear Mrs Christie,

*in den vergangenen Tagen haben sich in Little Bark-
ham die Ereignisse buchstäblich überschlagen. Strenggenommen dürfte ich nicht das ganze Dorf zu Felde
führen, sondern nur meine Wenigkeit. Denn die Allgemeinheit sieht in Peter Hawkings unverändert den
Mörder der armen Mrs Prudence. Ihnen, meine Verehrteste, brauche ich wohl kaum darzulegen, wie kopflos
und voreingenommen die Leute ihr Urteil fällen. Obwohl Ihre Romane hinreichend von solchen Trug-
schlüssen erzählen, musste ich in dieser Beziehung einiges lernen. Ja, Ihre Geschichten sind wahrhaftiger,
als ich mir eingestehen wollte. Ich darf Sie an Ihr vor-
letztes Hercule-Poirot-Abenteuer erinnern, das famose*
Vier Frauen und ein Mord.

*Die wenigen Menschen, die Peter genauso für unschul-
dig halten, hegen einen nicht minder üblen Verdacht.
Sie bezichtigen einen anderen meiner engsten Freunde
der Schandtat. Ich gebe zu, dass das Verhältnis zwischen ihm und der Toten berechtigte Fragen aufwirft.
Der besagte Freund hat horrende Schulden bei der Verstorbenen. Miss Marples Warnung aus* Die Tote in der
Bibliothek *ist mir in bester Erinnerung. Geld, so sagt
sie, ist ein mächtiges Motiv. Aber mein Freund ist kein
Mörder, er nicht und Peter genauso wenig.*

Sie fragen sich garantiert, weshalb ich mir so sicher bin? Dazu will und darf ich Ihnen meine eigene Rolle in dieser Farce nicht verhehlen. Ich bin eine von drei Personen, denen bekannt ist, dass Mrs Prudence nicht durch einen Mordanschlag zu Tode kam.

Arthur hob die Brauen, als er im letzten Satz unter dem Wörtchen *nicht* zwei Striche erblickte. Offenbar hatte gestern Nacht neben dem Kummer auch die Angst, nicht richtig verstanden zu werden, seinen Stift geführt. Die Markierung war ihm jetzt in der Klarheit der Morgenstunde peinlich.

„Zwei Unterstriche!", sagte er zu George VI, der sich unlängst vor dem Küchenofen ausgestreckt hatte. „Als würde die Queen of Crime das Gewicht eines einzelnen Wortes nicht erfassen. Zum Glück habe ich den Brief nicht – und dieses Nicht verdient mindestens drei Unterstriche –, zum Glück habe ich ihn nicht abgeschickt."

Die Katze kommentierte den knapp vereitelten Skandal mit einem Schnurren. Arthur winkte ab und widmete sich dem Rest des Briefes.

Wenn ich dem Geständnis eines früheren Freundes Glauben schenken darf, dann erlag Mrs Prudence einer Herzattacke. Der Infarkt führte zu einem Sturz, der höchstwahrscheinlich die Wunde an ihrer Schläfe verursachte. Nicht zufällig können zwei Personen dieses Unglück bezeugen: zum einen mein Nachbar, der in Little Barkham als notorischer Trinker berüchtigt ist, zum anderen ein Radfahrer, der gegen Mitternacht in der Kluft eines Soldaten durchs Dorf fuhr. Finden Sie nicht auch, meine Verehrteste, dass sich mit Hilfe solcher Zeugen die Unschuld meiner Freunde prima beweisen lässt? Obendrein macht der leitende Inspector einen überaus aufgeschlossenen Eindruck.

Mit einem für Arthur untypischen Zynismus brach der Brief ab. Wenigstens, so dachte er, war ihm des Nachts schon der Irrwitz dieser Zeilen bewusst geworden. Er sprang vom Stuhl auf, öffnete den Ofen und warf den Brief ins Feuer. Seine Freunde benötigten weder eine doppelt unterstrichene Verneinung noch seinen Spott. Was sie in Wirklichkeit brauchten, war die Aussage eines Radfahrers.

25

In der Bibliothek schien alles beim Alten – zumindest äußerlich. Die Heizung surrte und, sobald ein Besucher durch die Eingangstür trat, blies der Wind einzelne Blätter herein. Eigentlich mochte Arthur den Herbst, weil keine andere Jahreszeit den Zauber spannender Geschichten leichter entfachen konnte. Nur heute vermochte ihn die Atmosphäre keineswegs wohlig zu ummanteln. Immer wieder kreisten seine Gedanken um den Radfahrer und die Frage, ob der alte Pinkerton womöglich seine Gutgläubigkeit ausgenutzt hatte. War die Geschichte von dem folgenschweren Unfall gar ein Täuschungsmanöver? Die List eines Mannes, der keine Skrupel hegte, eine tote Frau zu bestehlen?

Arthurs Grübeleien zerstreuten sich abrupt, als Mrs Keene unüberhörbar die Bücherei betrat. Sie rief „Herrjemine!" und versuchte, mit dem Fuß das aufgewirbelte Laub fortzufegen.

„Mrs Keene", sagte Arthur. „Lassen Sie nur! Ich kehre das später auf."

Noch ehe die Frau die Tür verschlossen hatte, war Cedric Humperdinck zur Stelle. Er begrüßte seine Busenfreundin mit einem gehauchten Handkuss, machte jedoch keine Anstalten, ihr aus dem Mantel zu helfen. Offenbar war ihm im Rausch der Wiedersehensfreude jede Höflichkeit abhandengekommen.

In Windeseile befreite sich Eleanor Keene selbst aus dem Mantel. Sie trug ein hochgeschnittenes Kleid mit Spitzenkragen und hatte sich Locken ins Haar gedreht. Vorgestern hatte Edward Keene im Pub noch die angeschlagene Gesundheit seiner Gattin bedauert. Heute waren Mrs Keenes Wangen so gerötet, als wäre sie durchdrungen von Vitalität und purer Lebensfreude.

„Wie schön, dich wieder unter den Lebenden zu wissen", sagte Mr Humperdinck.

„Ja, die letzten Tagen waren die reinste Qual."

„Dafür erstrahlst du nun in voller Pracht."

„Das ist allein der Bettruhe und Dr. Quartermains Medizin zu verdanken."

Die beiden näherten sich Arthurs Schreibtisch, wobei Mr Humperdinck seiner Freundin den Arm stützte. „Mr Tingwell", sagte er. „Würden Sie bitte die Heizung höherstellen?"

Normalerweise hätte Arthur erwidert, dass sich bislang niemand über die Temperatur beschwert hatte. Doch Mrs Keene und Anhang mochte er keinen Wunsch abschlagen. Die Frau war eine der treuesten Fürsprecherinnen der Bibliothek. Ohne ihre Unterstützung hätten die Räume so mancher Annehmlichkeit entbehren müssen. Arthur nickte Mr Humperdincks Wunsch ab und begab sich, nachdem er Mrs Keene willkommen geheißen hatte, in die hintere Ecke.

Er schraubte noch am Temperaturregler, da hörte er Mr Humperdinck und Mrs Keene bereits tuscheln. Wie gewohnt hatte sich das Paar dorthin verkrümelt, wo ein Ansturm hungriger Leseratten kaum zu erwarten war: zwischen den Regalen der Sparten Naturwissenschaft und Technik.

„Sind sie auch bei euch gewesen?“, flüsterte Mr Humperdinck.

„Von wem sprichst du?“

„Na, von den Polizisten.“

„Nein, bei uns war niemand.“

„Vielleicht hat Edward mit ihnen gesprochen.“

„Ausgeschlossen. Der ist in die Kanzlei gefahren.“

„Dann werden sie später bei euch klingeln“, prophezeite Mr Humperdinck. „Der Inspector meinte, sie würden allen Dorfbewohnern einen Besuch abstatten.“

Arthur vermutete, der alte Pinkerton habe entgegen ihrer Abmachung Selbstanzeige gestellt. Möglicherweise fahndete die Polizei nun nach dem Radfahrer, indem sie die Häuser abklapperte und deren Bewohner interviewte. Das bedeutete gleichfalls, dass die Polizei Pinkerton die Geschichte abgekauft hatte. Ein gutes Zeichen, wie Arthur mit vorsichtigem Optimismus dachte.

„Sie waren sogar auf der Hawkingsfarm“, bemerkte Mr Humperdinck. „Der Constable hat sich nämlich über seine verdreckten Schuhe beschwert.“

„Dann muss es um den Mord an Mrs Prudence gehen“, sagte Eleanor Keene. „Warum sollte die Polizei sich sonst die Mühe machen, dort rauszufahren?“

„Das wüsste ich auch gern. Leider war der Inspector nicht sehr redselig. Mir gegenüber hielt er sich furchtbar bedeckt, als würde ich alles in die Welt posaunen.“

„Irgendwas muss er aber gesagt haben, der Herr Inspector.“

„Er hat sich bloß dafür interessiert, ob mir etwas Ungewöhnliches aufgefallen ist. Gestern Abend auf der Chester Road. Ich habe ihm gesagt, dass mir meine Zeit zu kostbar ist, um hinter der Gardine die Leute zu bespitzeln. Rate mal, wie der Inspector reagiert hat."

Eine Pause entstand, in der Mrs Keene vor Arthurs innerem Auge mit den Schultern zuckte.

„Der Kerl wollte wissen, womit ich meine kostbare Zeit gestern Abend verbracht hätte. Verstehst du, meine Teuerste? Plötzlich hatte er mich im Verdacht, Weiß-der-Teufel-was angestellt zu haben. Dabei lief gestern die neueste Folge vom *Television Dancing Club*."

Das Gespräch geriet erneut ins Stocken. Mit Sicherheit erhoffte sich Mr Humperdinck von seiner Freundin ein Statement zu seiner Lieblingssendung. Doch Mrs Keene hüllte sich in Schweigen und er setzte seine Empörung unbeirrt fort.

„Der Inspector hatte ernsthaft behauptet, von der Show noch nie gehört zu haben. Das war aber nicht das Schlimmste, meine Teuerste. Völlig unverfroren hat mich der Kerl gefragt, ob jemand mein Alibi bezeugen könne!"

„War denn Margaret nicht im Haus?"

„Natürlich war sie da. Ich habe sie sofort aus der Küche geholt. Sie hat dem Inspector lang und breit erklärt, dass wir *Dancing Club* geguckt haben. Gemeinsam, versteht sich. Und der Inspector? Der hat keine Anstalten gemacht, sich für seine Grobheiten zu entschuldigen. Sein einziger Kommentar war: Fein, dann können wir uns ja die Befragung Ihrer Gattin sparen."

„Wirklich seltsam", murmelte Mrs Keene.

„Ja, seltsam ist gar kein Ausdruck. Margaret und ich haben uns gefragt, was für die Polizei so wichtig ist, dass sie zwei unbescholtene Bürger belästigt."

„Vielleicht ist Peter Hawkings getürmt."

„Nein, das hätte in der Zeitung gestanden. Der Wind, meine Teuerste, der weht aus einer anderen Richtung."

„Ach ja? Woher denn?"

„Margaret hat das Gerücht aufgeschnappt, Hawkings hätte einen Komplizen gehabt. Irgendjemand aus dem Dorf."

Aufgrund der abrupten Stille glaubte Arthur, das Paar hätte ihn beim Lauschen ertappt. Mit gespieltem Eifer begann er, an dem Heizregler zu drehen.

Erst Cedric Humperdincks Talent, völlig schamlos nachzubohren, entlockte Mrs Keene einen Kommentar. „Für mich klingt das sehr weit hergeholt."

„Also, mir würde sofort ein Name einfallen."

„Worauf willst du hinaus, Cedric?"

„Das liegt doch auf der Hand!"

„Entschuldige bitte, ich war die letzten Tage ans Bett gefesselt. Ich hatte keine Kraft für wilde Spekulationen."

„So war das nicht gemeint, meine Teuerste. Ich bin überglücklich, dich wohlauf zu sehen."

„Ich weiß, mein Lieber. Trotzdem bist du mir was schuldig."

„Oh, ich glaube, du musst mir auf die Sprünge helfen."

„Den Namen, Cedric. Von euerm geheimnisvollen Komplizen."

„Laut Buschfunk haben Hawkings und Mrs Prudences Neffe gemeinsame Sache gemacht."

„Stuart Medford? Das will ich aber stark bezweifeln."

„Unser Mr Tingwell hat den Verdacht zuerst geäußert."

„In *Buckley's Feuerwache* oder wo?"

„Nein, bei dem Brand von Medfords Wagen.“

Arthur, der den Heizregler bis zum Anschlag hochgeschraubt hatte, schwitzte Blut und Wasser. Als Teil oder gar Urheber eines Gerüchts beschuldigt zu werden, fühlte sich furchtbar an.

„Ich persönlich habe nichts gegen den Mann“, sagte Mrs Keene.

„Denkst du ich?“, erwiderte Mr Humperdinck erregt. „Wenn’s so wäre, würde ich auf keinen Fall herkommen.“

„Ich meine nicht Mr Tingwell.“

„Sag bitte nicht, du redest von Stuart Medford!“

„Allerdings, mein Lieber. Ich finde es bedenklich, dass er bei uns ein größeres Thema ist als der Mörder seiner Tante. Stuart Medford hat unser Dorf jedenfalls nicht in Verruf gebracht.“

Langsam, wie vom Wind angestoßen, knarrte die Eingangstür. Sowohl Arthurs Aufmerksamkeit als auch die der anderen Besucher war schlagartig gefesselt.

Unter dem Türsturz erschien ein Mann mit einem Filzhut auf dem Schädel. „Wer von Ihnen ist Mr Tingwell?“, rief der Fremde in die Bibliothek.

„Guten Tag, Sir“, sagte Arthur. „Ich bin Mr Tingwell.“

„Gut, das wäre schon mal geklärt. Und jetzt darf ich Sie darum bitten, den Laden zu schließen. Mr Tingwell, Sie sind hiermit verhaftet.“

26

Als Arthur gebeten wurde, aus dem Polizeiwagen zu steigen, schwirrte ihm vor Überforderung der Kopf. Von seinem Arbeitsplatz war er direkt nach Guildford chauffiert worden. Dabei hatten ihn weder der Constable noch der Inspector den Grund für seine Verhaftung genannt. Ratlos hatte er auf der Rückbank ausgeharrt – gewiss nicht anders als Peter Hawkings vor wenigen Tagen.

Ohne ein Wort der Erklärung führte der Inspector ihn über einen Seitenflügel in das herrschaftliche Mount Browne. Den Backsteinbau hatten früher die Töchter eines aus Irland stammenden Marquess bewohnt. Nach dem Krieg hatte die Surrey Police das Anwesen erworben, um es fortan als Hauptquartier zu nutzen. Bei einer seiner Wanderungen in die nördlichen Hügel hatte Arthur das Gebäude noch frei von Ehrfurcht besichtigt.

In einem ewiglangen Korridor bat der Inspector ihn um einen Augenblick Geduld. Dann entfernte er sich den Gang hinunter und verschwand hinter einer der unzähligen Türen. Während Arthur auf einer Holzbank ausharrte, schien das Gebäude ihn für seine einstige Respektlosigkeit zu verhöhnen: Türen wurden unsanft auf- und zugesperrt. Von den Mauern hallte pausenlos das Geklirr der Schlüssel wider. Der Fußboden verstärkte das wuchtige Stapfen der Polizisten. Und Arthur hatte genügend Zeit, um sich darüber klarzuwerden, wie lang ein Augenblick andauern mochte. Nach zwei Stunden kehrte der Inspector zurück.

„Bitte, nehmen Sie Platz", sagte Birdwhistle in seinem Büro. Er warf den Filzhut auf einen schmucklosen Schrank, öffnete abermals die Tür und rief nach einem George. Dann rückte er hinter seinen Schreibtisch und kraulte sich mit Daumen und Zeigefinger den martialischen Schnauzbart.

„Kann ich Ihnen eine Tasse Tee anbieten, Mr Tingwell?"

Arthur, der stehengeblieben war, forderte eine Erklärung für das Ganze. Schließlich hatte man ihn vor den Augen seiner Nachbarn wie einen Ganoven abgeführt. In der Gerüchteküche, so gab Arthur zu bedenken, musste die Suppe längst überkochen.

„Mr Tingwell, dagegen können Sie ohnehin nichts tun. Klatsch und Tratsch gehören zum Dorfleben wie die Milch in den Tee."

„Ich pflege den Tee ohne Milch zu trinken."

„Ah, Sie sind ein Freund der Dunkelheit."

„Ist das etwa der Anlass für meine Verhaftung?"

„Teilweise schon", erwiderte der Inspector in einer Ernsthaftigkeit, die Arthur unter anderen Umständen für Humor gehalten hätte. Im Allgemeinen weckte dieser Fred Birdwhistle nicht den Eindruck, ein spaßiger Zeitgenosse zu sein. Sein Antlitz strahlte nicht ein Fünkchen Lebensfreude aus.

„Sir, Ihre psychologische Raffinesse in allen Ehren", versuchte es Arthur erneut, „aber Sie sind mir eine Erklärung schuldig."

„Die werden Sie bekommen, Mr Tingwell. Wir warten nur auf George."

„Ist das der Constable, der uns hergefahren hat?"

„Nein, George ist mein persönlicher Stenograph."

Unwillkürlich entwich Arthur ein kurzes Lachen. Anscheinend hatte er sich in dem Inspector und seinem Sinn für Humor getäuscht. Der Mann verfügte über einen Sarkasmus, der sich eben nicht durch die Betonung oder ein Grinsen verriet.

Birdwhistle deutete auf die Schränke, die ringsum die Wände verdeckten. „Raten Sie mal, was sich darin befindet."

„Akten, nehme ich an."

„Korrekt. Und womit sind die Akten gefüllt?"

„Mit alten Fällen?"

„Geht's auch präziser?"

Arthur hob nichtsahnend die Schultern.

„Mit Protokollen, Mr Tingwell. Protokolle, Abschriften und Notizen. Denn jedes offizielle Gespräch zwischen mir und meinen erlauchten Gästen wird aufgezeichnet. Und zwar per Hand von meinem Assistenten."

Sarkasmus bye-bye. Arthur kehrte zu seiner ersten Einschätzung über Birdwhistles Humor zurück.

„George war Gerichtsstenograph", erklärte der Inspector ungefragt. „Erst im letzten Jahr wurde er durch ein Aufnahmegerät ersetzt. Sein Abschluss in Eton hatte nicht die geringste Chance gegen Magnetbänder, Knöpfe und Lötstellen."

„Das tut mir leid, Sir."

„Muss es nicht, Mr Tingwell. Bei mir kann George dem Steuerzahler weitaus dienlicher sein. Haben Sie

eine Vermutung, wie hoch meine Aufklärungsquote
ist?"

„Siebzig Prozent?", antwortete Arthur halbherzig.

„Hundertzehn Prozent. Und das dank meiner Protokolle."

In Anbetracht von Peter Hawkings und seiner allzu
überstürzten Verhaftung war Birdwhistles Erfolgsbilanz selbsterklärend. Nur mit Mühe schaffte Arthur es,
einen Schwall bissiger Kommentare hinunterzuschlucken. Wenigstens wusste er nun, dass man ihm nicht
vor Ankunft des Assistenten eine Erklärung geben
würde.

Er nahm seine Brille ab, rieb sich die Augen und
dachte angestrengt nach. In der Bibliothek hatte Cedric
Humperdinck von einem möglichen Komplizen gesprochen, jemanden, nach dem die Polizei vor Ort fahndete. Glaubte der Inspector etwa, Arthur sei mitschuldig an Mrs Prudences Tod? Und wenn ja, wessen Komplize hätte Arthur sein sollen? Seines Erachtens war Peter Hawkings zu hundert, nein, zu hundertzehn Prozent unschuldig und Pinkerton zu gut gemeinten 49,9
Prozent.

Die Bürotür wurde geöffnet und ein Mann mit einem
Tablett in den Händen trat über die Schwelle. Er musste
älter als der Inspector sein, vielleicht Ende fünfzig. Sein
Kleidungsstil erinnerte an die Zeit König Edwards: ein
Anzug mit ausgestelltem Blazer und Samtkragen, dazu
eine Krawatte und ein Seidentuch in der Brusttasche.
Arthur hätte sich nicht gewundert, wenn sich dieser
George seine Kleidung in der Londoner Savile Row
schneidern ließ.

Sobald er das Tablett abgestellt hatte, bereitete er dem Inspector eine Tasse Tee zu.

„Und, Mr Tingwell?" Birdwhistle schwenkte seine Tasse, deren Rosenmotiv in dem Büro überaus deplatziert wirkte. „Möchten Sie wirklich auf eine Stärkung verzichten? Unser Gespräch könnte einen Augenblick dauern."

Arthur, der mittlerweile Birdwhistles Zeitgefühl einzuschätzen vermochte, willigte ein. Er nahm auf dem Stuhl direkt vor dem Schreibtisch Platz.

Als Birdwhistles Assistent dem Tee einen Schuss Milch hinzufügen wollte, reckte der Inspector die Linke hoch. „Bitte nicht, George. Unser Gast mag seinen Tee dunkel wie die Nacht."

Ohne Arthur anzusehen, rollte George abschätzig mit den Augen. Der Mann schien entweder ganz und gar auf Birdwhistles Vorlieben geeicht oder er hatte eine konkrete Vorstellung von englischer Teekultur. Nachdem er sich selbst eine Tasse eingeschenkt hatte, zog er sich an einen kleinen Beistelltisch zurück.

Für den Inspector musste das einem Startschuss gleichkommen, denn ohne Umschweife eröffnete er die Befragung. „Mr Tingwell, kennen Sie einen Pawel Smolinski?"

Arthur stutzte. Er hatte mit quälenden Fragen zu seiner Person gerechnet und nicht im Entferntesten daran gedacht, dass jemand anderes Gegenstand des Verhörs sein würde. Im Augenwinkel sah er George den Bleistift ansetzen. Dann bejahte er die Frage und George dokumentierte seine Antwort in Kurzschrift.

„Und welche Art Beziehung pflegen Sie zueinander?"

„Ich würde sagen, wir sind gute Bekannte."

„Also keine Freunde oder Geschäftspartner?"

„Nein, wir begegnen uns meistens in seinem Laden oder im Pub."

„Und was halten Sie von Mr Smolinski?"

„Hören Sie, ich will keinen meiner Nachbarn in die Bredouille bringen. Das sind ehrliche Menschen, die einander nichts Böses wollen."

„Dem will auch niemand widersprechen." Trotz des Zuspruchs blieb Birdwhistles Mimik kalt und leblos. „Wir unterhalten uns lediglich. Sie und ich, ganz zwanglos."

Die Aktenschränke und das eifrige Gekritzel seines Assistenten untermauerten nicht gerade die Aussage, es sei denn, der Inspector empfand das Versteckspiel zwischen Katz und Maus ebenso als zwanglos.

Jedes seiner Worte genau abwägend, sagte Arthur: „Pawel Smolinski scheint mir ein rechtschaffener Bürger zu sein. Mir ist jedenfalls kein Geschäftsmann bekannt, der sich dem Wohl seiner Kunden stärker verpflichtet fühlt."

„Ein feines Loblied", befand Birdwhistle. „Mr Smolinski sollte sich von Ihnen seinen Nachruf verfassen lassen."

„Ist er etwa ...?

„Keine Sorge, Mr Tingwell. Pawel Smolinski erfreut sich bester Gesundheit. Obendrein hat er die von Ihnen angepriesene Rechtschaffenheit unter Beweis gestellt."

„Sie haben ihn befragt?"

„Ja, kurz bevor ich das Vergnügen hatte, Ihnen zu begegnen."

„Aus Ihrer Sicht gewiss ein *zwangloses* Vergnügen."

Birdwhistles rechter Mundwinkel zuckte kaum merklich. Vielleicht offenbarte sich darin ein latentes Schmunzeln, vielleicht kitzelte ihn auch nur sein Bart.

„Mit Mr Smolinskis Aussage schließt sich unser Kreis", erklärte Birdwhistle. „Ich bin davon überzeugt, dass er Sie ebenso einen Freund der Nacht nennen würde."

„Ausgerechnet mich?"

„Ja, ausgerechnet Sie. Arthur Tingwell – geboren im rüpelhaften East End, während des Krieges angestellt im Bletchley Park Library Club, nach dem Krieg Vollwaise, mein herzliches Beileid, dann eine Zeit lang im Archiv der Nationalbibliothek tätig und zuletzt der Umzug ins herrliche Surrey."

„Steht das alles in Ihren Akten?"

„Das war nur ein Auszug, Mr Tingwell."

„Verstehe ich das jetzt richtig? Weil ich in London gelebt habe und meinen Tee gern ohne Milch trinke, soll ich ein Freund der Nacht sein? Da muss ich Sie leider enttäuschen, Herr Inspector. Denn Arthur Tingwell hat und hatte keinerlei Vergnügen an einem ausschweifenden Nachtleben."

„Als ausschweifend würde ich das auch nicht bezeichnen. Eher als verstohlen. Oder sind Sie etwa nicht gestern im Gestrüpp vor *Buckley's Feuerwache* herumgekrochen?"

Binnen Sekunden klärte sich für Arthur das Bild. Pawel Smolinski und seine Familie bewohnten das Cottage gegenüber der Schänke. Mr Smolinksi musste ihn dabei beobachtet haben, wie er den Streit zwischen John Ratcliffe und Brenda Buckley mitangehört hatte.

Aus einem Reflex heraus versuchte Arthur, sich zu rechtfertigen: „Ich habe nur meine Brille gesucht.“

„Die Sie im Gebüsch verloren haben?“

„Ja, auf dem Weg in den Pub.“

„Ihnen sind also die Gläser von der Nase ins Gebüsch gehüpft? Sie haben ja eine sehr eigensinnige Brille.“

Es war zwecklos. Arthur verstand sich aufs Lügen wie die Katze aufs Rechnen. Obendrein hatte der Inspector seine Schwachstelle längst ausgemacht.

„Laut Zeugenaussage haben Sie sich zwischen den Büschen versteckt“, erklärte Birdwhistle emotionslos. „Es wirkte gerade so, als hätten Sie Angst, in flagranti erwischt zu werden. Und das, Mr Tingwell, sind nicht meine Worte, sondern die unseres rechtschaffenden Pawel Smolinski.“

„Der Mann hat die Wahrheit gesagt“, räumte Arthur ein. „Ich wollte keinesfalls beim Lauschen ertappt werden.“

„Nicht beim Lauschen oder nicht auf der Chester Road?“

„Warum sollte es mich kümmern, dass mich irgendwer draußen sieht? Die Chester Road ist eine öffentliche Straße und ich bin ein normaler Bürger.“

„Mit Verlaub, Mr Tingwell. Aber normale Bürger pflegen keine Menschen zu ermorden.“

Das sagte der Inspector, ganz ohne die Stimme zu erheben oder auch nur minimal die Tonart zu wechseln. Selbst sein Assistent unterbrach weder die Schreibarbeit noch schielte er neugierig von seinen Papieren auf. Nein, das Gespann Birdwhistle und George verströmte unverdrossen die gleiche Kälte wie ringsum die Aktenschränke.

Arthur hingegen glühte vor Anspannung. Er fasste nach seiner Brille, damit er sich irgendwo festhalten konnte. Doch zwischen seinen Fingern begann das Brillengestell zu zittern, als wollte er einen Morsecode senden. Dreimal kurz, dreimal lang, dreimal kurz. SOS.

„Mr Stuart Medford wurde heute Morgen aufgefunden“, sagte Inspector Birdwhistle. „Seine Leiche hing am Eingangstor von Barkham Manor.“

27

So wortkarg der Inspector auf der Fahrt nach Guildford gewesen war, so auskunftsfreudig gab er sich nun. Arthur saß vor dessen Schreibtisch und hoffte inständig, sein Mund stünde nicht sperrangelweit offen. Denn das, was er von Birdwhistle zu hören bekam, grauste und faszinierte ihn gleichermaßen.

Angeblich sei John Ratcliffe in der Frühe nach Barkham Manor geradelt, um dort Unkraut zu zupfen. Seiner Aussage zufolge hätte der neue Eigentümer ihm höchstpersönlich den Auftrag erteilt. Für Arthur war es kaum denkbar, dass Stuart Medford ein ernsthaftes Interesse an Ratcliffes Diensten gezeigt hatte. Er konnte sich noch gut daran erinnern, wie Ratcliffe damit geprahlt hatte, diesem Taugenichts eine Abreibung verpasst zu haben. Das ließ wiederum nur zwei Schlüsse zu: Der Gärtner hatte entweder ihn oder den Inspector angelogen. Oder beides traf nicht zu und Stuart Medford hatte über die Abreibung hinweggesehen.

Birdwhistle berichtete weiter, John Ratcliffe habe das Manor House nicht ohne Zwischenstopp erreicht. Denn am Eingangstor hing, wie bereits erwähnt, die Leiche des neuen Eigentümers.

„Also, keine Leiche, die Mr Medford gehört", präzisierte er unnötigerweise. „Ich meine Stuart Medfords eigene sterbliche Hülle."

Arthur gelang ein Nicken, wahrscheinlich mit offenem Mund, worauf der Inspector seinen Bericht fortsetzte.

Ratcliffe habe ausgesagt, seine Entdeckung habe ihn bis ins Mark erschrocken. Weil er aber seine Pflichten als Bürger des Vereinten Königreichs ernstnähme, habe er all seinen Mut zusammengenommen und sei schnurstracks zum Manor House geradelt. Dort gäbe es immerhin ein Telefon.

„Und weshalb ist er nicht zur Post?“

„Er meint, das hätte zu lange gedauert.“

„Finden Sie das glaubwürdig?“

„Mr Tingwell, die meisten Menschen lässt der Anblick eines Toten nicht kalt. Der Mann war schlichtweg verwirrt.“

Arthur ahnte, dass der Inspector ihn in diesem Fall nicht zu den meisten Menschen zählte.

„Und dann hat Mr Ratcliffe Dr. Quartermain benachrichtigt.“

„Ich nehme an, er hat nicht gleich die Polizei gerufen, weil ihn der Anblick des Toten immer noch verwirrte.“

„Ihr Sarkasmus hilft uns nicht weiter, Mr Tingwell.“

„Ich bitte um Verzeihung, Sir.“

„Für Mr Ratcliffe stellte sich die Situation eben eindeutig dar. Stuart Medford hatte das schlechte Gewissen in den Tod getrieben.“

„Ein schlechtes Gewissen, weil er seine Tante ermordet hatte?“

„Gut möglich. Auf mich hatte Mr Medford allerdings nicht wie ein Kind von Traurigkeit gewirkt“, bemerkte Birdwhistle und brachte zugleich auch Arthurs Bedenken zur Sprache. „Meines Erachtens hatte ihn der Tod seiner Tante kaum berührt. Deshalb bin ich hellhörig geworden, als Dr. Quartermain den Suizid gemeldet hat."

„Kam dem Doktor die Sache denn seltsam vor?"

„Unsere Ärzte haben die Befugnis, reguläre Totenscheine auszustellen. Bei Suizid unterliegen sie aber einer Meldepflicht."

„Aus Ihren Worten schließe ich, dass Sie den Befund des Doktors anzweifeln."

Zum ersten Mal hatte Arthur das Gefühl, der Inspector zaudere mit einer Antwort. Er strich sich über den Schnauzbart und musterte ihn unverhohlen.

„Wissen Sie, Mr Tingwell, es gibt Wege, die sind so gradlinig, dass ich misstrauisch werde. Dr. Quartermains Konzentration beschränkt sich auf den menschlichen Körper. Eine Aufgabe, die mal mehr, mal weniger seinen Fähigkeiten entspricht. Die Krux dabei ist, dass der Doktor außerstande ist, das gesamte Panorama zu erfassen."

„Sie reden von einem Ausblick?"

„Nein, von einem Rundblick."

„Also so wie Robert Barker seine Gemälde bezeichnete."

„Robert Barker", wiederholte der Inspector. „Ist das einer Ihrer Freunde?"

„Robert Barker war ein Künstler aus dem letzten Jahrhundert. Er malte Bilder, die eine Sicht von 360 Grad boten. Sogenannte Panoramen."

Birdwhistles Miene verharrte in Reglosigkeit. Arthur bedurfte keines bösen Blickes, um die Relevanz seiner Abschweifung zu beurteilen. Immerhin bewies ihm

seine Schulmeisterei, dass er den Schock überwunden
hatte.

„Darf ich fortfahren, Mr Tingwell?"

„Bitte, Sir."

„Dr. Quartermain mangelt es einfach an Rundblick.
Er sieht eine tote Greisin in ihrem Sessel und der Fall
scheint für ihn klar. Ich meine, er tingelt von Dorf zu
Dorf und stellt Totenscheine aus. Verstorbene Menschen im Bett, auf dem Sofa oder – wen wundert's – in
ihrem geliebten Sessel. Ich dagegen sehe eine Frau mit
einer Wunde am Kopf, einen winzigen Splitter im Haar
und einen Kamin voller Holzscheite. Dazu gesellt sich
ein Bursche, der seiner tristen Existenz zu entfliehen
sucht. Obendrein hat Mr Hawkings kein Alibi für den
Todeszeitpunkt. Und zu diesem Ergebnis gelangt man
unweigerlich, sofern man imstande ist, das gesamte Panorama zu erfassen." Inspector Birdwhistle genehmigte sich einen langen Schluck aus seiner Tasse.

Arthur stellte sich vor, wie er sich unter seiner Fassade an der eigenen Logik berauschte. Birdwhistles Methode war so bestechend wie furchteinflößend. Er
schob seine Tasse auf den Tisch und fragte den Inspector, was ihm das Panorama im Fall Stuart Medford offenbart.

„Ich sehe einen Mann, der in der Dunkelheit umher-
schleicht", sagte Birdwhistle. „Und das auf einer Straße,
die geradewegs zu einem Tatort führt. Ich sehe einen
Mann, der sein Opfer vor versammelter Menge des
Mordes bezichtigt. Ein Mann, der genügend Fantasie
hat, um eine Bluttat als Suizid zu tarnen."

„Und welches Motiv soll dieser Mann haben? Etwa
Mordlust oder Gier?"

„Nein, unser Mann hat edle Motive."

„Ich sitz auf glühenden Kohlen, Herr Inspector."

„Nächstenliebe, Mr Tingwell, die reine Nächstenliebe. Denn unser Mann stellt sich in den Dienst der Allgemeinheit. Er ist ein wahrer Menschenfreund."

Fast den gleichen Wortlaut hatte Arthur schon einmal vernommen. Zweifelslos hatte der Inspector den alten Pinkerton befragt. Doch der hatte einen nicht unerheblichen Teil der Geschichte unter den Tisch fallen lassen. Arthur verspürte einen Stich in der Herzgegend. Plötzlich fühlte er sich schwach und er sank auf dem Stuhl zusammen. Angesichts der untrüglichen Kombinationsgabe des Inspectors musste Arthurs Reaktion als halbes Geständnis gelten.

„Sie haben also mit Mr Pinkerton gesprochen?"

„Ja, und er sagte uns, wie sehr Ihnen Mr Hawkings' Verhaftung an die Nieren geht."

„Und Sie denken jetzt, ich hätte zwei Fliegen mit einer Klappe schlagen wollen? Ein fingierter Suizid sollte Peter freisprechen und gleichzeitig Little Barkham von einer Plage erlösen?"

„George, formulieren Sie das bitte so, dass es von mir stammen könnte?"

„Kein Problem, Sir."

Arthur mochte nicht glauben, was er eben und überhaupt während der vergangenen Stunde gehört hatte. Wäre er innerlich nicht so aufgewühlt gewesen, hätte er wie am Anfang des Verhörs mit offenem Mund dagesessen. Er wusste nicht, wer stärker seinen Unmut erregte: Dieser Inspector mit seiner Kaltschnäuzigkeit oder dieser Trunkenbold. Arthurs Enttäuschung über den einstigen Freund war immens. Gern hätte er Inspector Birdwhistle sämtliche Vorurteile, die seine Nachbarn in Bezug auf Pinkerton hegten, an den Kopf geworfen. Er sei ein Trinker, dem man ohnehin nichts glauben dürfe. Ein Vielschwätzer, ein Bolschewik, ein arbeitsscheues Subjekt. Und last but not least: ein Mann, der seinen Garten verwahrlosen ließ.

Doch Arthur steckte in seiner Haut, wie auch Pinkerton in der seinen steckte. Er verrückte seine Brille und sagte, ohne ein Gramm seiner Höflichkeit abzulegen: „Bei allem Respekt, Sir, haben Sie Beweise für Ihre Anschuldigung?"

Keine Minute später geleitete der Inspector Arthur zur Tür. Er verhielt sich dabei äußerst kultiviert, als gelte es nicht, Arthurs Schuld zu beweisen, sondern ihn in seiner Höflichkeit zu übertrumpfen. Draußen im Korridor formte Fred Birdwhistle sogar ein brauchbares Lächeln.

„Mr Tingwell, denken Sie an die hundertzehn Prozent."

„Soll das eine Warnung sein?"

„Nein, eine Vorhersage."

28

Arthur stand im Schatten von Mount Browne und sog die frische Luft tief in seine Lungen. Ringsum betraten und verließen Polizisten das Gebäude. In ihrer Betriebsamkeit schenkte kein Mensch ihm Beachtung. Mit Sicherheit wusste niemand, dass er aus Little Barkham kam, geschweige denn, wo der Ort zu finden war.

Eigentlich hätte er sich glücklich schätzen müssen, den Fängen des Inspectors entronnen zu sein. Aber das Hurra-Geschrei blieb aus. Arthur fühlte sich verloren und allein, irgendwie gebrandmarkt. Wer wollte schon eines Mordes bezichtigt werden?

„Mr Tingwell?"

Aus den Gedanken gerissen, schaute sich Arthur um. Ein etwa fünfzigjähriger Mann lächelte ihn an, wobei seine Augenbrauen ein Dreieck über der Nasenwurzel formten. Arthur vermutete zunächst, er hätte etwas im Büro vergessen. Doch bevor er sich bei dem Mann erkundigen konnte, streckte der ihm die Hand entgegen.

„Guten Tag, mein Name ist Robert Quartermain."

„Ah, Sie sind der Arzt aus Chiddingfold."

„Wir hatten leider noch nicht das Vergnügen." Der Mann räusperte sich, während sie einander die Hände schüttelten. „Entschuldigen Sie bitte, ich vergesse oft, weshalb mich die Leute aufsuchen."

„Keine Ursache, Dr. Quartermain. Ich werde mich bemühen, ein kleines Wehwehchen zu kultivieren."

Die Unbeschwertheit seiner eigenen Antwort verwirrte Arthur. Bis zu diesem Zeitpunkt hatte er geglaubt, das nächste zwanglose Gespräch läge in weiter Ferne. Wohlgemerkt zwanglos in seinem Sinne und nicht so, wie es der Inspector verstand. In der Aussicht auf ein wenig Zerstreuung fragte er den Doktor, ob es in der Praxis viel zu tun gäbe.

Robert Quartermain schmunzelte. „Das gleiche wollte ich gerade von Ihnen wissen."

„Tja", sagte Arthur, „meine Patienten leiden alle unter derselben Schwäche. Das macht die Behandlung einfach."

„Ist vielleicht eine Epidemie. Bei mir zeigen sich nämlich auch Anzeichen dieser Schwäche."

„Dann will ich Ihnen eines raten: Besuchen Sie schleunigst unsere Bibliothek."

„Das würde ich gern. Aber die Zeit, Mr Tingwell, die liebe Zeit. Von morgens bis mittags habe ich Sprechstunde, danach stehen die Hausbesuche an."

„Das heißt: Sie sind gerade auf Entzug?"

Der Doktor lachte herzlich. „Ja, das trifft es gut. Ich weiß nicht, wann ich das letzte Mal eine Seite am Stück gelesen habe. Meistens schlafe ich nach ein paar Zeilen ein."

Erst jetzt registrierte Arthur die dunklen Halbmonde unter seinen Augen. Wenn er Punkt zwölf die Bibliothek öffnete, musste der Doktor bereits Stunden auf den Beinen sein. Arthur empfand riesigen Respekt für Menschen, die sich vor Morgengrauen aus dem Bett quälten. Er stand zwar ebenso zeitig auf, wozu ihn aber kein Chef und keine Arbeit nötigten, sondern lediglich ein verwöhnter Kater.

Ungeachtet seiner Geschäftigkeit schien Robert Quartermain nichts gegen ein bisschen Smalltalk zu haben. Womöglich genoss er ihn sogar auf die gleiche Weise wie Arthur. Mit Leidenschaft berichtete er dem Doktor von Skandalbüchern, die jeder ausleihen wollte, nur nicht unter den Blicken der Nachbarn. Im Gegenzug schwärmte der Doktor von Gerstenkörnern, Hühneraugen und Ziegenpeter.

„Wo haben Sie geparkt?", fragte Quartermain beiläufig.

„Nirgends. Ich benutze den Bus."

„Schön, dann seien Sie mein Gast. Ich bringe Sie heim."

„Danke für das Anbot, aber bitte keine Umstände."

„Mr Tingwell, ich muss sowieso nach Little Barkham. Oder wollen Sie mir die Chance auf eine unterhaltsame Fahrt verwehren?"

Als sich Arthur einverstanden erklärte, lichtete sich der Schatten, den das Gebäude auf ihn warf. Selbst die hohen Mauern wirkten weniger bedrohlich. Er vergaß sogar für einen Moment, weshalb man ihn hergebracht hatte.

Dr. Quartermain rückte seinen Hut zurecht und nickte in Richtung seines Wagens. Beim Einsteigen kam Arthur nicht umhin, ihn zu fragen, woran er ihn erkannt hatte.

„Mir ist natürlich Ihre Arzttasche aufgefallen", sagte der Doktor. „Für gewöhnlich verkehren in Mount Browne nur zwei Ärzte. Professor Maibaum, unser Gerichtsmediziner, und meine Wenigkeit."

„Auf der Tasche steht aber nicht mein Name.“

„Das wird Sie eventuell verwundern, Mr Tingwell. In Little Barkham kennt Sie jeder und das dürfen Sie ruhig als Kompliment betrachten.“

„Leben Sie nicht in Chiddingfold?“

„Korrekt! Unter dem Joch feindseliger Gestirne friste ich mein Dasein in einer Junggesellenbude.“

„Feindselige Gestirne – wie lyrisch.“

„Danke, Mr Tingwell. Zwischen Fersensporn und Brummschädel findet sich hin und wieder eine Minute für Poesie.“

„Also Arzt und Dichter?“

„Nein, bloß eine romantische Seele.“

Mit einem Grinsen warf der Doktor den Motor an. Er berichtete Arthur, dass er regelmäßig Patienten von Chiddingfold nach Little Barkham mitnahm. Selbstverständlich leiste er das nur, wenn Hausbesuche in der Gegend anstünden. „Und manchmal geraten meine Mitfahrerinnen mir nichts dir nichts in Verzückung: Herr Doktor, Herr Doktor, frohlocken sie dann. Dort auf dem Fahrrad! Das ist Mr Tingwell, unser Bibliothekar!“

Arthur lachte befreit auf. Mit Bravour hatte der Doktor Mrs Bells überreizten Tonfall imitiert. Falls er während seiner Arbeit ebenso viel Humor bewies, mussten die Patienten in seiner Praxis Schlange stehen.

„In Little Barkham ist man sehr stolz auf die Bibliothek“, fuhr Quartermain fort. „Das macht Sie bestimmt glücklich?“

„Ein paar Leser mehr wären schon willkommen.“

„In Chiddingfold haben wir ein Lichtspielhaus, das nichts weiter bietet als Gangsterfilme und Schmonzetten. Und das jedes Wochenende. Am Montag muss ich dann meinen Patienten erklären, dass sie bloß einen Film gesehen haben. Tut mir leid, sage ich, Jeans Simmons ist keine echte Königin. Und, nein, Edward G. Robinson raubt keine Banken aus.“

„Peter war immer vom Kino begeistert“, rutschte es Arthur heraus.

„Peter Hawkings?“, fragte Quartermain, während sein Wagen auf einer Landstraße nach Süden brauste.

„Ja, der Sohn von Dorothy Hawkings.“

„Sie halten ihn für unschuldig, nicht wahr?“

Die unverblümte Frage riss Arthur aus seiner Beschwingtheit wie eine eiskalte Dusche. Die Realität war eben keinesfalls in Guildford zurückblieben, sondern hatte hier im Auto auf ihr Comeback gelauert. Arthur hoffte gleichsam, die Ruhe zu bewahren. Er zog sein Jackett über die Manschettenknöpfe und straffte die Krawatte.

„Ja,“, sagte er ohne den geringsten Zweifel in der Stimme. „Ich denke, Peter Hawkings ist unschuldig.“

„Der Inspector sieht es offenbar anders.“

„Absolut. Er hat Peter längst den Strick um den Hals geschnürt.“

„Typisch“, sagte Quartermain. „Birdie ist seit eh und je ein Dickschädel.“

„Das klingt, als wären sie gut miteinander bekannt.“

„Unser Verhältnis lässt sich rasch umschreiben: Der Inspector kann es auf den Tod nicht leiden, Birdie genannt zu werden. Und ich nenne ihn halt gern so.“

„Haben Sie schon oft mit ihm zu tun gehabt?“

„Mindestens ein Dutzend Mal. Aneinandergeraten sind wir allerdings erst, als Mr Pritchard verstarb."

„Mr Pritchard, der ehemalige Bürgermeister?"

„Genau der. Sein Dienstmädchen hatte ihn tot im Bett aufgefunden. Birdie war sofort davon überzeugt, dass Pritchard einem Attentat zum Opfer fiel. Unermüdlich habe ich ihm zu erklären versucht, wie anfällig Pritchards Lunge war. Seit Jahren litt er unter einer Verengung der Atemwege. Birdie wollte sich das nicht anhören. Aus heiterem Himmel hat er dann Velma bezichtigt, sich im Schlaf auf Pritchards Gesicht gesetzt zu haben."

„Ich hoffe, Sie meinen nicht das Dienstmädchen."

„Gott bewahre! Velma war Pritchards Lieblingskatze."

„Und wie kam der Inspector auf seine Theorie?"

„Er hat ein einzelnes Katzenhaar in Pritchards linkem Nasenflügel entdeckt. Sie müssen jedoch wissen: Pritchard besaß ein ganzes Rudel Katzen. Im Grunde war sein Haus ein möbliertes Fell."

Arthur grinste in sich hinein.

„Gegen alle Widerstände erzwang Birdie sogar einen Gerichtsbeschluss. Meine Bedenken an seiner absurden Theorie waren somit wirkungslos. Velma galt nun offiziell als die Mörderin ihres Herrchen."

„Und das Ende vom Lied?"

„Sie wurde eingeschläfert. Und mit ihr auch alle anderen Katzen aus Pritchards Haushalt."

Arthur schüttelte entgeistert den Kopf. „Glauben Sie, der Inspector wird in Peters Fall genauso stur sein?"

„Wie Sie vorhin meinten: Er hat den Strick längst um seinen Hals geschnürt. Aber keine Sorge, Mr Tingwell, wir leben in einen zivilisierten Land. Unter der Krone wird kein Unschuldiger hängen."

„Halten Sie denn Peter für unschuldig?"

„Das zu hören, könnte Sie vielleicht überraschen. Sie sind nämlich nicht der Einzige, der an Mr Hawkings' Rechtschaffenheit glaubt."

Und der Doktor hatte durchaus recht. Es überraschte Arthur tatsächlich, einen Menschen in Amt und Würden auf Peters Seite zu wissen. Dank der Gespräche in der Bibliothek, im Pub oder auf der Straße war ihm Quartermains Reputation vertraut. Der Mediziner wurde von den Einheimischen für seine Fähigkeiten geschätzt – mit Ausnahme eines gewissen Inspectors.

„Ich kenne Peter Hawkings gut", sagte der Doktor. „Das Leben auf einer Farm birgt eine Menge Gefahren. Mangelnde Hygiene. Unfälle an den Maschinen. Kühe, die eine Vorliebe für das menschliche Schienbein haben. Zudem leidet Mrs Hawkings an fortgeschrittener Arthrose, was die Arbeit schnell zur Qual macht."

„Wenn Sie Peter nicht für den Mörder halten, wie erklären Sie sich dann Mrs Prudences Tod?"

Der Wagen passierte das Ortsschild von Little Barkham und rollte auf die Chester Road. Robert Quartermain schaltete einen Gang runter. In einem Tonfall, dessen Bestimmtheit seine Kompetenz unterstrich, antwortete er: „Mrs Prudence verstarb an einem unnatürlichen Tod."

„Also gehen Sie auch von einem Mord aus?"

„Nein, Mr Tingwell. Unfälle gelten gemeinhin als nicht natürliche Todesursache. Mein Befund lautet: Mrs Prudence verstarb an einer Hirnblutung."

„Und die Wunde am Kopf?"

„Ich nehme an, sie erlitt einen Schwindelanfall und stürzte zu Boden. Das erklärt das Hämatom und die Hirnblutung. Sie muss sich dann mit letzter Kraft zu ihrem Sessel geschleppt haben. Wahrscheinlich wollte sie kurz verschnaufen, bevor sie die Ambulanz anruft. Das Telefon steht unten im Haus." Der Doktor seufzte betroffen. „Das Gehirn greiser Menschen ist ein sehr fragiles Organ, Mr Tingwell. Es sitzt lockerer im Schädel als bei Jüngeren. Haben Sie das gewusst?"

Arthur schüttelte den Kopf, obgleich in seinen Gedanken schon die nächste Frage rumorte. „Und kann man das nicht beweisen? Ich meine den Sturz und die Hirnblutung?"

„Das liegt im Aufgabenbereich des zuständigen Gerichtsmediziners. Für unseren Inspector bin ich bloß ein schnöder Dorfarzt. Aber seien Sie beruhigt, Mr Tingwell. Ich kenne Professor Maibaum persönlich. Das ist ein äußerst gewissenhafter Kollege. Er wird die Unschuld Ihres Freundes beweisen und auch Ihr eigenes Problem klären."

Robert Quartermain schenkte Arthur ein vielsagendes Lächeln.

„Sie wissen, warum ich in Guildford war?"

„Mich hat Birdie vor Ihnen in die Mangel genommen", erwiderte Quartermain. „Zwei Stunden meiner Lebenszeit habe ich seinen Akten und seinem Ego geopfert. Janet, meine Sprechstundenhilfe, musste Mr Sullivan darum bitten, seinen Ischias auf morgen zu vertrösten."

„Hatten Sie keine Angst, dass Sie womöglich einen Mörder mitnehmen?"

Der Doktor neigte den Kopf abwärts, um durch das Fenster auf der Beifahrerseite zu gucken. „Na ja, solange die Dame keine Angst vor Ihnen hat, gelingt mir das auch."

Perplex drehte sich Arthur um und blickte über die Straße zu seinem Cottage. Davor stand eine Frau, die ihnen freundlich zulächelte.

<h1 style="text-align:center">29</h1>

Arthur und Mrs Melrose schauten Dr. Quartermains Wagen nach. Über die Chester Road wälzte sich die Abenddämmerung und entfärbte das Dorf zu einem sepiabraunen Gemälde. Mr Smolinski kehrte vor seinem Laden das Laub, das beim nächsten Windstoß wieder aufzuwirbeln drohte. Arthur winkte über die Straße, doch blieb sein Gruß unerwidert. Offenbar hatte die Gerüchteküche ihr bitteres Aroma längst verbreitet.

„Schön, dass der Doktor Sie heimgefahren hat."

„Ja, das war sehr nett von ihm."

„Sind Sie mit ihm befreundet?"

„Eigentlich nicht. Ich habe ihn erst heute kennengelernt."

„Man munkelt, sein Charme und seine Hilfsbereitschaft haben eine gewisse Wirkung auf unsere Mitbürgerinnen. Und, um ehrlich zu sein, ich hoffe auch immer, den letzten Termin seiner Sprechstunde zu ergattern."

„Kein Wunder. Mr Quartermain scheint mir ein sympathischer Bursche zu sein."

„Ja, das ist er. Sympathisch und äußerst kompetent."

Eigentlich hätte ihre Einschätzung Arthur zuversichtlich stimmen müssen. Bestenfalls würde Quartermains Kompetenz den Gerichtsmediziner, der das Gutachten im Fall Stuart Medford zu erstellen hatte, positiv beeinflussen. Darauf wagte Arthur jedoch kaum zu hoffen. Nach einem Tag voller Schrecken und böser Überraschungen fühlte er sich hilflos, ein Zustand, der ihn normalerweise dazu bewog, sich mit einem Buch ins Bett zu verkriechen.

„Und welchem Anlass verdanke ich Ihre Stippvisite, Mrs Melrose?"

„Ich wollte gucken, ob es Ihnen gut geht." Lucys Mutter musterte ihn unverhohlen.

Arthur mochte nicht das Bild eines bedauernswerten Bücherwurms abgeben. Außerdem verabscheute er Selbstmitleid, auch wenn er sich selbst davon nicht immer freisprechen konnte. Er hob übertrieben seine Mundwinkel und sagte: „So, jetzt bin ich wieder ganz der Alte."

„Lucy wird froh sein, Sie wohlauf zu wissen."

„Ah, Sie sind im Auftrag Ihrer Tochter hier."

„Sie hat mich regelrecht dazu genötigt, bei Ihnen vorbeizuschauen."

„Dann wissen Sie bestimmt, was in der Bibliothek passiert ist."

„Bis ins kleinste Detail. Lucy wird nicht müde, von Ihrer Verhaftung zu berichten. Mit jeder neuen Variante wirken Sie ängstlicher und der Inspector furchteinflößender."

„Glück gehabt! Ich dachte schon, *ich* hätte den Leuten Angst eingejagt."

„Ich kann nur für meine Tochter sprechen. Das letzte Mal habe ich Lucy so besorgt erlebt, als sie eine Kröte vom Straßenrand wegschaffte."

„Eine Kröte?"

„Ja, eine gemeine Erdkröte.“

„Wenigstens befinde ich mich in guter Gesellschaft. Ich mag nämlich Kröten.“

Unter Mrs Melroses knubbliger Nase formte sich ein Lächeln, aus dem Arthur mehr als bloße Freundlichkeit las. Dieses Lächeln offenbarte eine Spur von Erleichterung. Während sie die Arme vor der Brust verschränkt hielt, lugten ihre Fingerspitzen aus viel zu weiten Ärmeln hervor. Arthur war die Jacke mit dem Hüftgürtel und dem Emblem der Royal Air Force bereits bei dem Autobrand aufgefallen. Unwillkürlich dachte er an Pinkertons Beschreibung des mysteriösen Radfahrers. Der hatte jedoch keine Brünette zu sehen gemeint, sondern einen blonden Mann. Arthur fragte sich, ob der Cocktail aus Alkohol und Dunkelheit womöglich Pinkertons Sinne getrübt hatte. Vielleicht war Mrs Melrose der gesuchte Zeuge, der sich durch ihren Besuch nun als Zeugin entpuppte.

„Kann ich Sie auf eine Tasse Tee einladen?“ Mit einem Lächeln versuchte Arthur, sein Angebot in Harmlosigkeit zu kleiden.

Mrs Melroses skeptische Miene zeigte ihm, dass sein Unterfangen zu scheitern drohte. Verständlicherweise. Vor knapp sechs Stunden war er vor den Augen ihrer Nachbarn verhaftet worden.

Sie raffte den Ärmel ihrer Jacke zurück und schaute auf ihre Armbanduhr. „Warum eigentlich nicht?“, sagte sie mit unverhoffter Nonchalance. „Lucy nimmt sowieso das Radio in Beschlag.“

30

Arthur entfachte ein Feuer, das zwar nicht mit Stuart Medfords brennendem Wagen konkurrieren konnte, dafür aber die Küche erwärmte. Er goss eine Kanne Tee auf und kredenzte die Kürbiskekse, die Mrs Bell ihm geschenkt hatte. Sein Gast setzte sich ihm gegenüber, während die Deckenlampe für ein klares, unromantisches Licht sorgte. Unter keinen Umständen wollte Arthur eine zweideutige Situation schaffen.

„Ihre Tochter hat mir erzählt, dass Sie George Orwell kannten."

Fiona Melrose schmunzelte. „Lucy hat nicht nur eine blühende Fantasie. Oft hört sie auch nur mit einem Ohr zu."

„Ah, verstehe. Sie lesen gern Orwells Bücher."

„Im letzten Jahr drehte sich mein halbes Leben um seine kunterbunte Weltsicht."

„Kunterbunt", wiederholte Arthur. „Das klingt in Verbindung mit George Orwell ziemlich merkwürdig."

„Ich arbeite als Zeichnerin für das Animationsstudio *Hales and Batchelor*. Haben Sie *Farm der Tiere* gesehen?"

„Ja, ein fantastischer Film."

„Meine Kollegin und ich haben Napoleon, Snowball und all die anderen Tiere auf Folie übertragen."

Fiona Melrose erklärte ihm den faszinierenden Prozess, den ein Animationsfilm bis zur Vollendung durchlief. Arthur hing buchstäblich an ihren Lippen. Er ging zwar selten ins Kino, aber *Farm der Tiere* hatte er sich auf Peters Empfehlung hin angeschaut. Unvermittelt kam es wieder hoch: dieses Gefühl der Hilflosigkeit.

„Geht's Ihnen gut, Mr Tingwell?" Sie warf ihm einen besorgten Blick zu. „Sie sehen blass aus."

„Alles in Ordnung", wiegelte Arthur ab. „Das liegt bloß am Küchenlicht."

Fiona Melrose hob den Blick zur Lampe empor. Hätte sie stattdessen demonstrativ mit den Augen gerollt, wäre die Botschaft dieselbe gewesen. „Mr Tingwell", begann sie sachte, „wenn ich nicht gerade auf Arbeit bin, ziehe ich diese Jacke an." Sie berührte die Armeejacke, die sie über die Stuhllehne drapiert hatte. „Niemand in Little Barkham nimmt an, ich würde sie wegen der hübschen Knöpfe oder der großen Taschen tragen. Jeder weiß, wem die Jacke gehört."

Arthur begriff sofort. Manche Dinge waren eben zu offensichtlich, als dass man sie anderen verhehlen konnte. Zumal sich ein blasses Gesicht nicht hinter dem Rücken auf einer Stuhllehne verbergen ließ. Kurzerhand entschied er, Mrs Melrose alles zu erzählen.

Er entrollte die Geschichte vom Ende her, begann bei seiner Verhaftung und sprang zurück in Pinkertons Wohnstube. Mit einem weiteren Satz hüpfte er zu dem Einbruch in Mrs Prudences Haus, verschwieg jedoch, wer neben ihm beteiligt war. Daraufhin folgte sein erster Ausflug nach Barkham Manor – auf dem Fahrrad und in Begleitung von John Ratcliffe, dem Gärtner. Am Schluss, der im Grunde der Anfang seiner Geschichte war, landete er bei dem Vormittag, an dem Mrs Bell ihm die Kekse geschenkt hatte. Dieser Montag war ihm noch lebhaft in Erinnerung. Lucy Melrose hatte ihn gefragt, ob er Bücher über Monsterkraken habe.

Ihre Mutter, die Teetasse beidhändig umschlossen, hatte ihm aufmerksam zugehört. Arthur war überzeugt, sich stundenlang um Kopf und Kragen geredet zu haben. Der Blick zur Küchenuhr verdeutlichte ihm allerdings zweierlei: Die Zeiger kletterten auf zehn vor acht. Und es war ihm gelungen, in drei Minuten durch die gesamte Geschichte zu hetzen.

Mrs Melrose betrachtete ihn auf rätselhafte Weise. Er hätte es ihr nicht verübeln können, wenn sie ihm kein einziges Wort geglaubt hätte. Nicht alle Menschen sind so naiv wie ich, dachte Arthur. Als Fiona Melrose nach einer scheinbaren Ewigkeit noch immer schwieg, fragte er sie: „Fahren Sie manchmal nachts durchs Dorf?"

Auf ihr Kopfschütteln hin beschrieb er das Aussehen des Radfahrers, so wie es ihm zuvor Pinkerton geschildert hatte. Dabei wandelte sich das Rätselhafte in Mrs Melroses Gesicht zu etwas Traurigem. Mit gedämpfter Stimme sagte sie: „Henry hatte strohblondes Haar."

„Ich habe Fotos von ihm gesehen. Unbestreitbar ein attraktiver, junger Mann."

„Und Sie denken jetzt, dass dieser attraktive, junge Mann ..."

Sie brauchte den Satz nicht zu beenden. Im Kopf hatte Arthur zwar oft die Möglichkeit durchgespielt, aber laut äußern mochte er sie ebenso wenig. In *Der Todeswirbel* hatte Agatha Christie ihren Plot um die Rückkehr eines Totgeglaubten geschustert. Doch Henry Prudence war keine literarische Figur, die dank Papier und Schreibmaschine ihrer Gruft entstieg. Henry Prudence hatte in der Royal Air Force gedient und war bei einem Einsatz verstorben.

„Er ist über dem Ärmelkanal abgestürzt, oder?"

„Ja, genau wie mein Mann."

„Das heißt, seine Leiche wurde nie geborgen?"

„Mr Tingwell, Sie können mir ruhig glauben. Henry ist tot. Ich war auf seiner Beerdigung."

„Ich dachte, seine Freunde wären dort unerwünscht gewesen."

„Das stimmt nur zum Teil. Hazel und Herbert waren wie der Rest des Dorfes ausgeschlossen. Mr Prudence hatte ein Machtwort gesprochen. Nur in meinem Fall hatte sich Mrs Prudence gegen ihren Mann durchgesetzt. Sie hatte wohl Mitleid, weil Tommy in seiner Naivität ihrem Sohn zur Air Force gefolgt war. Außerdem war ich gerade schwanger."

Arthur drängte es, mehr von der Freundschaft zwischen seinen Nachbarn und dem Sohn aus reichem Hause zu erfahren. Er füllte ihre Tasse nach und Mrs Melrose nahm die Einladung bereitwillig an.

„Zwischen Tommy und Henry passte kein Blatt Papier. Und das trotz ihrer Herkunft. Während Tommy sich damit begnügen musste, von Vera Lynns Stimme zu schwärmen, besaß Henry ein Grammophon. Leider verbot Mr Prudence seinem Sohn jeglichen Umgang mit uns. Henry hatte das Herz aber am rechten Fleck. Manchmal lotste er uns heimlich unter sein Fenster und spielte dann seine Platten ab. So konnte Tommy der Musik lauschen und ich ganz nah bei Tommy sein."

„Und Stuart Medford? Gehörte der auch zur Clique?“

„Nein, Stuart war ein paar Jahre jünger als Henry. Wir begeisterten uns für Bücher, Musik und Filme, er dagegen für Spielzeugautos. Ich glaube, wir waren nicht besonders sensibel und Klein Stuart spürte unsere Ablehnung. Möglicherweise hat sie ihn sogar geprägt.“

„Sie wissen, was passiert ist?“

„Ja, meine Tochter hört das Gras wachsen.“

Arthur erkundigte sich, ob sie eine Ahnung habe, weshalb Mrs Prudence mit ihrer Schwester gebrochen hatte. Fiona Melrose meinte, in Wirklichkeit sei es umgekehrt gewesen. Mrs Medford habe den Kontakt nach Barkham Manor beendet. So hatte es ihr Tommy erzählt, der es wiederum von Henry wusste. Stuarts Mutter soll sich bei Mr Prudence darüber beklagt haben, dass sein Sohn ihrem Sohn keinen Respekt zollt. Die Reaktion erfolgte prompt. Mr Prudence war nicht nur ein herzloser Vater und Gatte, er verbat sich zudem jede Kritik an seinem Kind. Diese Unnachgiebigkeit spielte Mrs Medford, also Stuarts Mutter, übel mit. Es hatte in einem Zerwürfnis geendet, auch zwischen den Geschwistern.

„Aus Sicht einer Mutter kann ich Mrs Medfords Enttäuschung verstehen“, schloss Fiona Melrose. „Wer will sein Kind denn ausgegrenzt sehen? Insbesondere von der eignen Familie.“

„Aber hatte Stuart seine Tante nicht regelmäßig besucht?“

„Nach dem Tod ihres Gatten hatte bei Mrs Prudence ein Umdenken eingesetzt. Ich schätze, das schlechte

Gewissen wird sie um den Schlaf gebracht haben. Deshalb hat Mrs Prudence ihren Neffen wohl finanziell unterstützt. Im Prinzip der Versuch einer Wiedergutmachung.“

„Sie meinen ihrer Schwester gegenüber?“

„Ja, so macht es jedenfalls Sinn für mich.“

„Was für eine tragische Familiengeschichte.“

„Wenn man tief genug gräbt, Mr Tingwell, sind fast alle Familiengeschichten tragisch.“

Arthur versuchte, die Erinnerung an die eigenen Eltern wegzudrücken, indem er sich ruckartig erhob. Mit Hilfe des Schürhakens zog er die glühend heiße Ofenklappe auf. Er legte ein paar Holzscheite nach und starrte einen Moment lang ins Feuer. Was sich ihm in den Flammen zeigte, mochte er nicht sehen, nicht einmal als flüchtiges Bild. Geschwind schloss er die Klappe und kehrte an den Tisch zurück.

„Wenn nicht Sie das auf dem Fahrrad waren“, gab Arthur zu bedenken, „wer war’s dann?“

„Der Krieg hat nicht nur mich traumatisiert.“

„Sie haben recht. Vielleicht hofft jemand, auf diese Weise sein Kriegszittern zu bewältigen.“

„Entweder das. Oder irgendwer hat sich einen Scherz erlaubt.“

„Und sich als Henry Prudence verkleidet?“

„Ja, vielleicht Ihr Freund von dieser Laienspielgruppe.“

„Kenneth Williams?“ Arthur lachte auf, doch wenige Sekunden später war ihm sein Gelächter peinlich. Statt nach Heiterkeit hatte es ein bisschen zu sehr nach Wahnsinn geklungen.

Sobald er sich beruhigt hatte, gestand er sich ein, dass Fiona Melrose mit ihrem Verdacht richtigliegen könnte. Natürlich glaubte er nicht, sein Freund Kenneth habe auf dem Fahrrad gesessen. Aber die Idee mit der Kostümierung würde so einiges erklären. Denn bis auf Hazel Osbourne besaß niemand in Little Barkham hellblonde Haare.

„Ich komme mir reichlich dumm vor", schimpfte er sich selbst.

„Weil Sie kein Kostüm in Erwägung zogen?"

„Ja, weder ein Kostüm noch eine Perücke."

„Und nun?", fragte Mrs Melrose.

Sie ließ einen Finger über den Tassenrand gleiten, eine scheinbar unbewusste Geste, von der sich Arthur unter Druck gesetzt fühlte. Erwartete Mrs Melrose lediglich eine Antwort auf ihre Frage oder war sie von ihm gelangweilt? Worauf zielte ihr *Und nun* überhaupt ab? Zwei Silben verursachten plötzlich die Zweideutigkeit, die er hatte vermeiden wollen.

„Und nun", sagte er freundlich, „entschuldigen Sie mich bitte."

Im Badezimmer gönnte Arthur seinem Gesicht einen Spritzer eiskaltes Wasser. Nachdem er sich abgetrocknet hatte, betrachtete er sich im Spiegel. Er glättete sein Haar und korrigierte den Knoten seiner Krawatte, sodass er genau mittig saß. Er strich sich über die Schulter, als wollte er einen Fussel von seinem Jackett entfernen. Er verrückte seine Hornbrille, wie er es zu tun pflegte, wenn er seinen Worten Nachdruck verleihen wollte. Aber Arthur hatte nichts gesagt. Er musterte ein letztes Mal sein Spiegelbild und dachte mit grimmigen

Humor: Hoffentlich hatte Mrs Melrose keinen Mörder erwartet.

31

Am Samstagmorgen trieb Arthur weder Georges Miauen von Stube zu Stube, noch die Suche nach seiner Brille oder dem *Surrey Herald*. Nein, es war ein Verdacht, den er aus Gründen der Freundschaft nicht selbst in die Welt gesetzt hatte: Fiona Melrose hatte behauptet, Kenneth Williams könnte der mysteriöse Radfahrer sein.

„Weshalb hätte er die Frau denn erschrecken sollen?", murmelte Arthur. Er ging in die Knie und begann, George das Köpfchen zu kraulen. „Kenneth hat weder einen Groll auf Mrs Prudence, noch wohnt er in Little Barkham."

Schnurrend vor Verzückung verwehrte George ihm eine Antwort wie auch Königlichen Rat. Arthurs Unbehagen schlug um in Frustration. Es ärgerte ihn, dass seine Mitbürger ohne jede Hemmung seine engsten Freunde für dieses oder jenes verdächtigten. Genügte schon ein verschrobener Charakter, um einer Schandtat bezichtigt zu werden? Was Arthur dabei am meisten demoralisierte, war die Tatsache, wie rasch er sich selbst von dem Gerede anstecken ließ. Ausgerechnet er, der seinen Freunden und Nachbarn etwas voraus hatte: Sein Name stand bereits auf einer Akte in Birdwhistles kafkaesken Reich der Protokolle. Mit einem

Stöhnen reckte Arthur hoch, schlüpfte in seinen Anzug und begab sich zum Postamt.

Von der Straße aus betrachtet erinnerte das Postamt an einen Raritätenladen aus der Zeit Queen Victorias. Die schmalen Bleiglasfenster erlaubten kaum Einblick, es sei denn, die Innenbeleuchtung brannte.

Als Arthur über die Schwelle trat, erscholl die Türglocke so grell, dass auch Mrs Underwood seine Ankunft bemerkte. Die betagte Dame blickte vom Tresen auf und begrüßte ihn in einer Lautstärke, die dem Gebimmel ebenbürtig war. Arthur grüßte zurück und reckte sein Kinn in Richtung der Telefonnische. Ein Stoffvorhang sollte den Anschein von Privatsphäre wecken, ein Hocker den von Bequemlichkeit. Arthur setzte sich, hob den schweren Telefonhörer und zögerte.

Kenneth Willams hatte den Posten des ersten Sekretärs in einer Londoner Versicherungsfirma inne. Arthur musste seine Fantasie kräftig ankurbeln, um sich diesen Freigeist im Vorzimmer eines Direktors vorzustellen. Für ihn lag Kenneths Begabung nicht im Zehnfingersystem, auch wenn er sich gern seiner Tippgeschwindigkeit rühmte, sondern in seinem Schauspiel. Sobald der Herbst die Menschen von den Straßen spülte, öffnete das Laientheater in Chiddingfold seine Räume. Mit Enthusiasmus und Kühnheit wurden dann Shakespeares Dramen auf einer Bühne in der Größe eines Schuhkartons zum Leben erweckt. Arthur schauderte bei dem Gedanken, Kenneth könne Mrs Prudences verstorbenen Sohn ebenfalls Leben eingehaucht haben. Zugleich schämte er sich, dass er diese irrwitzige Idee kritiklos angenommen hatte. Wohlgemerkt von einer Frau, der er bislang zwei Mal begegnet war.

Arthur gab sich einen Ruck und ließ sich mit der Versicherungsgesellschaft verbinden.

„*Wilkie & Stoker*. Kenneth Williams am Apparat. Was kann ich für Sie tun?“

„Hier ist Arthur.“

„Ist irgendwas passiert?“ Aus Kenneths Tonfall war von einer Frage zur nächsten jede Förmlichkeit entwichen. Seine Stimme klang ernsthaft besorgt. Als Arthur nicht sofort antwortete, sagte er: „Du hast noch nie in der Firma angerufen.“

„Ich weiß. Ich konnte es nicht aufschieben.“

„Mach dir bitte keine Sorgen, Arthur. Hazel, Herbert und ich wollten heute Abend vorbeikommen.“

„Zu mir?“

„Ja, zu dir.“ Kenneth begann zu flüstern. „Wir haben natürlich von deiner Verhaftung gehört. Herbert hat schon eine Idee, wie wir dir helfen können.“

„Ich bin für eure Unterstützung sehr dankbar.“

„Arthur, dafür sind wahre Freunde da.“

„Eigentlich rufe ich wegen einer anderen Sache an.“

Arthur vernahm ein überraschtes *Oh* durch die Leitung, gefolgt von einem Schweigen, dessen Fragezeichen keiner Stimme bedurften.

„Habt ihr unter euren Kostümen auch eine Armeeuniform?“

„Selbstverständlich.“

„Und eine blonde Perücke?“

„Arthur, hast du bei unserer letzten Aufführung geschlafen?“

„Entschuldige, ich bin gerade etwas durcheinander.“

„Sein oder nicht sein“, schallte es aus dem Telefonhörer und Arthur war, als hätte man ihm mit einer kalten Klinge über den Nacken gestrichen. Das Theater hat in der letzten Spielzeit eine gekürzte und auf derben Humor gebügelte Version von *Hamlet* aufgeführt. Kenneth höchstselbst hatte den dänischen Prinzen gegeben, mit fisteliger Stimme, am Gürtel anstelle eines Schwertes einen Teppichklopfer und auf dem Schädel eine blonde Perücke.

Arthur sank auf dem Hocker zusammen. Er mochte sich die Konsequenz von Kenneths Antworten nicht ausmalen. Weshalb hatte ihn sein Freund nicht einfach angeflunkert? Er wäre nach dem Telefonat mit leichterem Herzen hinter dem Vorhang hervorgekommen. So aber musste er weiterbohren, um jeden Zweifel auszuräumen.

„Ist eure Uniform von der Royal Air Force?“

„Strenggenommen nicht.“

„Was soll das bedeuten?“

„Sie stammt aus dem ersten Weltkrieg. Also von dem Königlichen Fliegerkorps, der RFC.“

Arthur fiel ein, dass die Royal Air Force aus der RFC hervorgegangen war. Rasch erkundigte er sich nach der Farbe der Uniform.

„Olivgrün“, sagte Kenneth knapp.

Piloten der Royal Air Force trugen blaugraue Jacken. Arthur ballte die Faust, als hätte er im Bingo gewonnen.

„Bevor du dich zu früh freust“, sagte Kenneth. „Wir haben die Uniform verliehen.“

„Die ganze Uniform?“

„Ja, die Jacke, die Hose und die Perücke. Dafür haben
wir jetzt einen Heizlüfter im Zuschauerraum.“

32

Arthur hatte die Bibliothek pünktlich um zwölf geöffnet. Die Dorfbewohner sollten ihren Lesehunger stillen dürfen, ganz gleich, wie nervös er vor Anspannung war.

Er heizte die Räume ein und fegte den Boden. Er goss die Blumen und arrangierte die Neuheiten auf der Konsole. Er entstaubte den Globus und das gerahmte Portrait Ihrer Majestät. Der alte Pinkerton hatte es auf den Punkt gebracht: Arthur stellte sich gern in den Dienst der Allgemeinheit. Nur schien heute die Allgemeinheit kein Interesse an seinen Diensten zu haben. Mit Ausnahme von ihm und Lucy Melrose war die Bibliothek leer.

Das Mädchen löcherte ihn mit allerhand Fragen über Riesenkalmare, Mollusken und – oh, Wunder – Inspector Birdwhistle. Zweifellos hatte Mrs Melrose ihrer Tochter von dem abendlichen Treffen erzählt. Arthur, die Ruhe in Person, versuchte, ihrer Neugierde mit Geduld und Sachlichkeit zu begegnen. Lucy mochte eben, was viele Kinder in dem Alter mögen: Ein- und dasselbe Märchen wieder und wieder erzählt zu bekommen.

Schon bald beschlich Arthur der Verdacht, Lucy sei ohne Einwilligung ihrer Mutter hier. Aus seiner Sicht sollte das kein Problem sein. Arthur wusste genau, dass er niemandem geschadet oder gar umgebracht hatte.

Versetzte er sich jedoch in die Lage eines besorgten Vaters, bekam seine Ansicht Risse.

„Lucy, ich muss dich etwas Wichtiges fragen."

„Aber Sie haben mir noch nicht alles erzählt."

„Mittlerweile müsstest du das Büro des Inspectors besser kennen als dein eigenes Zimmer."

„Ach ja? Und wo legt er seine Pistole hin?"

„Ich glaube, der Inspector trägt keine Waffe."

„Und was macht er, wenn er angegriffen wird?"

Arthur überging ihre Frage. „Weiß deine Mutter, dass du hier bist?"

„Ich denke, ja."

„Und ich denke, du flunkerst mich an."

„Mr Tingwell, ich habe keine Angst vor Ihnen."

Lucys Aussage ließ Arthur zurückweichen. Hatte das Mädchen etwa das Gefühl, er wolle sie einschüchtern oder noch schlimmer: bedrohen? Krampfhaft suchte er nach einer passenden Reaktion, um ihren Eindruck zu entkräften. Er rutschte auf seinen Schreibtisch, faltete die Hände im Schoß und sagte: „Das brauchst du auch nicht. Schließlich hinterlässt du keine Eselsohren."

Lucy fixierte ihn eindringlich. „Als der Inspector Sie verhaftet hat, waren Sie nicht so lustig."

„Das stimmt. Trotzdem muss ich dich bitten zu gehen."

„Wollen Sie nicht wissen, wer Mr Medford umgebracht hat?"

„Lucy, der Tod eines Menschen ist eine sehr ernste Sache. Ich glaube, darüber solltest du lieber mit deiner Mutter reden."

„Sie sind aber unsere Miss Marple."

Arthurs Herz machte einen Hüpfer. Unsere Miss Marple! Das Kompliment erfüllte ihn mit einem Stolz, der seine Irritation wegen der weiblichen Anrede überwog. Nachdem er sich bedankt hatte, teilte er Lucy mit, dass Mr Medford sein Leben selbst beendet hatte. Manche Menschen, so sagte er behutsam, fühlten sich von ihren Problemen erdrückt und sähen keinen anderen Ausweg. Das sei tragisch, besonders für die Angehörigen.

Das Mädchen schüttelte den Kopf. „Das war ein Trick, Mr Tingwell.“

„Was für ein Trick?“

„Natürlich hat sich Stuart Medford nicht umgebracht.“

„Und wie ist er – bitte entschuldige, Lucy – auf so entsetzliche Art verstorben?“

„Das müssen Sie Mrs Keene fragen.“

Arthurs Herz vollführte zum zweiten Mal einen Hüpfer. Er befürchtete, Lucy könne ihm seine Verblüffung ansehen, was ihn reflexartig nach seiner Brille greifen ließ. Er klappte die Bügel ein und auf, ein und auf. Sobald er sich gesammelt hatte, bat er das Mädchen erneut, heimzugehen. Er wolle sich von ihrer Mutter keinen Tadel einhandeln. Wenn ihr zu Ohren käme, über welches Thema er mit ihrer Tochter gesprochen hatte, würde sie wohl kaum vor Begeisterung applaudieren.

In stillem Protest verzog Lucy das Gesicht. Arthur verstand ihre Neugierde besser, als sie in diesem Moment wahrhaben wollte. Dessen ungeachtet war er sich seiner Rolle bewusst. Er war weder ihr Vater noch einer ihrer Verwandten. Für das Mädchen sollte er der nette, seinetwegen auch arrogante Bibliothekar bleiben. Indem er die Eingangstür demonstrativ öffnete, unterstrich er den Ernst seiner Bitte.

Mit grantiger Miene schwang sich das Mädchen auf ihr Rad. Doch ehe Lucy loszutreten begann, wandte sie sich um. „Mr Tingwell, Sie sind keine echte Miss Marple. Sonst wüssten Sie längst, dass ich Ihnen den Zettel auf den Tisch gelegt habe."

Während er perplex in sein Jackett langte, schoss Lucy mit einem Affenzahn die Chester Road hinab.

$$33$$

Mit dem Zettel in der Hand schob Arthur langsam die Tür zu. Der Blick auf die Chester Road hatte ihn ernüchtert. Nun, nachdem auch Lucy vor ihm geflohen war, stand sein Fahrrad einsam und verloren vor der Bücherei. Niemand mochte sich dem Gebäude nähern, nicht einmal ein Handelsvertreter für Lockenwickler.

Begleitet von einem schwermütigen Seufzen rückte Arthur hinter seinen Schreibtisch. Er betrachtete den Zettel, der ihm zugespielt worden war. Er erinnerte sich genau. An diesem Tag hatte Lucy behauptet, ein Gespräch zwischen Mrs Keene und Mr Humperdinck aufgeschnappt zu haben. Kurz darauf hatte dieser Zettel unter seinem Karteikasten geklemmt. Arthur hatte angenommen, jemand von den anwesenden Besuchern hätte ihn dort heimlich platziert. Einzig und allein Lucy Melrose hatte er nicht in Betracht gezogen. Ein Irrtum, wie er nun wusste.

Er faltete den Zettel auseinander und las, was er schon ein Dutzend Mal gelesen hatte:

Ich würde lieber diesen Schnösel am Galgen baumeln sehen als den jungen Hawkings.

Das hatte Mrs Keene also zu Mr Humperdinck gesagt. Oberflächlich betrachtet, unterschied sich die Äußerung kaum von den Verwünschungen seiner Nachbarn. Stuart Medford wurde mit einer Leidenschaft gehasst, die selbst Mr Humperdincks Klatschsucht in den Schatten stellte. In Gedenken an sein Hinscheiden klang der Satz nach einer Prophezeiung. Der Mann war bekanntlich mit dem Kopf in der Schlinge aufgefunden worden. Aus dem Mund einer potentiellen Mörderin gewannen die Worte sogar eine noch schärfere Würze. Dieser leichthin geäußerte Wunsch verwandelte sich plötzlich in eine unheilvolle Ankündigung.

Mrs Keenes Aussage passte jedoch nicht mit ihren gestrigen Kommentaren zusammen. Während ihr Busenfreund den allgemeinen Zorn auf Stuart Medford wiederkäute, schien sie den Erben von Barkham Manor zu verteidigen. Vielleicht hatte die Krankheit nicht nur ihren Körper geschwächt, sondern auch ihr Herz erweicht. Immerhin hatte sie in ihrer Bettlägerigkeit genug Zeit zum Nachdenken gehabt.

In der Stille der Bibliothek hörte Arthur das Knacken der Heizung, die es ohne Mrs Keene nicht geben würde. Er wollte unbedingt an das Gute in der Frau glauben. Wollte einen simplen Grund finden, weshalb sie sich von Kenneths Theatergruppe die Uniform und die Perücke geliehen hatte. Krampfhaft suchte er nach einer plausiblen Erklärung, warum sie des Nachts und verkleidet als Henry Prudence durch das Dorf geradelt war.

In seiner Ratlosigkeit besann sich Arthur auf einen von Birdwhistles Kommentaren. Angeblich sei eine Frau zu schwach, um einen erwachsenen Mann in zwei Metern Höhe aufzuhängen.

Missmutig stellte Arthur fest, dass die Zeit seit Lucys Abgang nicht verstreichen mochte. Die Uhr zeigte fünf

nach drei und sein Pflichtbewusstsein sagte: Noch zwei
Stunden und fünfundfünfzig Minuten. In der Bibliothek hatte sich eine Stille eingenistet, die er normalerweise schätzte. Doch jetzt machte sie Arthurs Gedanken nur lauter und das Knacken der Heizung geradezu
dröhnend. In der Hoffnung, sich abzulenken, begann
er, in seinem Zettelkasten zu blättern.

Mr Buckleys letzte Ausleihe – das heißt vor Arthurs
Verhaftung – war ein James-Bond-Roman. Ein hand-
schriftlicher Vermerk gab nicht nur Aufschluss darüber, bis wann Buckley das Buch abgeben musste, sondern auch, wie oft er es bereits geliehen hatte. In seinem Fall hätte die Häufigkeit jeden Psychiater aufhor-
chen lassen. Mrs Bell hatte sich zuletzt für *Die Schatzinsel* entschieden. Garantiert war ihr Enkelsohn zu Besuch. Mrs Chamberlain verschlang mit Begeisterung
die Romane der Geschwister Brontë und siehe da: Mr
Lookwoods Leihfrist für drei Krimis von Dorothy L.
Sayers war gestern abgelaufen.

Arthur verbrachte eine Ewigkeit damit, die Karteikarten zu studieren. Den Kopf auf den Arm gestützt, landete er irgendwann bei dem Namen Eleanor Keene. Er
betrachtete die Kärtchen aus ihren Leihbüchern. Da ihr
erster Besuch nach ihrer Krankheit gleichzeitig der Tag
seiner Verhaftung war, musste sie die Bücher zuvor
ausgeliehen haben. Neben einem Kochbuch hatte Mrs
Keene noch Shakespeares *Romeo und Julia* daheim.

Unwillkürlich erinnerte er sich an seine Schulzeit zurück. Seine Klasse hatte die Tragödie aufgeführt, wobei
Arthur die Rolle des geschwätzigen Mercutios, Romeos
Freund, zugefallen war. Er war dankbar gewesen, die
zweite Geige spielen zu dürfen. Einige Textfragmente

flirrten ihm noch überaus lebhaft im Gedächtnis umher. Ihm war gerade so, als hätte er neulich erst ein Zitat aus *Romeo und Julia* vernommen. Sicherlich von Kenneth, dachte Arthur. Von wem denn sonst?

Ihm drängte sich das Bild auf, wie Eleanor Keene ihrem Mann Vers um Vers ins Ohr haucht. Plötzlich ergab das alles einen Sinn. Er konnte nicht mehr an das Liebespaar Romeo und Julia denken. Nein, jetzt dachte Arthur an das Mördergespann Macbeth und seine Lady.

34

Zwei Stunden später war Arthur außerstande zu erklären, wie er den Arbeitstag bewältigt hatte. Er prüfte, ob alle Lichter gelöscht und alle Fenster verriegelt waren. Über seinem Kopf flatterten die Fledermäuse, die am Tage unter dem Dach hausten.

„Euch hat wohl das Jagdfieber gepackt", flüsterte er mit einem Anflug von Ironie. Dann schnallte er seine Tasche auf das Fahrrad und schwang das linke Bein über den Sattel.

Er machte keine Anstalten, in die Pedale zu treten. Stattdessen schweifte sein Blick über die Nachbarhäuser, einmal die Chester Road hinauf und hinunter.

Obgleich der Abend bereits dämmerte, brannte in den wenigsten Fenstern Licht. Arthur ahnte, weshalb die meisten Stuben finster waren. Seine Nachbarn mochten nicht dabei ertappt werden, wie sie hinter der Gardine standen, um ihn zu beobachten. Garantiert brachte sein Erscheinen sämtliche Telefondrähte zum Glühen. Arthur Tingwell, Büchernarr und Mörder, hatte mitsamt seiner geflügelten Freunde die Höhle verlassen. Hätte er sich nicht auf sein Fahrrad, sondern in den Nachthimmel geschwungen, wären nur manche überrascht gewesen. Zumindest glaubte das Arthur, als er die Chester Road in Richtung Church Lane fuhr.

Am Cottage der Familie Keene angelangt, lehnte er das Rad gegen die Mauer, die Haus und Hof einfriedete. Das Grundstück genoss in der Region eine gewisse Bekanntheit, was weniger daher rührte, dass es der Ortsvorsteher und seine Gattin bewohnten. Helen Allingham, die beliebte Illustratorin und Malerin, hatte das Cottage zu einem ihrer Motive erkoren. Kopien des Bildes zierten etliche Stuben, auch außerhalb des Dorfes. Arthur selbst hatte ein Exemplar als Willkommensgeschenk an seinem ersten Arbeitstag erhalten. Überreicht von Mrs Keene persönlich, wie er sich mit einem Frösteln erinnerte.

Er drückte hinter sich die Gartenpforte zu und nahm die Anhöhe zum Haus. Bei einem Besuch im Spätsommer hatte sich Mrs Keene der Pflege ihrer Strauchrosen gewidmet. Wer die Einwohner von Little Barkham kannte, wusste um die Liebe zu ihren Gärten. Voller Stolz hatte Mrs Keene ihn dazu ermuntert, an den Blüten zu riechen. Vielleicht war das die Situation gewesen, in der Arthur seinen Frieden mit ihrer oftmals dominanten Art gemacht hatte. Ja, womöglich wäre er ohne diesen Moment der Freude jetzt nicht hier, sondern auf dem Polizeirevier in Guildford.

Unterwegs durch den Garten entdeckte er Licht in einem der unteren Fenster. Doch bevor er die Vordertür erreichte, verdunkelte sich die Stube. Entweder war es reiner Zufall oder wer auch immer hatte auf Arthurs Ankunft reagiert.

Er zupfte sich die Krawatte zurecht, atmete einmal durch und schlug den Türklopfer. Zum Glück, dachte er, hatte er seine Aktion vor Hazel und Herbert verschwiegen. In ihrer Sorge hätten sie ihn einen unverbesserlichen Esel geschimpft – und das nicht unberechtigt. Ja, er war ein Esel. Aber einer mit Contenance und Taktgefühl. Während er aus Anstand eine Minute verstreichen ließ, zupfte er sich die Ärmel seines Jacketts über die Manschetten. Dann klopfte er aufs Neue.

Aus dem Innern des Hauses drang noch immer kein Mucks. Er entfernte sich ein Stück von der Tür und schaute an der Fassade empor. Die Dachfenster waren genauso nachtgrau wie die im Erdgeschoss. Aber ein Rückzug stand für Arthur außer Frage, vor allem, nachdem er das Licht in der Stube gesehen hatte.

In der Absicht, es an der Hintertür zu versuchen, begab er sich auf die Hofseite. Hier roch die Luft nach Stroh und Pferdeäpfeln. Aus dem Stall war ein schlaftrunkenes Schnauben zu hören. Arthur klopfte an die Haustür und unterdrückte zugleich seine Nervosität. Wider Erwarten wurde ihm nicht geöffnet. Kein Licht brannte auf, kein erstauntes Gesicht erschien. Anstelle eines freundlichen „Good evening, Mr Tingwell" schallte ihm ein rüdes „Jetzt habe ich dich" entgegen.

Als sich Arthur umdrehen wollte, ließ ihn eine Berührung im Rücken erstarren. Eine Forke stach ihre Zinken in sein Fleisch, nicht tief, aber stark genug, um ihm jeden Gedanken an Flucht oder Widerstand auszutreiben. Wie ein Unbewaffneter in einem Gangsterfilm hob er die Hände in Kopfhöhe.

„Darauf habe ich gewartet, mein Freundchen." Die Stimme des Mannes war unverkennbar.

„Guten Abend, Mr Keene", begrüßte Arthur den Ortsvorsteher.

„Einen guten Abend? Den werde ich haben, Mr Ting-well.“

„Ohne die Mistgabel im Rücken könnte ich Ihnen die Hand reichen.“

„Ich gebe nichts auf Ihre dreckigen Pfoten.“

„Hören Sie, Mr Keene. Ich bin alleine gekommen.“

„Mit wem sollten Sie auch herschleichen? Etwa mit einem Minnesänger im Rock?“

Arthur glaubte aus seiner Frage den Shakespeare-Enthusiasten herauszuhören. Vielleicht stammte der Einfall mit der Verkleidung als Mrs Prudences Sohn von Edward Keene und nicht von seiner Gattin. Er ließ den Gedanken ruhen und sagte: „Ich hätte mit der Polizei auftauchen können.“

„Und dann? Wollten Sie mich etwa beschuldigen, das Eheversprechen einzufordern?“

„Sie meinen, bis dass der Tod uns trennt?“

„Ich meine in guten wie in schlechten Zeiten, in Reichtum und Armut, bei Krankheit und Gesundheit, bis der Tod uns scheidet. Ach, was erzähle ich Ihnen? Für Sie als Großstädter sind solche Versprechen allenfalls leere Phrasen. Ich weiß genau, wie es in Soho oder im West End zugeht.“

„Sie haben bestimmt schon das Old Vic besucht.“

„Das was?“

„Das *Old Vic Theatre*, berühmt für seine Shakespeare-Aufführungen. Erst letztes Jahr hat Richard Burton dort den Hamlet gespielt. Einfach grandios!“

„Ich bin kein Freigeist. Ich gehe nicht ins Theater.“

„Aber Ihre Frau bestimmt.“

„Meine Frau sollten Sie mir gegenüber nicht erwähnen, sonst …“

Just glaubte Arthur, die Forke würde sich in sein Fleisch bohren. Mit einer raschen Entschuldigung vermochte er, Edward Keene zu besänftigen, worauf der Druck nachließ.

„Sie wissen, dass ich wegen ..." In Erinnerung an das soeben erteilte Verbot kam Arthur ins Stammeln. „wegen ... wegen ..."

„Herrje", sagte Mr Keene wider Erwarten. „Die Dame des Hauses ist ausgeflogen."

„Aber Ihr Wagen steht in der Einfahrt."

„Haben Sie jemals meine Frau Autofahren gesehen?"

Arthur schüttelte den Kopf.

„Und überhaupt. Als echter Casanova haben Sie bestimmt meine Frau jedes Mal ins Theater kutschiert."

„Mr Keene, ich habe gar kein Auto."

„Und weshalb leugnen Sie nicht, dass Sie mit *meiner* Frau im Theater waren? Ich habe dich am Wickel, mein Freundchen."

Die Verachtung, mit der Edward Keene die Worte hervorspuckte, machte Arthur die Ausweglosigkeit seiner Situation bewusst. Er setzte alles auf eine Karte – eine Methode, mit der Engländer in der Regel scheiterten.

„Darf ich Ihnen einen Vorschlag unterbreiten?"

„Sie haben Glück, dass ich einem verurteilten Übeltäter einen letzten Wunsch billige."

„Ich bin nicht verurteilt, Mr Keene. Um es hier aufs Tablett zu bringen: Der Inspector hat mich nicht ohne Grund gehen lassen."

„Das Urteil hat auch nicht der Inspector gefällt, sondern ein Richter."

„Welcher Richter?"

„Ich in meiner Funktion als Ortsvorsteher.“

Arthur musste erkennen, dass jeder Wortwechsel die Angelegenheit verschlimmerte. Für Edward Keene saß er nicht auf der Anklagebank. Nein, er stand bereits am Galgen, denn Mr Keene war Richter und Henker in einer Person.

„Nun gut, ich höre.“ Er verstärkte den Druck auf die Forke.

„Sie würden sich als Gentleman bezeichnen, oder?“

„Ich bin so viel Gentleman, wie unsere heilige Mutter keusch ist.“

„Dann möchte ich Sie um eine letzte Tasse bitten. Natürlich nicht um meinetwillen.“

„Sondern?“

„Für den glorreichen Ruf unserer britischen Lebensart.“

Nach einigem Zögern sagte Mr Keene: „Ich nehme an, Sie trinken Ihren Tee mit Milch?“

In Gedenken an Inspector Birdwhistle und seinen Stenographen bejahte Arthur die Frage.

35

Arthur saß in seiner Küche und ließ sich all das, was er von Mr Keene erfahren hatte, durch den Kopf gehen. Im Ofen züngelten die Flammen, während George VI unter dem Tisch umherstreifte. Arthur fand es nicht verwunderlich, dass Ihre Majestät nun auch am Abend sein bescheidenes Häuschen beehrte. Denn Arthur Tingwell wunderte sich über gar nichts mehr.

So führten Mr und Mrs Keene nicht die Vorzeigeehe, die sie in der Öffentlichkeit gern darstellten. Der Mann, der einst samt Pfarrer und erhobenem Zeigefinger bei Hazel und Herbert Osbourne aufgetaucht war, hatte sein eigenes unchristliches Problem. Und Mrs Keene war eine Frau, deren Geheimnisse selbst ihren Busenfreund Cedric Humperdinck überfordert hätten. Sie hatte nicht nur für Mrs Prudence gearbeitet und sich von Kenneths Theatergruppe ein Kostüm geliehen, sondern obendrein eine heimliche Liebschaft.

Mr Keene hatte den Anschein vermittelt, wenigstens über zwei der Geheimnisse Bescheid zu wissen. Daher war es nur logisch, dass in seinen Augen das eine mit dem anderen zusammenhing. Wenn seine Frau also behauptet hatte, sie wolle für Mrs Prudence dies und das erledigen, sei sie in Wirklichkeit zu ihrem Geliebten aufgebrochen. Und bei diesem Kerl – so hatte Mr Keene verächtlich ausgespuckt – ginge es seiner Gattin nicht um dies und das, sondern allein um *das*.

„George", sagte Arthur, „was ist los?"

Der Kater durchquerte die Küche von der Haustür zum Ofen und wieder zurück. Üblicherweise widmete er sich zu dieser Uhrzeit der Mäusepopulation von Little Barkham. Arthur erinnerte sich an eine biographische Anekdote, die er einst über Charles Dickens gelesen hatte. Der Schriftsteller galt als großer Katzenfreund. Einen Kater namens Bob soll er so liebgewonnen haben, dass er nach dessen Ableben eine seiner Pfoten zu einem Brieföffner verarbeiten ließ. Angeblich habe sich das Tier stets in seinem Arbeitszimmer aufgehalten und dadurch die Kreativität des Dichters angekurbelt.

„Und jetzt halten Sie meine Gedanken auf Trab", sagte Arthur zu George und schenkte sich eine Tasse Tee ein. „Unser Täter, meine Durchlaucht, hat geglaubt, er könne den Mord an Stuart Medford als einen Suizid tarnen. Er wollte der Polizei vorgaukeln, das Opfer habe zu Fuß das Haupttor aufgesucht, um sich dort zu erhängen. Ein höchst dramatischer Abgang, was fraglos zu Stuart Medford gepasst hätte. Unserem Täter ist allerdings ein Fauxpas unterlaufen." Arthur schob den Ellbogen über die Stuhllehne, um Georges Reaktion beobachten zu können. „Ein Snob wie Stuart Medford wäre nicht einfach zum Tor spaziert. Nein, der Herr lebte auf großen Fuß und fuhr auf exquisiten Rädern. Und das hat er gern publikumswirksam in Szene gesetzt, besonders hier in Little Barkham."

Der Kater bejubelte Arthurs Deduktion weder mit einer Rolle über den Boden noch mit einem Mauzen.

George streifte weiter rastlos in der Küche umher. Da stemmte sich Arthur vom Stuhl und beugte vor Ihrer Majestät das Knie. Sofort kam der Kater angerannt, um sich ausgiebig das Kinn kraulen zu lassen.

„Und was folgern wir daraus?", murmelte Arthur. „Entweder war die Leiche zum Tor geschafft worden. Oder Stuart Medford wurde direkt an der Ausfahrt abgepasst. Das hieße, der Täter musste den Jaguar zurück vors Haus gefahren haben."

Sprunghaft entfernte sich der Kater von ihm und warf sich auf den Boden. Arthur nahm zunächst an, er hätte einen Schwächeanfall. Doch das Schnurren verhöhnte seine Sorge. Hier hatte wohl jemand seine Pflicht und Schuldigkeit getan und durfte nun von dannen ziehen. Arthur kehrte an den Küchentisch zurück.

Nach einer letzten Tasse Tee hatten sich in seinem Kopf sämtliche Hinweise zu einem Panorama aneinandergefügt. Dass sich ihm gerade die Lieblingsmetapher des Inspectors aufdrängte, wurmte Arthur ein wenig. Außerdem war das Panorama alles andere als vorzeigbar. In der Mitte klaffte der gesichtslose Schattenriss einer Person, über der geschrieben stand: Mitbürger. Liebhaber. Mörder.

Tief in seine Grübeleien versunken, zog Arthur einen Bogen Papier und einen Füllfederhalter aus der Tischlade. Zuoberst schrieb er *Dear Mrs Christie.* Dann begann er der Queen of Crime seine Situation zu schildern, in schwülstigen Worten und wie im Delirium. Als wäre er soeben aus *Buckley's Feuerwache* heimgekehrt und habe dank zweier Biere jede Distanz verloren.

Sobald er das Ende des Papierbogens erreicht hatte, las er sich das Geschriebene durch. Aus jeder Zeile tropfte das Selbstmitleid wie das Fett aus einem abgehangenen Schinken. Arthur zerknüllte das Papier und warf es ins Ofenfeuer. Mehr als die Sorge um Peter Hawkings hatte die Selbstgefälligkeit seinen Stift geführt. Er war sich im Klaren darüber, dass er kaum zum hochmütigen Helden taugte, wobei es Arthur an Heldentum mangelte und keinesfalls an Hochmut. Eben Bibliothekaris arrogantus, wie er einmal zu Lucy Melrose gemeint hatte. William Shakespeare hatte allen Grund gehabt, Prinz Hamlet über die eigene Arroganz stolpern zu lassen.

Da lenkte der Dichter Arthurs Gedanken zurück auf Eleanor Keene. Er musste zunächst an ihre letzte Ausleihe denken: *Romeo und Julia*. Und dann an seine eigene Schulzeit.

36

Der Tag sollte in großer Einmaligkeit enden. Jedenfalls hätte das Arthur ohne Bedenken unterschrieben. Denn heute, wohlgemerkt ein Sonntag, würde er die Bibliothek öffnen.

Seit den frühen Morgenstunden war er damit beschäftigt gewesen, die Lesung zu organisieren. Einigen Nachbarn hatte er die Einladung persönlich überreicht, anderen hatte er per Telefon Bescheid gegeben. Unterstützt wurde er bei den Vorbereitungen von Fiona Melrose, die ihre Tochter zu ihrer Schwester nach Chiddingfold gebracht hatte. Um Lucy den Aufenthalt zu versüßen, hatte Arthur ihr ein kleines Paket geschnürt: ein Bildband über Seeungeheuer mit historischen Zeichnungen und Jules Vernes *Die geheimnisvolle Insel*, eine Fortsetzung zu den Abenteuern Captain Nemos.

„Willst du das wirklich machen?", fragte Fiona ihn besorgt.

„Ja, ich fühle mich dazu verpflichtet."

„Polizisten und Anwälte sind verpflichtet, sich mit Verbrechen auseinanderzusetzen. Aber Bibliothekare?"

Arthur wusste keine gescheite Antwort. Er verstellte ein paar Bücher von A nach B, um sie gleich darauf wieder von B nach A zu rücken. „Es ist sowieso fraglich, ob man uns die Ehre erweist."

„Ich finde es verwunderlich, dass überhaupt irgendwer zugesagt hat. Das halbe Dorf hält dich für einen Mörder."

„Ich habe unsere Gäste mit einem Klumpen Gold angelockt."

„Bei Mr Pinkerton hätte auch ein Schnaps gereicht", meinte Fiona, während sie zum Fenster hinausblickte. „Er nähert sich gerade der Bibliothek."

Arthur schaute auf die Uhr. Mr Pinkerton klopfte eine Stunde zu früh an die Eingangstür. Als Arthur den Gästen die Einladungen übermittelt hatte, war von sechs Uhr die Rede gewesen. Er hoffte inständig, der Mann hätte seinen Nachtmittagstee nicht mit einem Schuss Rum versetzt. Pinkertons letzter Besuch war ihm noch in bester Erinnerung. Als Arthur ihm nun die Tür öffnete, konnte er sein Erstaunen kaum verbergen. „Mr Pinkerton, Sie haben sich extra in Schale geworfen."

„Gut kombiniert, Mr Tingwell. Das ist meine Festtagskluft."

„Mit Nelke im Knopfloch. Sehr nobel."

„Ich werde nicht alle Tage eingeladen, schon gar nicht zu einer Lesung von Agatha Christie."

Bis sechs Uhr – der Zeitpunkt, an dem Arthur normalerweise die Bibliothek zu schließen pflegte – waren fast alle Gäste eingetroffen.

Mr Pinkerton hatte es sich ungefragt hinter Arthurs Schreibtisch bequem gemacht. Die Wirtsleute Bryan und Brenda Buckley lehnten an der Wand, während sich das Ehepaar Keene die Korbstühle reserviert hatte. Cedric Humperdinck stand direkt hinter ihnen. Arthur registrierte dessen Frust, nicht neben seiner Busenfreundin sitzen zu können. John Ratcliffe saß breitbeinig auf einem von Daheim mitgebrachten Anglerstuhl und Kenneth lehnte lässig an einem Bücherregal. Fiona Melrose war auf die Fensterbank gerutscht.

Unlängst war die Dunkelheit in Little Barkham eingekehrt. Arthur stierte an Fiona vorbei ins Fenster, als versuchten er und sein Spiegelbild, einander Mut zuzusprechen. Dann straffte er den Knoten seiner Krawatte und wandte sich seinen Gästen zu. „Guten Abend, meine Freunde und Nachbarn. Ich freue mich, dass alles so unkompliziert vonstattenging."

„Unkompliziert nennen Sie das?", schimpfte Ratcliffe. „Ich habe gerade den Grund aufgeschnappt, weswegen alle hier sind. Alle außer mir."

„Das tut mir leid, Mr Ratcliffe." Danach sagte Arthur in Anlehnung an seinen Anglerstuhl: „Ich dachte, Sie mit einer Lesung zu ködern, würde nicht funktionieren. Daher probierte ich es mit einer Runde Poker am Haken."

„Wollen Sie etwa behaupten, dass ich zu blöd zum Lesen bin?"

Ratcliffes konfrontative Art konnte Arthur jetzt ganz und gar nicht gebrauchen. Glücklicherweise löste sich das Problem, als das Öffnen der Eingangstür alle Blicke auf sich zog. Hazel und Herbert kamen mit jeweils einem Stuhl unter dem Arm herein. Sie entschuldigten sich für die Verspätung und begrüßten die Anwesenden per Handschlag. Jetzt war die Gesellschaft bis auf Arthurs Überraschungsgast vollständig.

Mit Genugtuung registrierte er, dass sich sämtliche Gäste in Schale geworfen hatten – der Großteil dank einer angekündigten Lesung und John Ratcliffe in der Annahme eines Kartenspiels.

„Ich habe eine gute und eine schlechte Nachricht", begann Arthur. „Mrs Agatha Christie wird heute Abend nicht erscheinen. Und das liegt nicht daran, dass die Dame etwas gegen Little Barkham hätte. Nein, vermutlich weiß sie nicht einmal, wo unser beschauliches Dorf zu finden ist. Langer Rede kurzer Sinn: Ich habe Mrs Christie nicht eingeladen. Aber ..." An dieser Stelle hob Arthur lehrerhaft den Zeigefinger, eine Geste, die ihm im nächsten Moment peinlich war. „Die gute Nachricht lautet, dass wir gemeinsam einiges aufklären werden. Es sei denn, niemand möchte wissen, wer Mrs Prudence in den Tod getrieben und Stuart Medford erdrosselt hat."

Arthurs Geständnis wirkte auf seine Gäste nicht wie das Bimmeln eines Weckers. Nein, die Anwesenden schauten irritiert und beunruhigt, als hätten in Little Barkham die Glocken von Westminster geläutet.

Der Schock währte allerdings nur kurz. Rasch verbreitete sich Gemurmel und Geraune unter den Gästen. Arthur hatte mit einer solchen Reaktion gerechnet. Außerdem war er davon überzeugt, ein Teil der Leute könne erbost die Bibliothek verlassen. Schließlich bekämen sie nicht den Goldklumpen, den er ihnen vollmundig versprochen hatte.

Aber dem war nicht so. Die Leute verblieben an ihren Plätzen, als säßen sie im Kino und wollten trotz abgeknabberter Fingernägel nicht die Schießerei am Ende verpassen.

Arthur beeindruckte das Verhalten seiner Nachbarn. Er tippte an sein Brillengestell und räusperte sich. „Jeder hier im Raum hätte ein Motiv gehabt, Stuart Medford zu ermorden. Da will ich mich nicht ausklammern. Bisweilen treibt die Furcht vor einer ungewissen Zukunft seltsame Blüten. Einen verhassten Menschen zu töten, um dafür eine ganze Gemeinde aufatmen zu lassen – ich kann mir egoistischere Motive vorstellen." Arthur wurde weder unterbrochen noch verließ einer der Anwesenden den Raum. „Mrs Prudence war jedoch das Opfer schierer Habgier. Nicht wahr, Mr Pinkerton?"

Alle schauten zum alten Pinkerton hinüber. Mit seiner schalkhaften Mimik, den Triefaugen und der Nelke im Knopfloch musste er dem Inbild eines selbstgefälligen Mörders entsprechen. Arthur bat ihn, von der Nacht zu berichten, als Mrs Prudence vor seinem Haus erschien.

Der Mann roch an seiner Nelke und straffte die Schultern, bevor er die Nacht wieder lebendig werden ließ. Die Gäste lauschten seiner Story so andächtig, dass Arthur in Pinkerton einen adäquaten Ersatz für Mrs Christie zu erkennen meinte.

Kaum hatte er geendet, erhob Mr Humperdinck den Einwand, weshalb man einem Säufer glauben sollte. Ein Blick in seinen Garten genüge, um ihm jede Verlässlichkeit abzusprechen. Humperdincks Kommentar wurde von allen Seiten mit Zuspruch quittiert.

Arthur näherte sich dem Mann, der seine Melone wie einen Spucknapf vor sich hertrug. „Ohne Sie, Mr Humperdinck, wären wir heute nicht hier versammelt."

„Das will ich aber bezweifeln, Mr Tingwell."

„Tatsächlich haben Sie großen Anteil daran, dass ich nach langer Funkstille Mr Pinkerton aufgesucht habe. Mrs Bell hat mich darum gebeten. Sie machte sich um sein Wohlbefinden Sorgen, was durch allerhand Gerüchte angefeuert wurde. An dieser Stelle meinen besten Dank, Mr Humperdinck."

Offenbar wusste der Angesprochene nicht, ob er seiner Entrüstung oder seiner Eitelkeit nachgeben sollte. Letztlich hob er hochmütig das Kinn, als hätte er mit Hilfe seiner Klatschsucht den dritten Weltkrieg verhindert.

„Apropos Garten", fuhr Arthur fort. „Unser eifriger Inspector Birdwhistle entdeckte in Mrs Prudences Haaren einen Holzsplitter. Fatalerweise nahm er an, dieser Splitter müsse von ihrem Feuerholz stammen. Deshalb hieß es übereilt, Peter Hawkings hätte die Frau mit einem Holzscheit erschlagen und dann die Mordwaffe verschwinden lassen. Später revidierte die Polizei ihre Meinung. Der Splitter stammte nämlich aus einem Haufen Schutt. Nun dürfen Sie raten, wer unter uns so unverfroren ist, seinen Garten in eine Müllhalde zu verwandeln."

„Soll das bedeuten, Mrs Prudence verstarb mitten auf der Straße und nicht in ihrem Sessel?", fragte Buckley.

„Korrekt! Mrs Prudence erlitt einen Herzinfarkt und stürzte in Mr Pinkertons Zaun. Der Auslöser für den Zusammenbruch führt uns zurück an den Anfang. Wie schon gesagt: Schiere Habgier kostete Mrs Prudence das Leben."

„Das stellt hier niemand infrage", verkündete Mr Keene mit der Schärfe eines Richtbeils. „Sie, Mr Tingwell, haben den Mörder längst beim Namen genannt.

Ich darf Sie daran erinnern, dass Sie Stuart Medford öffentlich unterstellt haben, er allein profitiere vom Tod seiner Tante."

„Dem stimme ich weiterhin zu. Nur war Stuart Medford nicht die Hand, die das Schwert führte. Diese Rolle gebührt Ihrer Frau."

Und zum zweiten Mal an diesem Abend läuteten in Little Barkham die Glocken von Westminster. Ein kollektives Beben wogte durch die Anwesenden, bis sich sämtliche Blicke auf Mrs Keene richteten.

Die Frau saß stocksteif neben ihrem Mann und starrte zu Arthurs Schreibtisch. Ganz so, als könne die Königin des Kriminalromans doch noch auftauchen und aus einem ihrer Werke lesen. Edward Keene, der sprachgewaltige Anwalt, war ebenso verstummt. Er hielt den Kopf gesenkt und presste im Schoß seine Hände zusammen.

Offenbar sah sich Mr Humperdinck nun dazu verpflichtet, die Verteidigung seiner Busenfreundin zu ergreifen. Er schritt zu Mrs Keene und tätschelte ihr sanft die Schulter – wohlgemerkt vor aller Augen und in Gegenwart ihres Mannes.

„Mr Tingwell, woher nehmen Sie das Recht, so etwas Infames zu behaupten?", sagte er aufgelöst. „Sie haben den Ruf einer Dame geschädigt. Wenn ich könnte, würde ich Ihnen den Fehdehandschuh hinwerfen."

Aus seinen Worten sprach der Liebhaber romantischer Mantel- und Degenabenteuer. Anstelle eines Grinsen – und Arthur zuckte es wahrlich in den Mundwinkeln – schenkte er ihm ein ehrwürdiges Nicken. Dann erkundigte er sich bei Mrs Keene, ob er an Stelle ihrer den Fall darlegen dürfe.

Die Frau nickte kaum merklich.

„Ihre Maskerade war beinahe perfekt, Mrs Keene. Es fing schon damit an, dass Sie ein Herrenrad ausgewählt haben. Sowohl Mrs Prudence als auch Mr Pinkerton hielten den Radfahrer eindeutig für einen Mann. Zu ihrem Pech war die Beleuchtung defekt. Und zu meinem eigenen Pech war Mr Ratcliffe auf das falsche Pferd geklettert.“

John Ratcliffe stemmte sich hoch. „Beschuldigen Sie mich etwa des Diebstahls?“

„Nein, keineswegs. Ich habe Sie bloß für den mysteriösen Radfahrer gehalten. Dann hat sich Mr Buckley nach Mr Keenes verschwundenem Fahrrad erkundigt, und damit war die Situation geklärt.“

„Mit einer defekten Lampe werden Sie wohl kaum einen Richter überzeugen“, gab Mr Humperdinck zu bedenken.

„Da haben Sie recht. In unserem Fall bewahrheitet sich jedoch die Phrase *Aller guten Ding sind drei.* Mrs Keene, Sie liehen sich von der Theatergruppe meines Freundes ...“ Arthur wies auf Kenneth. „... die Uniform eines Piloten und eine Perücke. Die Uniform war aus Zeiten der Royal Flying Corps, weshalb Mr Pinkerton mir eine grüne Jacke beschrieb. Zur Erklärung: Während des zweiten Weltkriegs gab es das RFC nicht mehr. Henry Prudence flog für die Royal Air Force in einer blauen Uniform. Ein Detail, das einen perfekten Plan zu einem *fast* perfekten Plan degradierte. Zu Ihrem Glück, Mrs Keene, hatte die Perücke diesen Fehler überstrahlt.“

Arthur holte Luft, sammelte sich und fuhr fort.

„Bei der Hamlet-Aufführung meines Freundes war Ihnen die Perücke ins Auge gesprungen. Kenneth hatte den Prinzen in Verbeugung vor Sir Laurence Olivier mit blondem Haar gespielt. Damit war Ihre Maskerade vollständig. Sie verwandelten sich in Henry Prudence, um seine Mutter in den Wahnsinn zu treiben."

„Ich wollte die Frau nicht umbringen", meinte Mrs Keene demütig. „Es war ein furchtbarer Unfall."

„Ich glaube Ihnen. Nur leider bin ich kein Richter."

„Mein Gewissen hat mich ganz krank gemacht. Ich konnte tagelang das Bett nicht verlassen. Manchmal ist mir die arme Frau im Traum erschienen."

„Hat Sie ausschließlich das schlechte Gewissen geplagt?", fragte Arthur. „Oder war es nicht auch die Angst vor dem, was noch kommen mochte?"

„Beides. Mich quälte das Gewissen und die Angst."

„Oh, meine Teuerste!" Mr Humperdinck sank auf das rechte Knie. „Wie muss es dir ergangen sein? So allein und ohne Hilfe."

„Halten Sie die Schnauze", spuckte Mr Keene plötzlich hervor. Er sprang vom Stuhl, packte Mr Humperdinck am Kragen und zerrte ihn hoch. „Nehmen Sie die Pfoten von meiner Frau, verstanden?"

Mit dem nächsten Atemzug besann sich Mr Keene und ließ den vermeintlichen Rivalen los. Arthur ahnte, welcher Verdacht den Ortsvorsteher erzürnte. Doch Mr Keene beschuldigte den Falschen einer Liaison mit seiner Frau.

Als Cedric Humperdinck den Mund öffnete, um aller Wahrscheinlichkeit nach eine seiner Plattitüden abzufeuern, trat Herbert zwischen die Streithähne. Er schob Mr Humperdinck geschickt aus der Gefahrenzone.

Mr Pinkerton und John Ratcliffe ergötzten sich schamlos an dieser Posse. Sie genossen die Befriedigung, auch die feinen Herrschaften jegliche Contenance verlieren zu sehen. Ein Teil in Arthur, vermutlich der oft gescholtene East Ender, gönnte den beiden Außenseitern diesen Moment. Dann widmete er sich wieder der Frau, die durch ihre Tat selbst ins Abseits geraten war.

„Wollen Sie uns erzählen, wer den Plan ersonnen hat?", fragte Arthur freundlich.

„Wissen Sie es nicht schon?"

„Manchmal hilft es, die Dinge selbst beim Namen zu nennen."

„Sie sind ein kleiner Schlauberger, nicht wahr?"

Arthur musste unwillkürlich grinsen.

„Sein Plan war", begann Mrs Keene, „sie entmündigen zu lassen. Er wusste, dass das nicht von heute auf morgen gelingen würde. Aber irgendwann wäre sie mürbe gewesen und dann hätte er sie in ein hübsches Sanatorium in Brighton verfrachtet. Als einziger noch lebender Verwandter wäre ihr Besitz auf ihn übertragen worden. Mich wollte er für meine Dienste fürstlich entlohnen. Am Ende erfüllte sich sein Plan schneller, als er's sich in seinen kühnsten Träumen ausgemalt hatte."

„Sie reden von Stuart Medford?", hakte Hazel nach.

„Ja, der Teufel im Smoking."

„Und das alles hatte er sich ausgedacht?"

„Ja, das würde ich vor Gericht beschwören."

„Also hat ihn sein Gewissen hingerafft", rief John Ratcliffe und klatschte sich euphorisch auf den Oberschenkel. „Ich hab's dem Inspector ja gesagt. Hören Sie, habe ich gesagt, das schlechte Gewissen hat ihn zum Strick greifen lassen."

Arthur, der mit dieser Version der Geschichte vertraut war, ignorierte Ratcliffes Worte. Er blinzelte Fiona Melrose zu, woraufhin sie nach draußen huschte.

Indessen schien sich Mr Humperdinck von dem Techtelmechtel mit Mr Keene erholt zu haben. Er hob einem Schuljungen gleich die Hand, bevor er seine Frage stellte. „Und woher wussten Sie von der Verbindung zwischen Eleanor und Stuart Medford?"

„Durch ein Gespräch mit Mr Keene", antwortete Arthur. „Bei einem Besuch auf seinem Cottage hat er mich sehr liebenswürdig empfangen. Erst wollte er mich zur Gartenarbeit einladen, dann entschieden wir uns für eine Tasse Earl Grey. Mr Keene vertraute mir an ..." Arthur suchte den Blickkontakt mit dem Anwalt. „Bitte, verzeihen Sie mir meine Indiskretion. Der Punkt lässt sich leider nicht umgehen."

„Sagen Sie, was gesagt werden muss", entgegnete Mr Keene resigniert.

„Er hat mir anvertraut, dass seine Frau ihm untreu sei. Angeblich habe sie eine Affäre mit jemandem aus dem Dorf."

Ein mattes „Oh" hüpfte von einem Gast zum nächsten – Mr und Mrs Keene ausgenommen. Der Skandal, wie ihn der *Daily Mirror* nicht besser hätte erfinden können, drohte, die Anwesenden zu erschöpfen. Es war einfach zu viel des Guten.

„Stuart Medford stand nicht auf Mr Keenes Liste potentieller Liebhaber. Hier muss ich Mr Keene in Schutz nehmen, denn erst ein Zufall hat diesen Verdacht in sein Herz gepflanzt. Ich habe selbst beobachtet, wie die beiden Männer aneinandergeraten waren. Wollen Sie vielleicht selbst berichten?"

„Stuart Medford hat mich auf der Straße abgefangen. Ich war gerade unterwegs zu ..." Mr Keene stockte und schaute Arthur flehentlich an. „Muss ich das preisgeben, Mr Tingwell?"

„Es bekräftigt Ihre Glaubwürdigkeit."

„Nun gut, ich hatte mir freigenommen und war auf dem Weg zu Mr Humperdinck. Ich hatte geglaubt, er und meine Frau würden sich nicht bloß beim Tratschen amüsieren. Leider war er nicht zu Hause gewesen. Auf dem Rückweg durchs Dorf hielt Stuart Medford in seinem Bentley neben mir. Er drehte das Fenster runter und sagte wortwörtlich zu mir: ‚Wenn Sie Ihre Frau nicht verlieren wollen, dann sollten Sie nicht so geizig sein.' Ich brauchte nicht zu überlegen, was sein Spruch bezwecken sollte. Er wollte mich bloßstellen, indem er mir unter die Nase rieb, dass meine Frau käuflich sei."

„Alles klar", verkündete Mr Pinkerton. „Unser zweitreichster Bürger hat den reichsten aus Eifersucht umgebracht. Ein Hoch auf die Bourgeoisie. Ich spendiere eine Runde im Pub."

„Schöne Geschichte", sagte Arthur. „Aber Mr Keene hat Stuart Medford nicht umgebracht. Erinnern sich noch alle an meine spektakuläre Verhaftung?"

Einstimmiges Raunen.

„An diesem Tag kam Mrs Keene in die Bibliothek. Sie war nämlich nicht nur von ihrer Krankheit geheilt, sondern auch von der Befürchtung, erwischt zu werden. Seltsamerweise hatte sich ihre Einstellung zu Stuart Medford um hundertachtzig Grad gedreht. Am Wochenanfang hatte sie ihn noch leidenschaftlich gehasst. Zu Mr Humperdinck meinte sie ..." Arthur zog Lucys Zettel aus dem Jackett und las vor. *„Ich würde lieber diesen Schnösel am Galgen baumeln sehen als den jungen Hawkings.* Und nur wenige Tage später verurteilte Mrs Keene jeden Hass auf Stuart Medford. Was ist mit ihr im Krankenbett geschehen?"

Cedric Humperdinck bedachte seine Busenfreundin mit einem angewiderten Blick. Vermutlich dämmerte ihm langsam, dass er lediglich ein Spielball in ihrer Scharade gewesen war. Sein Lästermaul hätte überall verkündet, dass Mrs Keene keinerlei Argwohn gegen den Erben von Barkham Manor hegte.

„Ich will Ihnen diese abrupte Kehrtwende erklären. Mrs Keene wusste, woher auch immer, von Stuart Medfords Tod. Der Mann würde sie nicht mehr erpressen können. Denn darauf hatte seine Bemerkung zu Edward Keene in Wirklichkeit abgezielt. Er solle seiner Frau mehr Geld zur Verfügung stellen, was wiederum Stuart Medfords Portemonnaie gefüllt hätte. Dessen Tod hatte Mrs Keene von einer ungeheuren Last befreit, sodass sie mit neuer Lebensfreude aus dem Krankenbett gesprungen war. Es muss ein herrlicher Morgen für Sie gewesen sein, Mrs Keene."

„Ja, das war es", pflichtete sie Arthur bei. „Leider durfte ich nicht mit unseren Freunden feiern. Ich musste die Entsetzte spielen, um jeden Verdacht von mir zu lenken."

„Das war ein Schritt in die falsche Richtung, Mrs Keene. Denn dieses Verhalten passte nicht zu Ihnen.

Selbst ihr bester Freund fühlte sich vor den Kopf gestoßen. Mir drängte sich sofort die Frage auf, weshalb Sie vor allen anderen von Stuart Medfords Tod wussten. Inspector Birdwhistle hatte während seiner Befragung keinerlei Hinweis verlauten lassen und ..." An dieser Stelle hob Arthur wieder den Finger. „... die Polizei hatte noch nicht an Ihre Tür geklopft, als Sie in der Bibliothek waren. Der Einzige aus unserem Dorf, der von Medfords Schicksal gewusst hatte, war John Ratcliffe gewesen."

„Ich hoffe, Sie wollen jetzt nicht behaupten ..."

„Dass Sie Mr Medford getötet haben und es sogleich Mrs Keene erzählten?", schnitt Arthur ihm das Wort ab. „Warum sollten Sie? Oder hatten Sie etwa ein Verhältnis mit Mrs Keene?"

Arthur konnte hören, wie der Anglerstuhl unter Ratcliffes Hintern knirschte. Oder waren es gar Ratcliffes Zähne, die vor Anstrengung zu mahlen begannen? Er hob weder die Fäuste noch brach er in jähzorniges Fluchen aus. Wider Erwarten murmelte der Hüne: „Verdammt. Alle Zeichen stehen gegen mich."

„Ja, Mr Ratcliffe. Besonders, weil Sie sich dreist an Mrs Prudences Eigentum bereichert haben. Ich nehme an, in Ihrem Cottage wird die Polizei eine Menge feinstes Porzellan finden."

„Mr Tingwell, ein Langfinger macht noch keinen Mörder", sagte Ratcliffe zum zweiten Mal in dieser Woche.

Seine Nachbarn schien die Floskel keineswegs zu beruhigen. Sie rückten auf Abstand, als könne er ruckartig hochfahren und um sich beißen. John Ratcliffe –

Dieb, Lügner und Raufbold. Niemand anderem in Little Barkham würde man eher einen Mord zutrauen.

„Erst hat der Hund Mrs Prudence bestohlen und dann ihren Neffen umgebracht", erklärte Pinkerton unnötigerweise.

Arthur war stets erstaunt, wie Mr Pinkerton und Mr Ratcliffe Brüder im Geiste sein konnten, um schon einen Wimpernschlag später einander anzugehen. Remus und Romulus ohne Stadt und Göttervater.

„Keine Sorge, Mr Pinkerton", beschwichtigte Arthur ihn. „Sie werden Ihren Freund nicht im Gefängnis besuchen müssen."

Wie eine am Nachthimmel explodierende Supernova leuchteten die Scheinwerfer eines Autos in die Bibliothek. Automatisch blickten alle zum Fenster hinaus.

Hazel drehte sich zu Arthur um und sagte leise: „Das ist der Wagen, den wir bei unserem Einbruch gesehen haben."

37

Arthur musste nicht erst zum Fenster eilen, um sich zu vergewissern, ob Hazel richtiglag. Natürlich war es der Wagen, dessen Ankunft ihn und seine Freunde aus der Villa vertrieben hatte. Zu jenem Zeitpunkt hätte er Stein und Bein geschworen, dass es sich um Pinkertons alten Hillman handelte. Heute war Arthur schlauer.

Die Tür zur Bibliothek sprang auf und Dr. Quartermain stürzte herein. Panik und Angst deformierten sein Gesicht zu einer Fratze. Arthur stellte sich vor, wie der Mann mit halsbrecherischem Tempo von Chiddingfold nach Little Barkham gerast war. Vermutlich war ihm sein neuer Ford dennoch zu langsam gewesen.

Für einen Sekundenbruchteil schoss Quartermains Blick zu dem Ehepaar Keene, das unverändert in den Korbstühlen saß. Wer diese Regung nicht erwartet hatte, schien auch außerstande, sie zu registrieren. Es war ein angsterfüllter Blick, einer, der den Doktor entwaffnete. Dann senkte er die Lider und, als er sie wieder hob, war jede Spur von Panik aus seinem Gesicht getilgt. Quartermain zeigte ihnen ein Lächeln, das Arthur selbst in dieser Situation als liebenswürdig empfand.

„Nanu", sagte der Arzt. „Ist das etwa eine Überraschungsparty?"

„Eine Party würde ich das nicht nennen", murmelte John Ratcliffe. „Es sei denn, Sie haben uns was aus ihrem Medizinschränkchen mitgebracht."

Quartermain wandte sich an Fiona Melrose, die ihn vor zwanzig Minuten angerufen hatte. „Darf ich davon ausgehen, dass Mrs Keenes Sturz nur ein Vorwand war?"

Fiona Melrose nickte.

„Guten Abend, Dr. Quartermain." Arthur reichte ihm die Hand. „Bitte verzeihen Sie mir das Täuschungsmanöver."

„Also war das Ihre Idee?"

„Ja, das muss ich unumwunden zugeben."

„Und was wollten Sie damit bezwecken?"

„Ich habe gehofft, Sie zur passenden Zeit herlocken zu können."

„Dann hoffe ich wiederum, dass sich Ihre Hoffnung erfüllt hat."

„So ziemlich, Doktor. Darum möchte ich Sie nun in unserer illustren Runde willkommen heißen." Arthur suchte einen Sitzplatz für den Doktor, doch waren die wenigen Stühle bereits besetzt.

Unvermittelt sprang Pinkerton hinter dem Schreibtisch auf und bot dem Arzt seinen Stuhl an. Allein diese Geste demonstrierte den Respekt und die Wertschätzung, die dem Doktor von der Gemeinde gezollt wurde.

„Danke, Mr Pinkerton", sagte Quartermain freundlich und setzte sich. „Ich habe das Gefühl, ich hätte Sie bei irgendetwas unterbrochen, Mr Tingwell. Wenn dem so ist, dann bitte ... fahren Sie fort."

Wäre Arthur nicht in seinem Reich gewesen, hätte ihm die Nervosität sicherlich die Zunge gelähmt. Hier zwischen all den Büchern schöpfte er allerdings Stärke und Kühnheit. Nachdem er sich der Aufmerksamkeit aller gewiss war, sagte er: „Sie hatten den Mord bereits in der Nacht von Mittwoch auf Donnerstag hinter sich bringen wollen. Aber Stuart Medford war nicht auf Barkham Manor gewesen. Drei Zeugen, deren Namen jetzt keine Rolle spielen, haben Sie gesehen oder besser: Ihren Ford. Vorgestern hatten Sie dann mehr Glück. Sie begegneten Medford am Haupttor und erdrosselten ihn. Darauf versuchten Sie, einen Suizid zu fingieren. Immerhin bestand eine hohe Wahrscheinlichkeit, dass man Sie als Erstes an den Tatort rufen würde. Denn wer sonst außer einem Einheimischen sollte Medfords Leiche entdecken? Als John Ratcliffe Sie anrief, rieten Sie ihm nicht, die Polizei zu verständigen. Sie fuhren schleunigst zum Tatort und bestätigten ihn in seiner Theorie. Ja, ohne jeden Zweifel, Stuart Medford hatte Suizid begangen. Zuletzt erfüllten Sie Ihre Meldepflicht, indem Sie die Polizei über den Todesfall informierten. Ihr Plan hätte funktioniert, wenn Inspector Birdwhistle nicht überall einen Mordkomplott wittern würde.“

„Warum hielten Sie es nicht für möglich, dass Mrs Keene den Mord begangen hat?“, wollte Mr Humperdinck wissen.

„Am Anfang hatte ich Ihre Freundin natürlich in Betracht gezogen. Wer will nicht die Person beseitigen, die einen drangsaliert und erpresst? Ich befand mich mit dieser bequemen Annahme aber auf dem Holzweg.“

„Ja, eine Frau wäre zu so einer Tat nicht fähig.“

„Einen Mann zu erdrosseln und anschließend aufzuhängen?“

„Genau das.“

„Ich lebe nicht im achtzehnten Jahrhundert, Mr Hum-
perdinck. Meines Erachtens verfügen Männer und
Frauen über die gleichen Stärken und Schwächen.
Doch deshalb wird unser geliebtes England noch lange
keine Insel der Gleichstellung.“ Arthur erklärte den An-
wesenden, dass Stuart Medford wohl kaum zu Fuß die
letzte Station seines Lebens aufgesucht hätte. Die
Mehrheit der Besucher pflichtete ihm bei. „Doch Mrs
Keene hat den Wagen nicht zum Haus zurückgefahren.
Sie besitzt nämlich wie die meisten Frau in unserem
Dorf keinen Führerschein.“

„Respekt, Sherlock Holmes“, rief Kenneth ihm von
der Seite zu.

„Danke, danke. Außerdem – und das wiegt vermutlich schwerer als meine Herleitung – hat Mrs Keene ein
Alibi für die Tatzeit. Sie war zu Hause, wie mir Mr
Keene gestern Abend mitgeteilt hatte. Daraus schloss
ich wiederum, dass sich die Dame eines Beschützers erfreuen durfte. In ihrem Fall ein Schutzengel, der gleichzeitig ihr Liebhaber ist. Garantiert ein Mensch, der
keine Sekunde verstreichen lässt, um ihr zu Hilfe zu eilen.“

„Und da dachten Sie an den lieben Doktor?“, sagte
Quartermain sarkastisch.

„Nein. Zunächst habe ich einige meiner Nachbarn einer Affäre mit Mrs Keene verdächtigt. Sowohl Frauen
als auch Männer, egal welchen Alters, ob sie verheiratet
sind oder nicht, mit und ohne Kinder, arm oder reich.

Aber eine Person von Außerhalb habe ich nicht in Erwägung gezogen. Somit habe ich dieselbe Engstirnigkeit an den Tag gelegt wie Mr Keene." Arthur blinzelte zum Fenster. „Letztlich fielen mir die Worte einer reizenden Dame wieder ein. Und alle hier dürfen mir glauben, diese Dame meidet für gewöhnlich die Gerüchteküche."

„Was hat sie denn ausgeplaudert, Ihre Dame?", fragte Mr Humperdinck.

„Sie sagte, Dr. Quartermains Charme würde auf unsere Bürgerinnen eine gewisse Wirkung ausüben. Sein Charme und seine Hilfsbereitschaft."

„Ein bisschen Smalltalk während der Autofahrt ist noch kein Geschäker", wandte der Doktor ein. „Dann müsste ich ja eine Affäre mit der Hälfte Ihrer Nachbarn haben."

„Ja, da ist was dran. Aber lesen Sie und die Hälfte meiner Nachbarn einander aus *Romeo und Julia* vor? Das glaube ich kaum."

Dr. Quartermain schluckte. Arthur registrierte, dass er in einem ersten Reflex seine Geliebte hatte angucken wollen. Nur mit Mühe schien der Mann sein Bedürfnis zügeln zu können.

„Auf unserer Autofahrt sagten Sie zu mir, Sie fristen ein Dasein unter dem Joch feindseliger Gestirne. Ein Zitat aus *Romeo und Julia*, das mir dauernd im Kopf herumschwirrte, erst recht, nachdem ich zufällig Mrs Keenes Ausleihen geprüft hatte. Leider war mir entfallen, wer mir den Floh ins Ohr gesetzt hatte."

„Und irgendwann machte es klick?"

„Ja, Doktor. Sie hätten nicht behaupten dürfen, das Zitat stamme von Ihnen. Oft ist es die Eitelkeit, die uns unserer Schandtaten überführt."

„Ich bin kein eitler Mensch", protestierte Quartermain.

Arthur wunderte sich, dass der Mann ausgerechnet dieser Unterstellung widersprach. Immerhin wurde er eines Mordes bezichtigt. Vielleicht war es seine romantische Natur, die sich von jeder Koketterie lossprechen wollte.

„Hat Mrs Keene Ihnen bei Ihren heimlichen Treffen vorgelesen? Oder säuselten Sie ihr die Verse ins Ohr?"

„Ich werde mich dazu nicht äußern, Mr Tingwell."

„Das sollten Sie aber!", brüllte Mr Keene. Die schiere Eifersucht schien wieder das Leben in seine Adern zu pumpen.

Arthur ahnte bereits den drohenden Sturm. Genauso hellsichtig, wie zuvor Herbert reagiert hatte, streckte er nun die Hand zwischen die Rivalen. Er sagte zu dem Doktor: „Bei der Beweislast sollten Sie sich einen Anwalt suchen."

„Wie wäre es mit Mr Keene?", schlug Dr. Quartermain vor, was Arthur insgeheim amüsierte.

Mr Keene und dem Rest der Anwesenden war hingegen nicht nach Lachen zumute. Weder der Außenseiter Hawkings oder der versoffene Pinkerton hatten sich als Killer entpuppt, noch einer von Arthurs exzentrischen Freunden. Ja, am Ende nicht einmal der arrogante East Ender selbst. Stattdessen war der von aller Welt hochverehrte Doktor der Übeltäter.

Der bedachte seine Patienten plötzlich mit einer Verachtung, die Teenager zeigen, wenn Eltern nicht ihren

Herzschmerz anerkennen. Er kam hinter dem Schreibtisch hervor und streckte Eleanor Keene seine offene Hand entgegen.

„Versuchen Sie es nicht", sagte Arthur sanft. „Sie haben keine Chance."

„Irrtum! Uns wird niemand aufhalten."

„Wissen Sie, welche Abteilung in der Bibliothek kaum bis gar nicht besucht wird?"

Quartermain schüttelte desinteressiert den Kopf.

„Die Sparte Naturwissenschaft und Technik. Deshalb kann man dort ungestört tuscheln und ausharren."

„Eleanor", sagte Quartermain unbeirrt. „Kommst du?"

„Ja, Liebster", erwiderte Mrs Keene. „Lass uns verschwinden."

„Tut mir leid", sagte Arthur mit einem Hauch Wehmut. „Sie können jetzt aus Ihrem Versteck kommen, um Ihres Amtes zu walten."

Alle Besucher starrten in den rückwärtigen Teil der Bücherei. Fortan gehörte die Bühne Inspector Fred Birdwhistle. Der Mann zeigte keinerlei Anzeichen, dass er seinen Auftritt in irgendeiner Weise genoss. Arthur verspürte ein Fünkchen Sympathie für diese Beamtenseele, die jedes Charisma, jeden Schneid vermissen ließ. Wir alle werden nur mit einer Haut geboren, dachte Arthur und gesellte sich zu seinen Freunden.

38

Als Arthur die Treppe ins Dachgeschoss hinaufstieg, fühlte er sich erschöpft und zugleich von einer tiefen Ruhe beseelt. Die vergangenen Tage waren für seinen Geschmack ein wenig zu turbulent gewesen. Er hatte London nicht verlassen, um woanders in fremde Häuser einzudringen und seine Mitmenschen übler Taten zu verdächtigen. Aber weshalb war er dann hierher gekommen?

Mit geducktem Kopf betrat Arthur die niedrige Dachkammer. Peter Hawkings saß auf dem Boden unter dem Giebelfenster, eine Kerze zu seinen Füßen und ein Buch in den Händen. Das schwindende Tageslicht und die Kerzenflamme tauchten die Kammer in eine winterliche Atmosphäre. Um den in seine Lektüre versunkenen Peter nicht zu erschrecken, klopfte Arthur behutsam an einen Balken.

„Oh, Mr Tingwell." Peters blaue Augen leuchteten auf. „Was für eine Überraschung."

„Ich hoffe, ich störe nicht."

„Wie könnte mich mein Rettungsanker stören?"

Mit seinen achtzehn Jahren war Peter für einige Menschen noch ein Teenager und für andere bereits ein erwachsener Mann. Hier auf der Farm würde er wohl lange beides bleiben: ein Kind, das es zu beschützen galt, und ein Mann, der mit anzupacken hatte.

„Nehmen Sie bitte Platz, Mr Tingwell." Peter war vom Boden aufgesprungen und drapierte eine Steppdecke über sein Bett. In diesem Moment kam sich Arthur alt vor, was er in Peters Augen gewiss auch war.

„Was liest du da?" Für Arthur existierte keine bessere Frage, um ein Gespräch zu beginnen.

„*Moby Dick*", antwortete Peter. „Ist gar nicht so leicht."

„Vielleicht gibt's irgendwann eine Verfilmung."

„Ja, mit Orson Welles als Captain Ahab."

„Keine schlechte Wahl", sagte Arthur und erkundigte sich vorsichtig, wie es ihm im Gefängnis ergangen war.

Sie redeten bestimmt eine Stunde lang und Arthur war oft nach Weinen zumute. Obwohl er Birdwhistle um Hilfe gebeten hatte, war er über dessen harsche Methoden weiterhin schockiert. Aber Peter hatte seinen Frieden mit dem Inspector gemacht. Das zu hören, spornte Arthur an, es dem jungen Mann gleichzutun. Wenn sich eine Lehre aus Melvilles *Moby Dick* ziehen ließe, dann vermutlich die, dass man sich von Hass und Rachsucht lossagen muss. Ansonsten werden einen diese Gefühle in Tiefen hinabreißen, aus denen jedes Entrinnen ausgeschlossen war.

Nach den bitteren Eindrücken aus dem Gefängnis hätte Arthur das Gespräch anstandslos auf *Moby Dick* gelenkt. Wäre da nicht diese höchst unangenehme Sache gewesen. Er fasste in die Innentasche seines Jacketts und holte Peters Zeichnungen hervor. „Entschuldige bitte, dass ich bei dir rumgeschnüffelt habe."

„Wann sind Sie hier gewesen?"

„Vor ein paar Tagen. Deine Mutter hat mich hinaufgeführt."

Peter nickte, als sei das alles nicht mehr relevant.

„Jedenfalls habe ich das in einem deiner Bücher gefunden.“

„Verdammt, das sollten Sie nicht sehen.“

„Das kann ich mir vorstellen. Ich würde auch nicht wollen, dass das jemand sieht.“

„Ja, den Bildern fehlt das gewisse Etwas. Aber keine Sorge, Mr Tingwell. Im Gefängnis hatte ich genügend Zeit, um noch bessere zu zeichnen.“

Arthur faltete einen der Papierbögen auseinander. Er zeigte eine Frau, die eine andere Frau mit einer Axt erschlug. „Ziemlich grausam, oder?“

„Das kann man wohl sagen“, erwiderte Peter in einer Arglosigkeit, die Arthur eine Gänsehaut verursachte.

„Warum verschwendest du dein Talent, um dir solche Szenen auszudenken?“

„Das sollte ein Weihnachtsgeschenk sein. Aber ich fürchte, jetzt ist die Überraschung dahin.“

Arthur war irritiert. „Ein Geschenk? Für wen?“

„Für Sie, Mr Tingwell. Kommt Ihnen die Szene nicht bekannt vor?“

„Ich hoffe nicht. Ich sehe nämlich nur Mord und Totschlag.“

Der junge Mann lachte auf und sein Lachen sprühte ebenso vor Arglosigkeit. Er langte aus einem Bücherstapel einen feuerroten Band ohne Umschlag und drückte ihn Arthur in die Hand.

„Ich zeichne ein paar Illustrationen zu den Werken Ihrer Lieblingsautorin.“

Arthur öffnete das Buch und las den Titel auf der zweiten Seite. *Der Wachsblumenstrauß.* Entgeistert schüttelte er den Kopf, da er Peters Skizze nicht Agatha

Christies Roman zugeordnet hatte. Doch so sehr ihn seine Blindheit im Nachhinein auch amüsierte, so sehr fühlte er sich ertappt. „Mord und Totschlag“ hatte er mit vorwurfsvoller Stimme zu Peter gesagt. Dabei war er selbst so gestrickt wie Millionen anderer Leser.

Arthur grinste in sich hinein, schnappte sich wahllos einen der herumliegenden Romane und wusste plötzlich, weshalb es ihn nach Little Barkham gezogen hatte. Er wollte in einem kleinen Dorf große Bücher verleihen.